KB074015

태양의 집

Home of the Sun

구견서

지식과교양

작가의 시선

『태양의 집』에서는 거친 회오리가 몰아치는 사회, 아프게 진보하는 아노미적 삶, 뇌 속을 비틀며 아름답게 피어나는 사랑 등과 진검승부를 하는 나를 그리고 있습니다. 꽃길과 가시밭길이 섞여 있는 현실을 어떻게 가고 있는지를 질문하며 미래를 향해 뚜벅뚜벅 돌진하는 모습은 우리를 암시하고 있습니다. 정답이 있기도 하고 없기도 한 인생이 지옥인지 아니면 천국인지에 대한 판단은 각자가 내려야 할 몫으로 남겨 놓고 있습니다.

천운으로 맺어진 인연을 하룻밤의 달빛 사랑으로 달래며 품어 시작됐을지도 모르는, 주사위처럼 아무렇게나 내던져져 시작됐는지도 모르는 우리는 삶에서 발생하는 다양한 색깔의 흔적들을 현미경으로 투명하게 비춰 예리한 메스와 정교한 핀셋으로 섬세하게 다듬어 갈 현명한 존재라고 확신하고 있습니다.

우리에게 무모하게 접근해오는 불행은 극복하는 것이 아니라 행복으로 사라지는 뿌리 없는 나그네라고 단언합니다. 우리는 살아가면서 부닥치는 현상에 대해서 카멜레온처럼 변신하거나 바위처럼 눌러앉아 지켜내야 하는 숙명을 안고 있습니다. 우리의 신분은 세상의 중심에 있는 인간이며 행복제작소의 주인이라는 점을 끊임없이 새기고 있습니다.

특히 현실을 살아가는 너와 나로 구성된 우리가 만들어가는 세상이 가장 아름답다는 것을 힘주어 간절하게 말하고 있습니다. 우리는 가족의 원천입니다. 가족은 혈연(血緣)으로 연결되는 생물적 관계를 구성하여 생사에 깊이 관여하는 운명공동체입니다. 사회는 사연(社緣)을 통해 합리적 관계를 맺어 길을 가는 사회공동체입니다. 우리는 혈연과 사연 사이를 완벽하게 구분하는 투쟁적 전사로 기능하기를 강요받고 있습니다. 그러나 최후의 보루로 남아있는 인류와 우리의 근원인 가족을 소중히 하고 온몸으로 지켜 안고 가야 합니다.

우리는 사랑의 노예입니다. 모든 생명은 사랑 행위로 태어나고 자라고 성장해갑니다. 생명을 가진 우리는 모두를 사랑할 수 있는 필수요건을 다 소유하고 있는 무결점의 완성

체입니다. 또한 우리에게 눈빛을 보내는 모든 존재는 사랑을 받기에 충분한 아름다움과 자격을 갖추고 있습니다. 우리는 사랑의 노예로 살 수 있어도 증오의 노예로 한 순간이라도 편하게 살 수 없습니다. 우리 모두는 사랑으로 태어나 풋사랑을 하고 사랑의 노예로 섬기다 사랑쟁이로 사라지는 훌륭한 일생을 살고 있습니다.

우리는 시대의 동행인입니다. 우리는 변화무쌍한 소용돌이를 몰고 오는 시대와 동행하고 있습니다. 그 과정에서 매우 가혹하고 독한 환경에 처하면서도 공생하고 있습니다. 우리의 의지와 관계없이 만들어진 과거에 영향을 받고, 진행되고 있는 현재를 살아가면서, 앞으로 전개될 미지의 미래를 향해 가야 합니다. 그 여정에서 우리의 의지를 꺾으려는 시대에 눌려 생을 희미하게 끌어가거나 도중에 손절해서는 안됩니다.

우리는 희망의 등불입니다. 우리는 자신이나 타자의 행복을 위해서만 꿈이나 희망을 사용할 수 있는 합리적 지식을 갖고 있습니다. 일상에서는 소수가 희망을 독점하여 다수를 사실상 완벽하게 절망으로 몰고 가는 잘못된 망상이 판을 치고 있습니다. 우리에게는 지배받거나 굴복되지 않는 마법의 힘이 내재되어 있습니다. 현실을 매몰차게 파괴하고 있는 암적 지배를 저지하고 막는 권리를 행사해야 희망의 씨앗이 살아나 꽃피울 수 있습니다.

우리는 삶의 주인공입니다. 우리는 다양한 환경에 의해 발현되는 현실적 삶을 살아가는 과정에서 주인의 자리나 위치를 꿋꿋하게 지키려고 혼신의 힘을 기울이고 있습니다. 그러나 종종 알지 못하는 광기로 인하여 자신과 심신을 잃어버리거나 힘이 빠져 회생불능자로 전락해서 모두를 잃고 맙니다. 삶은 연습이 아니지만 한 번의 실수로 영원히 추방되어서는, 모두의 시선이 무정하게 피해가는 존재가 되어서는 안됩니다. 우리는 살만한 가치가 있는 삶의 주인공이기 때문입니다.

우리는 생명의 존엄성을 갖고 있습니다. 존재하는 모든 생명체에 대해서 존중하는 마음과 따듯한 정을 갖고, 공존하는 우리다운 세상을 만들어 가는 유일한 주체이어서 귀하게 보호를 받아야 합니다. 함부로 나대는 칼날에 죽음에 처하거나 무모한 냉대로 상처를 받아서는 안됩니다. 안타깝게도 부당한 환경에 노출되어 위협받고, 정의나 불의에 관계없이 잠시라도 방심하면 파멸경계선에 서서 곡예를 하게 됩니다. 생명의 존엄성은 나와 네가 서로 지켜주어야 생존하는 고유한 우리의 것입니다.

이 작품에서 생명을 얻어 살아가는 '나'는, 가족을 무한한 정으로 품으며, 사랑으로 굴절되는 아름다움과 파열음을 보듣고 있습니다. 시대와의 공존을 저돌적으로 시도하며 희망을 가치있게 키우는 삶을 냉철하게 살아갑니다. 그 가운데서도 인간의 존엄성을 품위 있게 지켜내기 위해 슬기롭게 사투하는 현실적 존재로 생명을 이어가고 있습니다.

지금도 순간으로 이어져 진행되고 있는 오늘에 발을 굳게 딛으며 아름답고 따듯한 사랑이 흐르는 태양의 집을 완성해 가는 '나'는, 동시대를 호흡하고 있는 '우리'라는 점을 강조하고 있습니다. 그리고 "여러분의 가슴에는 어떤 보금자리가 자리 잡고 있는지?"라는 화두를 속삭이듯 던지고 있습니다.

마지막으로 작품에서 탄생한 주인공이 이 책의 생명으로 승화되어 살아갈 수 있도록 정성을 다한 문화 전령사 지식과교양, 그리고 대표님과 편집진에게 사의를 표합니다. 다양한 상상력이 투여된 실체적 허상에 대해서 직선과 곡선의 마음으로 품어준 가족에게도 사랑을 보냅니다. 세상은 사랑이고 선물입니다. 삶은 사랑이고 감사입니다. 여러분은 사랑이고 자랑입니다.

2020년 이른 여름날

龍耳谷에서 靑思

차례

제1부

제2부

제 1 부

1. 정당한 꿈

난폭하게 불어오는 바람도 숨을 내려놓고, 내리치는 빗방울이 뛰어내리다 앉아버리는, 한나절의 뙤약볕이 그늘에서 꼬리를 내려 식혀도 되는 곳이 하늘 아래 있다. 벼슬을 했던 선비가 청빈한 삶을 살기 위해 한양으로부터 오백 리 떨어져 있는 산골에 입향(入鄕)해서 자리를 튼 마을이다.

고요함을 깨지 않는 자연만큼이나 온순한 사람들이 모여 사는 곳이었다. 과하지 않은 산과 물, 넘치지 않은 논과 밭 등으로 구성된 아담한 마을은 절제된 마음을 섬세하게 잡아주었다. 화려하거나 사치스러운 병풍을 닮지 않아 평온한 삶을 살 것이라는 예감을 갖게 했다.

마을 뒤에는 든든하게 떠받치고 있는 서너 개의 봉우리가 사이좋게 기대어 올려다 보게 하는 매력 넘치는 산이 있다.

앞으로는 아침 햇살을 보일 듯 말 듯 감질나게 감추는 커다란 산이 있다. 그 밑으로는 꾸불꾸불 간드러진 몸매를 자랑하는 개울이 잔잔하게 흘렀다. 좌우 옆으로는 작은 언덕들을 직선으로 이은 사납지 않은 길이 있어 짐을 지거나 빈손으로 지나는 객을 편하게 했다.

입구에는 비대해지고 초라해진 모습과 오랫동안 입은 상처를 숨기려 안간힘을 쓰는 나이 불명의 느티나무가 수호신을 자처했다. 마주치는 사람들의 됨됨이를 흔들리는 잎새로 가늠질했다. 밤이 되면, 검은 풍채로 위협을 가하면서도 굳은 표정으로 버티는 것이 외로워, 둥지 잃은 올빼미와 부엉이를 받아주는 얄팍한 인정도 베풀었다. 길 양옆에는 허리 굽은 노송과 쭉 뻗은 청송이 대충 서서 오가는 이들에게 자태를 내심 과시했다.

얼추 시야에 들어오는 낮은 산에는 대대로 계승되어 조성된 조상 묘소가 있다. 옛날부터 동네에 선비들이 살았던 곳이며, 혈육으로 이어진 연결고리를 비석들이 침묵으로 알려줬다. 항렬에 따라 엄격하게 지켜졌을 예절과 무난하게 생의 질서를 지켰을 것이라는 사실을 대변이라도 하듯이 태양은 위로부터 아래로 차분하게 비춰주었다.

눈을 좌우로 돌리면, 동급의 삶을 사는 남과 같은 먼 친척이 있고, 손 뻗으면 닿을 수 있는 거리엔 언제나 고달픈 몸과 마음을 놓을 수 있는 가까운 친척이 있다. 외부인을 배척하거나 반기지는 않았지만, 동네를 떠나거나 이사 오지 않아 모두가 친척이었다. 깍듯한 예우로 대하기보다는 목례로 인사를 해도, 빠른 걸음으로 눈인사를 해도 통했다.

동이 트는 새벽에 재잘거리는 생명의 소리는 포근하고 아늑하게 고동치는 어린아이의 심장 소리로 들려왔다. 들녘에서 수수한 옷차림을 한 농부의 역동적인 움직임은 아버지가 코고는 거친 소리를 닮았다. 해가 저물면서 사그라지는 고요함은 어머니의 품으로 다가왔다.

세파에 칼질하기를 포기하고 범민으로 살겠다는 선비의 결연한 의지와 기질을 가진 조상님 덕분에 날뛰거나 주눅 들지 않았다. 그리고 몸과 마음을 순수하게 지니고 생활했다. 폭풍처럼 질주하며 잘 나가는 몇 집만 쳐다보지 않고 의식하지 않으면 마음 편히 지낼 수 있다. 더욱이 떠오르는 새벽과 같은 생을 시작하고, 은은한 밤과 같은 생을 마감할 수 있는 곳이었다.

언제부턴가 점잖고 근엄한 언행을 고집했던 사람들이 숨겨온 욕심을 노골적으로 들어내면서 급격한 변화를 야기했다. 집안 간에 출세를 위한 경쟁이 치열해졌다. 상향 경쟁이 격렬하고 탱탱하게 벌어진 탓에 보통 삶이 질서가 무너졌다. 사촌이 잘되면 질투를 했다. 이웃집 자식이 출세를 하면

현수막을 걸어놓아 박수를 치면서도 심해진 부러움을 속으로 삭혔다.

생활 속에서 촉발된 경쟁과 질투는 종종 말싸움으로 와전되어 상처를 주고 받는 원인이 됐다. 부를 소중히 하는 성향이 강해지면서 물려받은 재산을 둘러싸고 부자 간, 형제 간 싸움이 빈번하게 벌어졌다. 법을 배운 것을 실험이라도 하듯이 조상들이 구두로 사고 팔은 문서 없는 땅이나 산을 가로채기 위해 사사건건 소송을 걸어 풍파를 일으켰다.

언제나 싱글벙글 웃으며 친절한 마음씨를 내보이던 어떤 중년은 여편네 몰래 동네 사는 노처녀와 눈이 맞아 소리소문없이 사라졌다. 엎친데 덮친격으로 마을의 행사를 거들어 주기 위해 거주했던 힘 좋은 산지기는 큰 마누라와 작은 마누라 둘을 데리고 있으면서도 조카를 임신시킨 사건이 들통나 쪽박을 차고 추방당하고 말았다.

어른들은 체면이 깎이는 개망신을 당한 탓에 탄식을 하고 쌍욕을 해대면서도 마땅한 대안을 찾지 못했다. 마을 행사를 치를 때면, 산지기가 했던 일들을 앞에 놓고서 아무도 나서질 않았다. 다만 서로 얼굴을 들어 하늘을 보다가 가끔씩 곁눈질로 상대방을 봤고, 뒷짐을 쥐고 헛기침으로 해주었으면 하는 신호를 보내며 속앓이를 했다.

잔치가 있으면, 고향을 떠나 잘 나가는 것처럼 보였던 이웃이 돌아와 자랑을 하다가 한참만에야 안겨주는 선물이 은근히 마음을 포근하게 했다. 자랑질로 하는 성의 없는 선물이었지만 기분 좋은 설렘을 유발하였고, 일상에서 노출되었던 경쟁심이나 질투심을 잠시 숨겨두는 어설픈 배려로 작용했다. 이곳에서만 벌어지는 이웃 간의 인사치레였다.

우리 집은 옛날에 이조참판과 도승지를 지낸 조상들이 위엄을 갖고 뿌리를 내린 탓에 양반집이라는 소문이 자자했다. 전통적인 유교 예절과 생활 질서가 뿌리 깊이 내려 엄격하게 지켜졌다. 세상과 사람의 이치를 따르는 것을 최고의 가치로 삼았다. 물질과 여색에 빠져드는 탐욕을 자제하였고, 올바르고 맑은 정신을 강조했다. 가정에서의 행동거지를 스스로 통제하고 동시에 사회질서를 지키도록 요구받았다.

알거나 모르거나 집에 오는 손님에게 무릎을 꿇어 큰절을 올렸고, 어른을 공경하고 조상을 섬기며 상하 질서와 충효를 다하는 것을 덕목으로 고집했다. 타인의 어려움을 돕고 거절하지 않으며 배반하지 않는 것을 신의로 삼았다. 이해하여 관용하고 싸움이나 시비를 걸지 않으며 나서지 않고 양보하는 것을 겸손으로 여겼다.

재물이나 여자를 소중히 하고 아끼며 주사와 도박을 멀리하는 것을 미덕으로 알았다. 남자가 가정을 책임지고, 여자보다는 우선하는 의식이 오랜 전통으로 자리 잡았다. 비경쟁적이고 비합리적이며 수동적이지만 대대로 지켜온 가풍을 지켜내는 사명감을 갖고 있었다. 빈틈없이 전승되어 견고하게 지켜진 자부심 높은 우리 집에 정착한 '인정머리 예절'이었다.

아랫마을 대갓집의 딸로 호의호식하던 할머니는 진사집 양반이라는 별칭에 홀린 어른들의 주선으로 혼인하고 말았다. 시집오면서 데려온 몸종이 있었지만 가세가 여의치 않아 다시 친정으로 보낸 흑역사가 있어 체면이 구겨졌다. 양반집에 어울렸던 할머니의 사정이 우리 집의 현실을 넘어서서 벌어진 촌극이었지 계급을 타파하려는 인간적인 심성이 작용한 것이 아니었다.

할머니는 농사를 할 줄 몰랐고, 호미질도 못하는 그런 분이었다. 남들이 흔히 쓰는 '놈'자도 쓸줄 몰랐다. '장화홍련전', '홍길동전', '춘향전', '콩쥐팥쥐전' 등을 읽으면 세월을 보냈다. 까막눈이었던 어머니에게 한글을 가르치는 것이 유일한 일이자 낙이었다.

세수를 한 내 코를 볼 때마다 만지면서 "타관(他官)물을 먹을 귀한 놈이여!"라며 꿈을 키워주었다. 머뭇거리지 않고 물이 흐르듯이 자연스럽게 다가온 '타관'이나 '귀한 놈'이라는 말에 꽂혔다. 할머니가 하는 희망의 소리가 꺼지지 않도록 자꾸 듣고 싶었다. 왜 그런지 궁금해서 거울에 비친 코를 이리저리 세심하게 관찰했지만 답은 오리무중이었다.

아버지는 잘생기고 말을 잘하고 이웃에게 친절해 호인으로 통했다. 학창 시절에 공부를 잘했다는 사실을 집에 널려 있는 상장들이 증명해주었다. 청년 시절에는 누구에게나 주머니 쌈짓돈을 내어주었다. 밤낮으로 만나는 동년배를 형제처럼, 선후배를 형이나 아우로 불러 친근감이나 통쾌한 웃음을 유발하였다. 사시사철 신사복에다 조끼를 입고 다녔고, 그 스타일을 평생 고집스럽게 유지해온 신사에 가까운 촌사람이었다.

가끔 잠결에 전신을 뒤틀며 소리를 냈던 모습을 종종 보곤 했다. 먼 산을 보면서 들리지 않는 메아리에 귀를 기울이기도 했다. 신음인지, 저주인지, 즐거움인지 알 수가 없었지만 무엇인가에 사로잡혀 있다는 생각을 하게 했다. 숨 쉬는 것조차 힘겨워했다. 어디엔가 숨고 싶고, 멀리 도망가고 싶은 듯한 발버둥이었다. 두려움에 싸인 듯한 얼굴을 볼 때면, 정신이 혼미해지고 육신이 시들어가고 있는 것 같았다. 아버지는 겁에 질린 얼굴과 평온한 얼굴을 동시에 가졌다. 알 수 없는 소리와 얼굴에 '비밀'이 있다는 것만을 알고 있을 뿐이었다.

어머니는 매사에 거칠었지만 순박했고 끈기가 있었다. 아침에 일어나면 다하지 못한 일이나 해야 할 일, 할 수 없는 일을 가리지 않고 했다. 가사와 농사를 도맡아 하다 보니 설움을 듬뿍 담은 욕을 내뱉으면서 삶을 이어갔다. 아픔이 있는 한 분만을 기억하는 일편단심, 농토와 함께 지내다 나뭇가지처럼 굽어진 장딴지, 거북이처럼 딱딱해진 손등과 얼굴, 지치지 않고 쏟아내는 쩌렁쩌렁한 쇳소리, 남자 없이도 살 수 있는 남자 같은 여자였다.

얼굴을 붉게 달아오르게 하고 가슴을 갑갑하게 짓누르는 화병이 있었다. 그러면 "빌어먹을 이곳에 시집을 와서!"라고 신세타령을 하며 하루를 열고 닫았다. 어머니는 아버지를 통해 현실의 어려움을 알게 되었고, 할머니를 통해 신세의 처량함을 인식하게 되었다. 자식이 잘되어 고향을 미련 없이 탈출하기를 바라는 마음을 가졌다. 그러면서도 희망은 희망일뿐이었고 멀고 먼 타인의 이야기나 지나가는 바람처럼 여겼다.

우리 형제는 농촌이 주는 훈장을 몸에 더덕더덕 지니고 있었다. 햇빛에 타버린 새까만 얼굴을 하고, 빡빡 깎은 머리통은 촌티를 더욱 진하게 풍기게 했다. 그러나 마음만은 오고 가는 계절의 변덕에 잘 적응하면서 건강하게 생활을 했다. 황금으로 된 집을 갖고 싶은 거대한 꿈이 아니라 안심하게 밥을 먹으며 정상적인 길을 걸어가는 희망을 가졌다. 사람들이 모여 사는 곳에서 표나지 않게 섞여 사는 것이었다.

우리 가족은 서로 다른 모습을 가지고 있지만 하루 세끼 식사를 같이 하는 것을 지켰다. 항렬과 남녀 순서대로 밥을 펐고, 어른이 먼저 숟가락을 들어야 식사가 시작됐다. 수저가 동시에 놓여졌고, 젓가락 질은 대대로 내려온 방식으로 잡아야 했다. 식사 중에는 말을 하지 않고 씹는 소리를 내지 말아야 했다. 좋은 것이나 새로운 음식은 어른부터 주었고, 다 먹지 않고 남겼다. 먼저 자리를 비워 마음 편하게 먹도록 배려했다. 어른이 출타하면 아랫목에 밥을 데워놓았다. 그것들이 전통적으로 이어져 한결같이 지켜진 '밥상머리 예절'이었다.

전통적으로 계승되어온 인정머리 예절과 밥상머리 예절이 잘 지켜져 우리집은 생존하는 동안에 온전한 가족을 구성하고, 거대한 파고가 비켜갈 것이라는 것을 확신했다. 지나가고 다가오는 삶이 크게 부풀려지거나 기우뚱거리지 않고 얌전하게 순항하기를 의심하지 않았다. '예절'을 지키는데 게으름을 피우지 않고 충실하게 살아왔기 때문이었다. 기대나 의지와 상관없이 찾아오는 시대는 어느 시점에서 만나든 부드럽고 친화적이며 우호적으로 대하는 선인의 행동과 같을 것이라고 강하게 믿었다.

그렇기 때문에 우리는 예측이 불가능한 시대의 침공으로 칠흑과 같은 어두운 공간으로 내몰리고, 두려움과 공포 속에 떨어질 운명이 있다는 것을 상상도 하지 않았다. 더욱이 가족공동체가 너덜너덜한 만신창이로 변하여 마음이 쪼그라드는 힘겨움에 처하거나 과거의 흔적이 날카로운 화살처럼 당겨져 현실과 미래에 상처를 낼 것이라는 일말의 가능성도 머릿속에 없었다.

겨울이 지나면 기지개를 펴고 희망에 기댈 수 있는 봄이 오는 자연의 이치에 걸맞는 행보를 기대했다. 비록 척박하고 팍팍한 세상에 던져져 허둥대며 사는 삶일지라도, 날개가 꺾여 파닥거리다 힘없이 떨어지는 상처투성이의 새가 될지라도 하나의 가족으로 살아갈 수 있는 모습을 그렸다. 오늘의 가족이 내일의 가족이 되는 그런 하나의 가족으로 말이다.

우리는 인정머리 예절과 밥상머리 예절을 파괴하는 거친 시대가 폭풍처럼 불어닥쳐 흔들어 놓아도 예절을 지키며 온전하게 살아남기를 바랐다. 결코 부당한 꿈을 꾸고 있다고 생각하지 않았다. 공동체 생활에서 추락하지 않고 앞으로 정상적(正常的)으로 걸어가고 싶은 최소한의 염원만을 가졌다.

2. 침묵이 부르는 노래

좋은 역사와 나쁜 역사가 있다. 순탄한 인생과 험난한 인생도 있다. 좋은 삶과 나쁜 삶도 있다. 좋은 것이나 나쁜 것이나 따라 하다 보면 자기 것이 된다. 따라 하지 않는 것이나 따라 배운 이후의 것은 미지의 세계이다. 미지의 세계는 혼자 걸어가야 할 길이지 따라가거나 비켜 가야 할 길이 아니다. 우리는 따라하는 것과 혼자하는 것을 해야 하는 숙명을 갖고 있다.

동네 어귀에는 눈에 들어오는 크고 화려한 집이 있어 지날때마다 어떻게 부자가 됐는지 하는 의문이 들었다. 집안 어르신 집이었다. 기와집 네 채가 가지런히 있고, 처마 끝에는 어처구니가 내려다보았다. 벽돌로 된 높은 담벼락은 접근을 불허한다는 의미로 받아들여졌다. 집안에 있는 크고 작은 나무들은 비밀이 있다고 폭로라도 하듯이 고개를 내밀고 있다.

그 집에는 어르신 부부, 부모와 떨어져 사는 손자와 손녀 등이 살았다. 부자라는 것을 자랑이라도 하듯이 좋은 물건들이 많았다. 식사 때가 되면, 유난히 맛있는 냄새가 풍기는 듯했다. 그리고 사정이 있어 도시에서 내려온 손자와 손녀는 때깔 좋은 옷과 본 적도 없는 장난감을 갖고 놀았다. 마치 왕자와 공주같은 대우를 받고 있다는 소문도 있었다.

이유를 잘 모르지만 동네에서는 그 집을 어르신 집이라고 불렀다. 나는 나이 든 어르신 집을 보면서 부러움을 간직해야 했고, 동시에 '우리 집은 왜 그렇지 못한 것일까?' 라는 의문이 들었다. 부러우면 진다는 의미를 갖게 하는 그런 존재였다. 상대적으로 우리 집에 대해서는 생활환경이 많이 뒤처지고 있다는 점과 자유롭지 못한 일상에 대한 불만이 생겼다.

빈자는 부자를 부러워하고, 부자는 더 큰 부자가 되기 위해 욕심을 내는 것이 인간사 흐름인지도 모른다. 나는 적어도 빈자에서 벗어나야 한다는 막연하지만 확고한 각오를 했고, 언젠가는 성취할 것이라고 상상을 했다. 집안 어르신이 부자가 된 방법을 흉내라도 내고 싶다는 생각을 종종 했지만 알 길은 없었다.

여름이 되면, 복숭아 과수원이 눈길을 끌어 마음을 뒤집었다. '탐스럽게 열렸다!'고 감탄하기보다는 '하나 먹고 싶다.'는 욕심이 더 간절했다. 한 번도 제대로 된 과수원 복숭아를 사 먹어 본 적이 없었다. 학교에서 '씨앗을 가지고 와.'라는 통에 친구와 모의해서 씨앗을 만들기 위해 복숭아를 몰래 따먹었다. 몰래 딴 복숭아를 먹다가 발각되어 되게 혼줄이 났었다. 급하게 씹다가 보니 복숭아를 먹었는지 탱탱한 긴장감을 목구멍으로 넘겼는지 알 수가 없었다. 그때 처음으로 과수원의 온전한 복숭아를 먹어봤다.

가을이 되면, 옆에 조성된 다른 과수원에는 무르익어가는 사과가 유혹했다. 새빨간 사과를 보며 길가로 떨어지길 바랐다. 주인 잃은 사과를 기대했다. 그러나 어느새 익었다 싶으면 쥐도 새도 모르게 따버렸다. '과일은 도대체 어디로 갔을까?'라고 남의 과일의 행방을 찾았다. 어르신의 과수원은 눈만 뜨면 보였고, 손대면 닿을 수 있는 곳에 있었지만 눈독을 들이는 것으로 만족해야하는 꿈의 과수원이었다.

가끔 속사정도 모르고 어머니에게 투정을 부렸다.

"과수원을 만들어, 그래야 과일을 먹을 거 아녀."

복숭아가 익어갈 때나 사과에 유혹될 때면, 주문해도 나오지 않는 단골 메뉴가 되어버렸다. 복숭아나 사과는 단순하게 먹는 과일이 아니라 부의 상징이었고, 부러움의 징표였다.

추수할 시기가 돌아오면, 동네 사람들이 어르신 집의 벼를 베고 타작을 했다. 유일하게 어르신 집을 방문할 수 있는 날이었다. 부모님, 큰어머니와 사촌형, 작은 당숙과 당숙모 등도 어르신 집에서 일을 거들어 줬고 거기에서 밥을 먹었다. 쌀밥, 계란찜, 고깃국이 나오는 날이었다. 장작불 쌀 누룽지도 먹을 수 있었고, 온전하지 않지만 사과도 먹을 수 있었다. 마음 편하게 배불리 먹으면서도 마음을 허전하게 하는 그런 행사였다.

어르신은 할아버지의 사촌으로 나와는 8촌 관계였다. 질긴 생명력을 갖고 태어났는지 마을에 불어닥친 역병에도 거뜬하게 살아남았다. 그렇기때문에 집안의 대소사에 깊이 관여하면서 큰 어른 행세를 했고 특권도 누렸다. 마을 사람이 의지하게 되면서 자연스럽게 '어르신'이라는 호칭이 붙었다.

강한 생식력 탓인지 할머니를 여럿 들였다. 본처를 잃은 후 셋이나 얻었다. 첫째 부인은 양갓집 규수였으나 아이를 낳지 못해 친정으로 쫓겨났다. 둘째 부인은 딸을 둘 낳고 세상을 떠났다. 셋째 부인은 남자아이 둘을 낳고 바람처럼 사라졌다. 넷째 부인은 소도시에서 술집을 하여 좋지 않은 소문이 났음에도 불구하고 미모가 뛰어났던지 집안으로 들였다. 아이를 낳지 못하는 몸을 갖고 있어서 그런지 누구의 아이든 관계없이 애지중지 대했고 정성을 다하는 모습에 칭찬이 자자했다.

우리 할아버지 형제는 두 분이 있었다. 머리가 좋은 큰할아버지는 일제 강점기 때 마을에 퍼진 역병에 걸려 당숙을 남기고 세상을 떠나고 말았다. 외동아들인 당숙은 면에서 근무하는 서기였고, 가세가 위축되었지만 공무원을 하면서 그런대로 체통을 이어갔다. 아버지와는 사촌 관계에 있었고 집안을 이끌어 가는 입장에 있었다.

용감하고 주저하지 않는 우리 할아버지는 아들 둘을 두었다. 일찍부터 일본에 들어갔지만 혼란 속에 행방불명이 됐다. 큰아버지는 할아버지의 뒤를 따라 일본에 들어간 후 해방이 되면서 귀국을 했다. 나이 차이가 있던 아버지는 졸지에 집안을 돌봐야 하는 처지가 되고 말았다. 대체로 여자들이 집안을 끌어가다 보니 가세를 유지하는 데 한계가 있었다.

할아버지에 대해서는 동네 유지로서 품행이 좋았고 인심도 많은 어른이었다는 것 이외는 아는 바가 없었다. 얼굴도 본 적이 없었기에 미련이나 그리움이 그렇게 많지 않았다. 그나마 좋은 분이라는 평판이 있는 것만으로도 위로가 됐다. 할아버지의 죽음은 가장의 죽음이었고, 가세가 기우는 계기가 되었으며, 할머니에게 과부라는 칭호가 붙은 원인이 되었다. 그런 상황에서 피와 정을 나눈 친척이었던 어르신이 집안 대소사를 주도했다.

사범학교를 졸업하고 교편을 잡았던 큰아버지는 소식이 끊어진 할아버지의 생사를 확인하고, 새로운 삶의 돌파구를 찾기 위해 일본으로 도항했다. 그러나 도항한 이후부터 연락이 두절되어 생사를 알 수 없었다. 아무런 연락 없이 몇 년이 지난 후 갑자기 귀향했다. 완전하게 고향으로 돌아온 것이 아니라 잠시 들렀던 것이다.

일본에 들어간 후 할아버지의 행방을 백방으로 찾아봤지만 결국 생사를 확인하지 못하고 도쿄(東京)에 눌러앉았다. 일본은 전시경제체제로 전환되어 물자통제를 하였기에 물자 부족이 심각했다. 물자를 납품하는 회사에 들어가 돈을 벌 수있는 기회를 가졌다. 한국과도 연계되어 있었기 때문에 이곳의 물자 사정도 잘 알고 있었다.

넉넉한 돈을 가지고 왔기에 식구의 안정적 생계를 위해 토지를 샀다. 그리고 큰어머니와 함께 일본으로 돌아가려고 했으나 일본에서 생활하는 것을 무서워해서 '한국에서 살겠다.'고 짐을 싸 친정으로 도피했다. 함께 일본에 갈 것을 설득 했지만 강하게 거부하여 망연자실했다. 결국 큰아버지는 포기하고 다시 일본으로 들어갔다.

논을 사고 남은 돈을 남겼다. 돈을 벌 줄도 모르고 쓸 줄도 몰랐고, 소중하다고만 생각해서 배게 속에 넣어 보관했다.

귀한 돈이라는 생각에 배게 속에 넣어 안고 잤다. 그러나 '논을 샀다.'는 사실을 알고 질투를 했던 어르신은 호시탐탐 돈을 노렸다.

좀처럼 방문한 적이 없었지만 돈이 있다는 것을 알고 종종 발길을 옮겨 사정을 염탐했다. 어느 날 작심하고 어르신은 폭탄선언을 했다.

"잘 굴려 줄테니 내놔!"

욕심쟁이라는 사실을 경험으로 익히 알고 있었기 때문에 강하게 거부했고 상대를 하지 않았다. 그러나 어르신은 평소에도 시야에 들어온 먹잇감을 놓치는 법이 없었다.

회유와 협박을 해도 말을 듣지 않자 집안을 샅샅이 뒤지기 시작했다. 유난히 도톰한 베개를 보면서 돈이 들어있다는 것을 알고 끌어안고 도망치듯 가져가 버렸다. 정신적 신체적 완력이 강했기 때문에 당할 수 없었다. 사정을 해도 팔팔 뛰어봐도 허사였고 찾아가도 소용이 없었다.

큰아버지는 일본에 들어간 후에도 빼앗기고 있다는 사실을 알지 못한 채 돈을 송금했다. 어르신의 탈취행위는 지속적으로 이루어졌다. 참다못해 피 섞이지 않은 이웃집에 돈을 맡겼다. 어르신은 그 사실을 알고 벼락같이 화를 냈다.

"피를 나눈 나를 못 믿어, 괘씸하게!"

노발대발 쌍욕을 하고 다시 빼앗아 갔다. 마치 전쟁에서 승리한 전승자가 전리품을 차지하듯이 의기양양해서 가져갔다.

어르신은 빼앗은 돈으로 새로 집을 짓고, 논과 밭, 넓은 과수원도 샀다. 동네에서 눈에 어른거리던 논과 밭을 족족 사들였다. 여자들만 있다고 무시했고, 일본에서 온 돈을 자기 것으로 탈바꿈시키는 탁월한 착취능력과 힘의 마술을 발휘해 부러움을 사는 천석꾼의 알부자가 됐다.

이후에도 돈을 변제하기는 커녕 입을 씻고 몰라라 방치했다. 가을이 되면 쌀 몇 가마니를 주고는 큰 인심이라도 쓰듯이 큰 소리를 쳤다.

"가지고 가, 망할 여편네, 이것이 마지막 변제여, 앞으론 얼씬도 하덜 말어."

마을에 좋지 않은 소문이 퍼지자 할 수 없이 밭 두 마지기를 약탈당하는 기분으로 주면서 결국 손절했다.

등굣길에 부러움으로 기웃거렸던 어르신은 그렇게 부를 쌓았다. 일본에서 큰 아버지가 목숨을 걸고 벌어 보내준 돈을 빼앗아 부러워하는 부자로 호의호식했다. 어르신은 친척이라는 관계를 충분히 이용해서 새로운 삶을 개척했고, 우리 집은 친척이라는 빌미로 있는 것을 빼앗기는 상황에 몰리고 말았다. 그렇게 해서 어르신은 부러움을 받는 부자로, 우리는 부러워하는 빈자로 살고 있었던 것이다.

큰아버지는 일본에서 일을 하면서 조선인이라는 이유로 난감하고 위험한 상황에 처하는 경우가 종종 발생했기 때문에 일본인이 되기를 결심했다. 양자로 갈 수 있는 것도 아니었다. 결국 생존하기 위한 방편으로 죽은 일본인의 호적을 돈으로 샀다.

그렇게 해서 다카키 타로(高木太郎)라는 일본인으로 새롭게 태어났다. 국적과 이름을 가슴속에 묻어버리고, 죽은 일본인의 생명을 이어갔다. 혼자 일본에 돌아간 후에 일본인 상관의 딸을 아내로 맞아 새 가정을 꾸렸다. 그러나 한국 가족을 위해서 돈을 보내는 것을 잊지 않았다.

일본이 패전하고 해방이 되면서 소식이 없던 큰아버지는 갑자기 혼자 귀향을 했다. 일본에 있으면서 도쿄공습으로 인하여 부인과 자식, 재산을 모두 잃고 겨우 목숨만 가지고 귀국했다. 원래대로 혼자 들어가서 혼자 돌아왔지만, 공습으로 인한 상처와 정신적 충격을 받아 분열증이 생겼다.

큰아버지는 병이 재발하면서 큰어머니와 친척을 미워했고 구타도 했다. 온전치 못한 몸으로 공포와 두려움으로 점철된 생을 이어갔다. 돈의 행방을 듣고는 재발 빈도가 높아졌다. '빌린 돈을 변제했다.'고 큰 소리치는 어르신에 대한 증오도 생겼다. 발작하거나 흥분하면 '돈 가지고 오겠다.'며 도끼를 들고 가 마루를 찍기도 했다.

일본에서 생사의 경계선에서 생을 살았듯이 한국에 돌아와서도 삶과 죽음을 아슬아슬하게 넘나드는 곡예의 삶을 이어갔다. 점차 죽은 다카키 타로의 뒤를 따라가고 있었다. 정신분열증과 화병이 반복되면서 정신을 잃어갔다. 몸과 마음이 쇠약해져 가면서도 표출되었던 광기는 마치 전쟁에서 패배해서 생긴 광분한 일본을 닮아 있는 듯했다.

결국, 젊은 시절 많은 추억을 갖고 있던 선산의 오동나무에 몸과 마음을 맡겨버렸다. 삶의 이정표를 멈추게 했다. 자신을 버리고 다카키 타로를 버렸다. 조선인 큰아버지와 일본인 다카키 타로가 사라지는 순간이었다. 일본에서 이름을 주고 간 다카키 타로는 현해탄을 건너 머나먼 타국에서 이렇게 다시 한번 죽음을 맞았다.

일본은 항복하면서 전쟁에서 벗어났고, 한국은 해방이 되면서 식민지로부터 벗어났듯이 큰아버지는 죽어서 고통으로부터 해방을 맞았다. 우리 집은 해방이라는 새로운 시대가 오면서 큰아버지를 잃은 것으로 끝나지 않고, 다시 소용돌이에 휘말리고 말았다.

일제식민지로부터 벗어나는 기회가 되었지만 국내외적으로 발흥하고 있던 좌우이념 대립과 냉전이 촉발되었기때문이다. 온 나라가 일부 지식층이나 지도자들이 내세우는 이념전쟁의 소용돌이에 휘말렸고, 우리 집도 비켜가지 못했다.

좌우이념논쟁이 체제싸움으로 과열되었고, 체제싸움이 극단적으로 양극화되기 시작했다. 일제청산을 하기도 전에 잘난 사람들 간에 벌어진 이념 전쟁이 깊이를 더해갔다. 한반도내에서, 그리고 사람 사이에서 좌우 대결 구도가 뚜렷하게 쌍곡선을 형성하면서 돌아올 수 없는 강을 건너고 말았다.

국가 수준에서뿐 아니라 도, 시, 군, 면, 지식인, 민간인 등에서도 같은 현상이 벌어졌다. 민족주의자 사이에, 반공산주의자와 공산주의자 사이에, 정치가와 정치가 사이에, 지식인과 지식인 사이에, 청년과 청년 사이에 좌우이념이 깊숙이 파고들었다. 예외 없이 조그만 우리마을에도 좌우 광풍이 불어와 젊은이들을 사지로 내몰았다.

국제사회에서 냉전에 불이 지펴지고 격화되면서 공산당 색출과 추방이라는 이념사냥이 시작되었다. 그런 흐름에 편승해서 국내에서도 남로당과 좌익사상가의 색출과 동시에 교화 활동이 시작됐다. 좌익사상가를 계몽하고 지도하기 위해 조직된 관변단체로서 반공운동을 내세운 '국민보도연맹'이 결성되었고, 일제 강점기에 행정과 경찰을 경험인 인물들이 운영했다.

국민보도연맹은 지도위원회의 지시에 따라 좌익사상가 색출과 교화를 진행했다. 초기에는 좌익활동을 하다가 그만

둔 전향자들이 가입했다. 시간이 흘러가면서 말단행정기관에 실적을 요구하여 강제로 가입시키는 편법이 행해져 관련 없는 인물도 포함됐다. 반공 정책의 이름으로 지역별 할당제가 부과됐고, 담당자들은 실적 올리기에 혈안이 되어 무리하게 가입을 유도했기때문이다.

혼란한 틈을 타고 무학자들이 등록하는 일도 있었고, 사상범이 아닌 일반인이 스스로 가입하는 경우도 생겼다. 중학생이나 고교생도 가입했다. 심지어는 이장이 동네 사람의 도장을 걷어다가 가입 문서에 찍는 일도 발생했다. 궁핍함을 해결하기 위해서, 부족한 물자를 준다는 소문 때문에, 개인적인 복수를 위해서, 우월감을 과시하기 위해서 등 다양한 이유로 가입했다.

더욱 처참해진 것은 이념이 생사를 결정하는 중요한 기준이 되는 상황으로 변한 것이었다. 이념싸움이 죽기살기로 진행되면서 비극을 만들어내고 말았다. 이념이 중시되어 원칙과 상식이 쓰레기처럼 버려진 시대였다. 사상이 인륜 관계를 끊어놓았다. 자신을 속이고 타인을 속였다.

식민지로부터 해방된 사람을 사상의 노예로 만들고 말았다. 사상의 노예가 되어 국가와 민족, 이웃과 형제간의 알력과 분단을 초래했다. 민족과 이념이 학살 전쟁을 불러왔다. 국가가 흔들리면서 개인이 희생되는 시대가 되고 말았다.

극단적인 이념과 체제를 둘러싼 갈등은 한국전쟁의 발발로 극대화됐다. 예상치 못했던 전쟁으로 국군과 경찰조직이 와해되어 후방으로 후퇴하면서 국방과 치안 공백이 발생했다. 더욱이 인민군이 벌떼처럼 밀려오는 가운데 서울뿐 아니라 점차 점령당한 도시와 마을이 인공기로 물들여졌다. 그런 물결은 남쪽으로 남쪽으로 흘러갔다.

인공기가 하늘과 땅을 덮으면서 그동안 차별과 냉대를 받아온 좌익사상가 일부는 물 만난 물고기처럼 날뛰었다. 닭을 쫓는 개처럼 거품을 물고 경찰, 군인, 공무원, 우익인사 등을 무차별적으로 공격했다. 전향자니 반역자니 하며 받은 설움을 일시에 폭발시켰다. 인민군이 쓸고 가면서 숨어있던 무리들이 완장을 차고 힘주고 인민재판을 했다.

좌익청년들은 인공기를 들고 의기양양해서 큰 도로를 막고 보초를 섰다. 곧 들이닥칠 인민군을 맞이하기 위해 급조된 인민군 환영단이었다. 학교장이나 지역유지, 경관이나 공무원을 잡아놓고 '인민군 만세'를 외치게 했다. 또한 군경주둔지나 동태를 인민군에서 알리는 것을 평화적 행위라고 규정하고 밀고를 했다.

이 잡듯이 구석구석 이곳저곳 숨어있는 반공주의자를 색출해서 린치를 가했고 극단적인 방법으로 복수했다. 가끔 안면이 있거나 친구이거나 하면 모르는 척 넘어가기도 했고, 뇌물을 주면 그냥 보내주는 선심도 썼다. 만나면 만나는 대로 도망가면 도망가는 대로 박해를 하는 비극을 연출했다. 인민군 공포가 아니라 좌익사상가 공포가 휘감아 버렸다. 인민군보다 더무서워진 이념논자가 광분해서 판치는 세상이 되어버렸다.

보복은 또 다른 보복을 불렀다. 이번에는 국민보도연맹 가입자나 남로당 관련자에 대해서 체포령에 이어 처형령이 내려졌다. 반공주의자들의 보복이 시작됐다. 처단 명령에 따라 그들은 경찰서에 구금되어 처단식을 기다렸다. 잡힌 사람들은 차례대로 짐짝처럼 트럭에 던져졌고, 어디론가에 끌려가 비명 한 번 지르고 사라져갔다. 이념이 보복이 되었고 보복이 이념을 강화하는 불행을 자초한 시대였다.

아버지가 살던 마을에도 상황이 급하게 돌아갔다. 인민군이 마을을 장악하면서 먼저 경찰서와 면사무소를 찾았다. 면서기였던 당숙은 좌익사상가라는 사실이 알려지고 완장을 차는 상황이 되어버렸다. 그동안 행적을 기초로 반공주의자를 색출하기 시작했다. 색출된 사람은 대부분 아는 사람으로 동네, 이웃마을, 동창생, 선후배들이었다. 모두가 진영논리라는 거센 바람 앞에 꺼져가는 촛불이 되는 신세였다.

도청에 근무했던 아버지는 군인으로 차출되어 입대하는 바람에 좌우대립으로 벌어지는 위기에서 벗어났다. 입대하면서 공산주의자를 색출하는 임무를 맡게 되었다. 아버지가 속한 부대는 공산당색출이라는 명분으로 마을에 들어왔다. 아버지와 당숙, 친구와 아버지가 외나무 다리에서 만나는 운명이 점점 다가왔다.

아버지는 이미 여드름으로 상처투성이가 되었던 어설픈 청년이 아니었다. 경직된 살기가 눈빛을 통해 발사됐고, 몸에서는 강한 기운이 풍겨 범접하기 어려운 타인이 되어 있었다. 옳고 그름에 좌우될 것이라는 기대나, 인정과 혈연에 움직일 것이라는 기대는 아예 생각도 못하는 맹수로 변했다.

아버지는 당숙이 좌익성향에 치우쳐 있다는 사실, 친구들이 관련되어 있다는 것을 알고 있었기 때문에 최소한의 희생으로 마감되기를 바랐다. 당숙은 뒷산에 땅굴을 파고 몸을 숨겼다. 가족들의 성화로 목숨을 건지기 위해 굴속 생활을 하게 됐다. 자신의 목숨과 미래를 굴속으로 가지고 간 것이나 다름이 없었다.

좌익사상가라는 시대가 부여한 훈장은 참으로 초라해졌다. 당숙과 가족에게 사상은 목숨과 맞바꿀 수 있는 그런 것이 아니었다. 그러나 얄궂은 운명을 탓하기에는 이미 늦어버렸다. 새롭게 시작하기엔 너무 멀리와 버렸다. 시대와 처해진 상황을 거부하기엔 힘이 없었다. 시대와 동행하면서 선택이라는 자유를 얻었지만 구차하게 생명을 구해야 하는 처지가 되고 말았다.

아버지는 걱정이 되어 집에 제일 먼저 들이닥쳤다. 가족들을 똑바로 쳐다보며 떨리는 목소리로 사상관련자의 행방을 물었다. 당숙의 행방을 물었던 것이다. 가족들은 아버지의 소리가 행선지를 말하지 말라는 것이라고 생각했다. 살아남아야 한다는 절규의 소리로 여겼다. 대원중에는 같이 입대한 동창생도 있었지만 침묵으로 일관하였기에 무사히 넘어가는 상황이 됐다.

침묵은 지키는데 맛이 있고, 누설은 발설하는데 참맛이 있는지도 모른다. 침묵은 누설로 생명을 잃고, 누설은 침묵으로 생명을 잃는다. 서로는 살생하는 관계에 있는 것이다. 인간은 침묵과 누설을 자의적으로 선택할 수 있는 특권을 가지고 있다. 마을에서 침묵은 오래가지 못하고 깨지고 말았다.

마을에서 사라진 좌익 청년들을 찾는 데 많은 시간이 걸리지 않았다. 이웃 마을에 변절자가 있었다. 아버지의 친구이며 좌익 골수분자로 이후 나의 초등학교 담임이었던 선생님은 색출 일호 대상이 되어 제일 먼저 잡혔다. 군인들은 선생님의 생명을 놓고 거래를 했다. 목숨을 구해주는 대신 숨어있는 자들을 불라는 조건이었다. 절체절명의 궁지에 몰린

선생님은 다른 이들의 목숨과 자기의 목숨을 맞바꾸는 선택을 하고 말았다.

마을 입구 어귀에 색출된 좌익 젊은이들이 트럭에 차곡차곡 곡식처럼 실렸다. 마치 추수 시절 볏단을 연상하게 했다. 무슨 일이 벌어질 것이라는 사실을 잡은 자나 잡힌 자 모두가 암묵적으로 알았다. 아버지는 국가의 명령이라는 임무와 살생을 피하고 싶은 인륜 사이에서 숨을 헐떡였다.

다음 트럭이 한가득 싣고 왔다. 차 안을 보니 당숙이 쪼그리고 앉아 광속의 눈빛으로 아버지를 쏘아봤다. 살려달라는 눈빛인지 원망하는 눈빛인지 알 수가 없었다. 그 옆에는 초등학교 시절 절친이었던 선생님이 야릇한 웃음을 머금고 앉아 있었다. 옆마을 이장, 면사무소 직원, 경찰, 죄없이 잡힌 청년들도 끼어 있었다.

아버지는 아무말 없이 연민과 아쉬움이 있는 눈빛으로 당숙과 선생님을 바라보면서 머릿속이 하얗게 되어버렸다. 누군가 자신을 잡아갔으면 하는 간절한 바람만이 불었다. '차라리 죽음으로 대신할까?' 라는 망설임에 흔들렸다. 이때 상관은 아버지가 들고있는 총부리의 망설임과 흔들림을 눈치채 제지를 하였다.

아버지는 당숙과 친구에 대해서 하늘이 무너져도 정신만 차리면 살 수 있다는 확신도 없었고, 총을 맞아도 운 좋으면 살 수 있다는 조그만 기대도 없었다. 당숙과 친구가 이대로 죽음의 세계로 들어가고 있다는 것을 예감하고 있었다. 아버지는 얼떨결에 트럭에 올라 당숙과 선생님에게 다가가 작은 소리로 마지막 대화를 나눴다.

앞산 개울가를 지나 골짜기로 향했다. 공포가 하늘과 땅을 뒤엎었고, 트럭 안에서는 금방이라도 폭발할 듯 팽배해 있는 죽음의 아우성이 숨죽이고 있었다. 군인들은 제일 먼저 선생님에게 "내려 이세끼야!"라고 소리치자 선생님은 죽음의 질주를 했다. 트럭에 탔던 사람들이 도주를 하자 동시에 총알이 돌진했다. 아버지의 총부리는 초점을 잃고 있었다.

피범벅이 된 사람들을 볼 수가 없었다. 확인하는 것도 두려워 할 수 없었다. 당숙, 선생님이 참석한 죽음의 파티가 끝났다. 죽음은 사상의 광기에 의해 자행되는 생명착취에 불과했다. 사상의 힘이 인륜과 윤리를 깨서 부시는 권력으로 작용한 결과였다. 당사자의 힘에 의한 것이 아니라 개인을 초월해서 움직이는 국가에 의해 벌어진 참상이었다. 아버지가 함께 한 악몽은 죽은 자가 그려내는 그림자 없는 침묵의 춤이었다.

죽음의 향연이 지나간 자리에는 목숨을 담보로 거래를 했던 선생님만이 다리에 총상을 입고 살아남았다. 거래가 성사된 결과였다. 목숨이 목숨을 구하는 귀중한 순간이었지만 구차한 생명줄이었다. 죽음은 한 사람에게 명백하게 비켜갔다. 그 사실을 알지 못하고 참혹한 상황에 처했던 아버지는 안타까움과 허탈함에 빠져 참상을 초래한 시대에 대해서 증오의 눈물을 흘렸다.

그럼에도 불구하고 뜨겁게 달아오른 가슴에는 살인마와 같은 냉정함과 차가움이 자리를 잡았고, 총부리는 다음의 파티를 향해 질주했다. 아버지는 국방의 의무를 수행하는 군인으로 총을 들고 살인 명령에 따라 움직였건만, 그렇게 사라졌던 주검의 춤사위가 머릿속에 파고들어 흔들어 놓는 것을 알지 못했다. 다만 '인간'으로서의 흐름이 점차 사라지고 있다는 것을 인지하면서 행동에 대해서 후회하고 있었다.

아버지에게는 자신을 부셔 살렸던 시대, 정의의 이름으로 변장한 권력, 민족이 분단되어서는 안된다는 단일민족론, 사리사욕을 이념으로 둔갑시킨 지식인, 국가에 의한 살인명령으로 시작된 전쟁 등이 썩은 냄새를 풍기는 사체에 불과했다. 공산주의가 무엇인지, 민주주의가 무엇인지, 민족주의가 무엇인지 알지도 못했던 많은 청년의 목숨을 앗아갔고, 마음을 병들게 했고, 가족공동체를 잔인하게 해체했을 뿐이었다.

아버지는 종전되면서 아수라장이 된 몸과 마음으로 살인현장에 묻혀있는 영혼들과 동행해야 하는 고향으로 어쩔 수 없이 돌아왔다. 이후 도청으로 복귀하고 난 후 얼마간 무탈하게 근무를 했다. 그러던 어느 날 갑자기 사표를 내고 집으로 돌아왔다. 가족들은 도청을 그만두는 것을 강하게 반대했고, 이유를 물었지만 침묵으로 일관했다.

고향에 돌아온 후부터 이미 눈을 뜨거나 감거나 관계없이 아픔과 공포에 절여있었다. 산 자와 죽은 자의 경계에서 흔들리는 부적응자로, 국가와 자신을 미워하는 증오자로 스스로 낙인을 찍었다. 정상적으로 생활을 유지하기 어려울 정도의 정신적 결함이 생겼다. 가족 가운데 그 누구도 이 사실을 인지하지도 의식하지도 못했다.

국가와 민족을 위해 저지른 전쟁이었고 생존을 위해 멈출 수 없는 살생이었다. 죄를 묻기 어려운 이념논쟁이었지만 그것들이 안겨준 깊은 상처 덩어리에 짙게 눌려 기억의 기능이 만신창이가 됐다. 아버지는 벌어졌던 참혹한 사건들을 지우고 싶었지만 선명하게 지속적으로 되살아났다. 충격적인 기억을 몸과 마음에 매단 채로 생명을 유지했고, 간헐적으로 정신을 잃어 현실에 적응하는 데 무리가 있었던 것이다.

아버지는 과거 기억이 발작을 일으켜 현실의 맥을 끊어놓는 간헐적 과대기억증에 걸려 있었다. 그 순간에는 청년 시절 취미로 기억했던 것들에 본능적으로 말려들었다. 어느새 아버지는 기억을 지우기 위해서 집중력을 흩트리는 술을 먹거나 그것을 잊도록 집중하게 하는 화투를 습관적으로 했다. 자신과 삶을 망가뜨리는 결과를 낳을 것이라는 것을 인지 하지 못했다.

그처럼 아버지는 이념대립과 전쟁이 남긴 상처와 유산을 고스란히 받아들여야 했다. 집안에서 유일하게 살아남았기에 현실을 간헐적 과대기억증에 걸린 채 먹고 사는 현실적 투쟁을 하지 않으면 안됐다. 아버지는 전쟁을 치르는 과정에서 살아남았지만 온전하지 못한 정신을 갖고 삶이라는 새로운 전쟁에 돌입했다.

할머니는 나에게 가슴에 담았던 지난 기억을 생생하게 다 토해냈다. 할머니는 이야기를 끝내고 잠시 눈을 감고 속삭이듯 말했다.

"불쌍한... 죽은 아들."

나는 할머니가 흘리는 말에 의문이 들었다. 당숙이 죽었고, 아버지는 '살아있다.'고 생각했다.

"아버지?"

"아... 그려! "

"살아 있잖아유?"

"그려... 살아있어."

3. 사랑의 색깔

삶을 살게 하는 희망은 멀리서 기다리고 있어 다가가야 잡을 수 있다. 죽음에 이르게 하는 절망은 가까이에서 기다리고 있어 도망가야 뿌리칠 수 있다. 한바탕 전쟁이 쓸고 간 마을에는 쑥대밭이라도 된 듯이 건강하고 생기가 넘치는 사람과 자연이 별로 없었다. 인간이 자연과 자신의 생명에 린치를 가한 결과였다.

마을사람들은 아까운 목숨을 잃은 탓에 신음하면서도 하소연하지 못하고 무료하고 무덤덤한 하루하루를 보냈다. 현실과 앞길을 잃은 사람들로 둘러싸인 자연도 역시 삶의 소리를 죽이고 있었다. 죽음이라는 잊을 수 없는 상처를 입은 가운데서도 듬성듬성 생존한 청년들은 서로 구겨지고 창백한 얼굴을 보며 눈치로 대화를 하는 가운데 참상에 대해서 입을 다물고 일상을 이어갔다.

친구가 사라졌고 이웃이 돌아오지 못했으며 가정이 무너졌다. 상처를 어떻게 치유할 것인가, 누구를 위로하고 누구를 안아 줄 것인가를 생각하는 것 자체가 큰 사치에 불과했다. 아무도 슬픔이나 상처를 이야기하지 않았다. 침묵으로 말하고 눈물로 이야기할 뿐이었다. 깊숙이 자리잡고 있던 착한 인성이 멍들어버렸고, 사랑, 배려, 열정 등이 굳어버렸다.

닭이 울어주면 일어나 아침을 맞이했고, 식사 시간이 되면 밥을 먹었고, 해가 질 때면 일을 멈추면 됐다. 언덕에 걸린 슬픈 저녁 노을이 떨어지면 집으로 돌아와 저녁을 먹었고, 어두운 밤이 더욱 어둠을 재촉하면 하루를 마감하면 됐다. 어김없이 다가오고 돌아오는 계절이 알려주는 대로, 몸이 익힌 습관대로 씨앗을 뿌려 때가 되면 거두었다.

죽음과 인간의 간악함이 쓸고 간 우리 집과 마을에는 새로운 희망적인 기운이 싹텄다. 생명 탄생이라는 기적이 일어나고 있었다. 전쟁으로 인하여 생이별을 했던 남자들이 돌아오면서 간절한 화풀이 사랑을 했다. 결혼하지 못했거나 나이를 넘긴 처녀와 총각이 가정을 이루면서 가세를 했다. 살아남은 자들이 산자를 낳는 생산 활동을 시작했던 것이다.

전쟁과 좌우이념 싸움을 하는 가운데 생사의 경계선에 있던 젊은이들의 처절한 본능적인 행위였다. 과거의 고통으로부터 탈출하고 앞만을 보고 벌인 삶의 활동이었다. 현실에서는 잃어버린 생명을 보상받으려는 발버둥이었고 악몽으로부터 벗어나려는 절규였다. 전쟁으로 몸에 붙어버린 살기를 씻어내고 새 생명을 통해 이어가려는 오기가 탄생시킨 숙명적 표현이었다.

잃어버린 생명에 대한 애처로움과 상실감을 생식 활동으로 분풀이한 것이었는지도 모른다. 마을에 울려퍼지는 새 생명의 울음소리가 죽어가며 내뱉은 흔적들을 하나하나 지워갔다. 아이를 낳는 어머니의 울음과 고통은 생명을 빼앗기는 순간의 비명과 닮아있었지만 가슴에 벅차 잊고 싶지 않은 아름다운 고통이고 울음이 되었다. 그렇게 마을이 치른 전쟁의 아픔은 새 생명의 울음으로 치유되고 있었다.

아이가 태어나 대문에 고추나 숯을 단 액막이 줄들이 이집 저집에 내걸렸다. 마치 전쟁에서 죽은 이들을 달래는 영혼가를 부르듯이 여기저기 아이 울음이 터져 나왔다. 이빨 빠진 것처럼 느슨해지고 헐거워졌던 가족이라는 공간이 새로운 생명체로 채워졌다. 좌우의 힘이나 전쟁의 소용돌이도 막을 수 없는 그런 것이었다.

많은 아이가 태어나 베이비부머세대(Baby Boomer Generation)가 형성되었다. 마을에는 아이들이 많아져 이름을 외우는 데 시간이 걸렸다. 어른들은 어느 집 자식인지 알기 어려워 묻거나 닮은 점으로 식별을 하곤 했다. 어느 집 자식인지 알지 못하면서도 그 존재가 사랑스러웠다. 아이들이 많아져 생긴 혼란이 가족과 사람을 살렸고, 마을에 생기를 불어넣었다.

우리 집에서 아버지는 유복자(遺腹子)라는 별칭이 있었다. 유복자는 할아버지가 죽으면서 뱃속에 남긴 유산이었다. 전쟁통에서도 살아남은 것은 할머니의 끈질긴 모정때문이었는지도 모른다. 남자가 귀한 집안이라고 해서 아이를 많이 낳기를 원했고, 애지중지하면서 키울 마음이 준비되어 있었다. 그 결과 우리 집은 아이를 많이 낳는 베이비부머세대의 한가운데 있었다.

할아버지 세대는 시대가 만들어준 운명과 지켜온 예절을 거역하지 않고 정면으로 돌진하는 가운데 생명을 잃고 말았다. 부모님은 선조의 상처에 대한 보상심리가 작용했는지 몰라도 새 생명을 얻는 데 적극적이었다. 형은 닭띠, 나는 그 이름도 유명한 개띠, 동생들은 쥐띠와 호랑이띠였다. 이웃 아줌마가 산파역을 했고, 이웃 아저씨는 교류와 예절을 가르치는 스승이었다. 가정이 질서와 도덕을 가르치는 교육장이었고, 큰 아이는 동생을 돌보는 보육사였다.

그렇게 한꺼번에 시대와 마을을 크게 변화시킨 세대가 축복을 받을 것인지 아니면 저주를 받을 것인지 알 수 없었다. 많은 것이 적은 시대이어서 많았기에 소중했다. 먹거리 걱정을 적실하게 하고, 밥상머리 경쟁을 벌이게 했던 모습이 가족애라는 사실을 알게 했다. 인구과밀이라는 손가락질을 받았지만, 전쟁을 잊게 하는 특효약으로 기능했다. 더욱이 아름다운 가족공동체를 구성했다는 점에서 축복을 받아야 하는 세대임은 분명했다.

어머니는 우리들이 학교에 가야한다는 강한 신념과 욕심을 가졌다. 입학 시즌이 되면 살림이 어려워도 학교를 보냈다. 공부를 하든 안하든 책을 들고 다니는 데 만족했다. 아버지는 공부에 대한 신념과 열정을 이해하면서도 우리들의 미래에 대해 알맞게 대응하지 못했다. 자신의 정신적 결함을 인지하지 못했고, 어머니의 선택과 비난에 대해서 반박을 하지 않고 고스란히 받아들였다.

보릿고개를 넘는 것이 어려워서 급식으로 옥수수빵을 주었다. 향긋한 이스트와 불 냄새가 잘 어우러진 천하일품의 빵이었다. 조금이라도 큰 것을 받기 위해 나눠주는 빵의 크기를 눈으로 재며 순서를 기다렸다. 배고픔을 달랠 수 있는 존재이기도 했고 먹는 즐거움도 있었다. 무엇보다도 혼자 독식하기보다는 가족과 함께 나눠 먹는 기쁨이 더켰다.

옥수수빵이 어디서 오는 것인지, 어떤 의미로 주는지 알 필요가 없었다. 옥수수빵을 먹고 자라는 사이에, 남녀가 같이 앉는 것을 부끄럽게 생각하는 변화가 일어났다. 예쁜 친구와 그렇지 않은 친구가 구별되기 시작했다. 표현이 안되고 서툴렀지만 감정이 움직이는 마음을 알게 됐다. 점차 집에서 가져온 도시락이나 옷이 빈부의 차이를 의식하게 하는 척도가 된다는 것도 알았다.

이런저런 기준에 따라 암묵적으로 서열이 정해졌다. 서열에 따라 기죽는 법도 몸에 배기 시작했다. 몹시 불안하게 한 것은 옥수수빵의 크기도, 도시락의 내용물도, 예쁜 여자친구의 유무도 아니었다. 현실적인 서열과 위치에 따라 대우가 달라지고 있는 것이었다. 아무도 서열을 세우지 않고 이야기를 하지 않아도 저절로 자신의 위치를 알아 버렸다.

우리 학급에는 각자 잘난 맛에 분위기를 잡은 친구들이 서너명 있었다. 아버지가 서울에 있는 명문대학을 나와 면을 떠들썩하게 만들었고 지식인의 행세를 하는 집안 출신인 홍표가 있었다. 그리고 조상으로부터 물려받은 재산이 많아 최부자 딸로 불리는 희자가 있었다. 그녀는 부자 소리를 들을 만큼 볼살이 황소처럼 복실복실하게 붙었다. 공주로 보이려고 노력했고, 느릿느릿하게 언행을 하는 여유를 가졌다.

그리고 집안이 별 볼일 없었지만 어느 날 갑자기 미남이 됐고, 공부도 상위권으로 도약해서 선생님의 관심을 독차지했던 길동이가 있었다. 갑자기 벼락을 맞았는지 보이지 않았던 아이가 크게 보였고, 운동도 잘하고 남자다운 매력을 가졌다. 그리고 일찍이 형이 대도시로 나가 도시 물을 먹은 탓에 신세계를 접하는 서장이가 있었다. 도시에 사는 형이 보내주는 참고서를 완독하고 학교에 나타나 선생님에게 곤란한 질문을 해대며 지식을 자랑했던 옆집에 사는 친구였다.

그들의 관심을 한 몸에 받은 아이가 경미였다. 자신감이 있었고 노래를 잘했으며 말도 잘했다. 잘난 척 할 수 있는 충분한 자격이 있을 정도로 장점을 많이 가진 아이였다. 그러나 나서지 않고 조용히 제 몫을 했고, 아버지가 학교 선생님이라는 소문이 있었지만 어느 선생님의 딸인지 알지 못했다.

나는 잘 나가는 그룹에 들지 못했고, 주위에서 서성이는 존재감이 없는 아이였다. 어느 날 학교에 황 선생님이라는 분이 부임했다. 우락부락한 생김새를 가졌고, 말소리도 웅장해서 한번 불려가면 쪽을 못썼다. 무서워서 말도 더듬거리게 하여 피하고 싶은 경계대상 1호 선생님이었다. 불려가지 않는 것을 행운이라고 생각할 정도였다.

가끔 선생님은 반장이나 부반장을 제쳐놓고 할 일이 있으면 나를 불러 일을 시켰다. 일하는데 약간 긴장을 했지만, 무섭지 않았고 부끄럽지도 않았다. 일을 하면 할수록 불러주는 선생님이 고맙다는 생각이 들기 시작했다. 어머니에게 이야기를 전했더니 외종사촌 오빠라고 했다. 그동안 알지 못했던 자신감과 자부심도 생겼다. 잘나가 관심을 받으며 기를 펴고 사는 친구들의 기분을 조금은 알 것 같았다.

우리 주위에는 분명히 남의 기분을 좋게 띄워주는 사람이 있다. 그 중에는 칭찬을 하거나 관심을 주면서도 방심하게 하여 떨어트리는 사람이 있다. 다른 한편으로는 칭찬해서 용기를 복 돋아주는 사람이 있다. 나에게 선생님은 기를 살려주고 자신감을 갖게 해준 분이라는 생각이 들었다.

그러는 가운데 마음의 변화가 살짝 일어났다. 모두가 좋아하는 경미가 눈에 들어왔다. 거부하거나 부정하고 싶지 않았다. 통학을 하려면, 그 친구가 사는 마을을 지나가야 했다. 등굣길에서 만나기도 했고, 하굣길에 섞여 만나기도 했던 사이였다. 교실에서 고개를 숙이면 옆눈으로 볼 수 있는 자리에 있었다.

친구들과 오가는 길에서 떨어트리는 눈빛을 받으려고 애를 쓴 적도 있었다. 같은 공간에 있다는 것도 큰 기쁨이라는 것을 알게 해주었다. 우연히 하굣길에 동행을 하게 됐다. 속마음을 숨기려 애를 썼지만 말을 더듬으면서 탄로가 나는 상황이 되었다.

침묵을 깨기위해 조심스럽게 말을 건넸다.

"신경미, 담임선생님과 성이 같아!"

"응, 우리 아버지야."

나는 할머니를 통해 선생님이 아버지 친구라는 것을 알고 있었기 때문에 너무놀라 말을 더듬었다.

"우리아버지 친군데!"

"정말?"

나는 더듬거리는 속 내용을 숨기고 인연을 강조하고 말았다. 나쁜 기억을 가슴에 되새김질하면서도 멀게만 느꼈던 거리를 좁히려고 안간힘을 썼다. 이후부터 경미라는 이름이 자연스럽게 입에 붙었다. 가끔은 우리라는 호칭을 쓰기도 했다.

이념논쟁 당시 아버지는 좌익사상가를 색출하는 군인이었다. 경미의 아버지는 좌익사상을 가졌기 때문에 잡혔으면서도 죽음을 모면하기 위해 친구와 마을사람들을 고자질해서 사지로 몰았던 변절자였다. 그런 사실을 숨기고 우리는 대를 이어 친구가 됐다.

경미와의 만남은 아름다운 희망을 가진 봄날의 싹처럼 시작됐다. 여름처럼 뜨겁지는 않았지만 아름답게 피는 꽃처럼 화사했다. 여름방학이 되어 더위를 식히기 위해 앞마을 개울가로 놀러 갔다. 아마도 첫사랑이라고 표현할 수 있는 그런 기분이었다.

버드나무 가지를 꺾어 낚싯대를 만들고 밥풀로 먹이를 삼아 강태공 놀이를 했다. 햇볕이 내리쬐고, 온기가 올라오고 몸은 나른했지만 마음만은 가볍고 시원했다. 개울에서 고립되어 있는 물웅덩이를 발견했다. 숲속에서 달려 나와 유유히 헤엄치며 몸체를 흔드는 몇 마리 피라미가 보였다. 자세히 보니 제법 큰 놈도 섞여 있었다.

"물고기야, 물고기!" 라는 소리에 나는 급하게 낚싯줄을 던졌다. 그 순간 물고기들이 먹이를 보고 달라붙었다. 먹이를 두고 싸우는 물고기의 난장판을 보는 순간 머리에서 소름이 돋았다. 산 것들이 벌이는 처절한 생존 싸움을 보면서 두려움이 다가왔다. 자연계의 싸움이나 인간계의 싸움이 크게 다르지 않다는 생각이 들었다.

물고기가 벌이는 난장판을 맥놓고 보고만 있었다. "들어 올려, 뭐해!" 라는 경미의 다급한 목소리가 들렸다. 낚싯대를 들어 올렸지만 이미 먹이는 사라졌고, 물고기의 투쟁은 막을 내리고 있었다. 타이밍은 물고기를 낚아챌 때나 좋아하는 이에게 고백할 때나 매 한 가지로 중요하다는 생각이 들었다.

"아.. 미안, 잡은 줄 알았는데."

"아니야 작잖아, 나중에 크면 잡지 뭐."

물끄러미 물웅덩이를 봤다. 그녀는 "웅덩이잖아, 멀리 가지도 못해, 재들은 잡힌 몸이야."라고 상황을 정리했다. 한바탕 물고기 소동이 벌어지고 나니 뜨거운 열기가 얼굴을 붉게 했다.

나는 경미에게 물을 뿌렸다. 경미는 떨리는 목소리로 말을 걸었지만 물소리와 함께 흘러가 여운을 남겼다. 손을 잡고 물 안쪽으로 끌었다. 버티는 시늉을 했지만 몸은 주저하면서 다가왔다. 경미는 손을 모아 물을 담고 "손! 선물이야."라고 속삭였다.

나는 망설임 없이 손을 내밀었다. 얼떨결에 받은 물이라는 선물은 외면이라도 하듯이 손가락 사이로 빠져나갔다. 막으려고 양손과 손가락에 힘을 주었지만 사라져 겨우 손바닥을 적실 정도만 남았다. 경미는 "소중한 것은 순간에 오는 겨!"라고 말했다. 경미의 외침은 금방 알지 못했지만 귓가를 맴돌았다.

그 순간 물속에 있는 얼굴, 몸, 손이 몹시 흔들렸다. 마치 사랑하는 마음의 설렘처럼 느껴졌다. 나의 속마음을 급하게 전해주려는 듯이 하얀 물장구를 치며 물살은 빠르게 흘러갔다. 물 흐르듯이 무엇인가가 흐르고 있는 이 순간이 좋았다. 나는 잠시 노출되었던 마음을 숨기기라도 하듯이 개구리헤엄을 치며 물속에 비추어진 손과 발, 얼굴을 뭉개버렸다.

물속에 있는 마음을 다잡고 정신을 차리는 순간 싸늘한 기운이 몸을 감쌌다.

"추워 나가자."

"어떡하지?" 라고 말하곤 물을 떨어트리며 총총걸음으로 우거진 숲속으로 향하면서 말했다.

"뒤돌아."

나는 사라지는 경미의 모습을 보며 아무도 알지 못하는 상상의 나래를 폈다. 걱정 반, 호기심 반 신경이 온통 뒤로 향했다. 소리하나 놓치고 싶지 않았다. 경미는 깊어진 마음이라도 빼려는 듯이 힘을 들여 쥐어짰다. 돕고 싶었지만 돌아서거나 봐서는 안된다는 생각이 들었다. 누군가의 말에 귀기울이고 따르는 것이 얼마나 좋은 것인지를 짜릿하게 느꼈다. 몸과 마음이 따로따로 노는 심체이탈(心體離脫)의 순간이 얼마나 아름다운 것인지를 알았다.

지나가는 것이 있으면 다가오는 것이 있고, 다가오는 것이 있으면 지나가는 것이 있기 마련이다. 아름다운 구속을 만들어준 뜨거운 여름이 지나가고 가을이 다가왔다. 나는 경미가 다가오기만을 바랐고, 나 혼자만이 다가가기를 바랐다. 그렇게 지내고 싶었다. 그러나 세상에는 하고 싶어도 하지 못하게 하는 복잡한 이치가 작동하고 있었다.

4. 감자꽃의 미학

우리 집은 언제 지어졌는지 알지 못했지만 마을 한가운데 있었다. 장미와 같은 예쁘고 유혹적인 꽃으로 치장을 하지는 않았지만 이름 모르는 잡초와 들꽃이 계절마다 피고 있어 지나가는 이들의 눈을 멈추게 했다. 아버지가 꽃을 좋아해 모두가 볼 수 있고 안이 보이도록 꽃울타리를 조성했기 때문이다. 동네사람들은 꽃집이라고 불렀고 아버지를 꽃남자라고 하여 좋아했다.

마을 사람이나 외지인이 오가려면 집을 지나가야 했다. 그렇기에 사람들의 속사정을 꿰차고 있었다. 시장에 가는 사람, 들에 나가는 사람, 나무를 하러 가는 사람 등 마을의 동정과 움직임을 대체로 알았다. 지날 때면 행선지를 이야기했고 또한 묻기도 했다. 마치 모두가 들르는 이야기 주막집이었다.

본채는 집터 중앙에 자리를 잡았고, 두꺼운 흙벽과 기와를 얹어 만든 기와집이었다. 안방에는 부모님, 뒷방에는 할머니, 작은 방에는 우리형제들이 사용했다. 방과 방을 마루로 연결하여 서로 통하도록했다. 방문은 앞과 뒤로 나있어 공기정화를 하도록 만들어졌지만 바깥 세상과 담을 쌓기라도 한 듯이 밖을 볼 수 있는 창문은 없었다.

자그마한 별채에는 외부인에게 개방되는 사랑방이 있다. 사랑방이라고 불리지만 찾아오는 손님이 머물거나 남에게 내준 적이 거의 없었고, 우리가 쓰기도 한 아주 평범한 방이었다. 옆에는 두터운 문으로 되어 있는 광이 있고, 내부에는 쌀과 보리, 기타 먹거리를 담은 큰 항아리와 작은 항아리가 있다. 그리고 계절에 따라 농사를 할 수 있도록 말린 씨앗들과 가끔 내어주는 간식거리를 숨겨 놓았다.

오른쪽 별채에는 농기구들이 이리저리 흩어져 있는 헛간이 있고, 그 옆으로는 시원함과 두려움을 갖고 들러야 하는 뒷간이 있다. 왼쪽 별채에는 있으면 당연하고 없으면 허전했던 소와 돼지, 닭을 기르는 움막이 있다. 앞마당에는 생활의 흔적을 버리거나 태운 찌꺼기를 쌓아놓는 거름더미가 있다. 계절 내내 썩혀 봄이 되면 밭이나 논에 뿌리는 거름으로 사용했다. 아침이면 쾌쾌한 공기를 품어냈지만 냄새인지 향기인지 구분해본 적이 없었다. 그냥 일시적으로 불편했지만 항상 동행하는 존재였다.

아무렇게 심어도 불만이 없는 호박은 꽃을 피면서 마음대로 뻗어 지붕위로 올라가 번졌다. 뒤쪽에는 떼를 지어 몰려다니는 참새들이 울타리에 앉아 지저귀면서 이웃집과의 경계선임을 알려주었지만 누구 집에 속해 있는 것인지 알지 못하는 자세를 취했다. 집의 양쪽 텃밭에는 계절에 따라 심는 채소가 식탁을 풍성하게 해주었다. 가을이 되면 익어가는 홍시를 두고 소식을 전해주지 않는 까치와 경쟁을 하게 하는 오래된 감나무도 있다.

우리 집 재산은 물려받은 것인지 아니면 새로 장만한 것인지 모르는 밭 5마지기와 논 10마지기 정도였다. 추수할 때가 되면 이웃 친척과 함께 거둬들이면 되는 규모였다. 그것만으로도 엄청난 양의 노동이 필요했기때문에 버거워했다. 농사 거리가 많아 힘이 들기보다는 농사일 자체가 힘이 드는 것이었다. 그리고 생명이 있는 존재로는 때가 되면 팔아야 하는 돼지, 들판에 나가 힘을 보태주는 소, 가족의 영양을 책임지고 있는 닭 등을 사육했다. 농산물을 축내기 위해 몰래 정착해 사는 쥐도 있었다.

논과 밭에는 쌀과 보리, 감자, 옥수수, 참외와 수박, 오이와 토마토, 고구마, 수수, 참깨, 콩, 좁쌀, 배추와 무 등 남들이 하는 것을 모두 심었다. 그러나 항상 부족했다는 것만을 기억하고 있다. 논에서 생산되는 쌀은 어느 시점에선가 절반 정도가 쥐도 새도 모르게 사라졌다. 쌀이 바닥을 보이면 보리쌀을 기다려야 했다. 왜 그런지 의심이나 의아하게 생각해 본 적이 없었다. 모두가 그렇게 사는 것으로 생각했기 때문에 아무런 문제가 되지 않았다.

그리고 마을 곳곳에는 잘 나가던 조상이 남겨둔 문서 없는 선산이 많았다. 시야에 들어오는 산에는 참나무가 많았고 잘 생긴 소나무가 있었다. 높은 산에는 거목들이 우거진 숲을 이루고 있었고, 노루와 같은 산짐승들이 살고 있었다. 산이 만들어 내는 변화는 사계의 흐름을 알게 하였고, 계절마다 품어내는 아름다운 풍경은 계절의 맛과 향기를 느끼게 해주었다.

사시사철 변함없이 소소하게 필요한 먹거리를 제공해주었고, 땔감도 언제나 손쉽게 얻을 수 있는 산도 있다. 잠시 사색을 하거나 복잡한 마음을 털기 위해 오를 수 있는 부드럽고 아담한 산이었다. 사람 손을 많이 타면서도 그 모습 그대로 유지했고, 넘보지 못할 정도의 적당한 거리에 있어 보전이 잘 되어 정감이 갔다.

외가댁은 그리 멀지 않은 곳에 있어 집안 행사가 있으면 걸어서 종종 방문을 했다. 어머니는 배우는 것과 나서는 것을 매우 좋아했다. 외할아버지는 그래서인지 교육을 받으면 큰 탈이 나거나 제명대로 못살 것 같다고 하여 학교를 보내지 않았다. 어머니는 그것을 평생의 한과 업보로 여겼기 때문에 자식에 대한 교육열이나 욕심이 아주 많았다. 어머니는 삶을 이어가는 것과 우리들 교육에 자신의 인생을 걸었다.

아버지는 가끔 재발하는 비현실적 언행이나 현상을 습관처럼했다. 과거의 기억에 매여 있어 현실에서 공중부양하고 있는 듯이 떠있었다. 아버지의 사고방식과 행동이 약간 과하거나 벗어난다는 정도로 이해를 하고 있었지, 병적인 현상이 숨어있다는 생각을 전혀 하지 못했다. 어머니와 우리는 살아가는 동안 내내 전쟁의 후유증으로 생긴 간헐적 과대기억증을 앓고 있다는 사실을 알지 못했기 때문에 아버지를 이해하는 데 그리고 대응하는 데 한계가 있었다.

가정사에 대해서는 아버지와 어머니가 의견을 나누거나 논쟁을 해서 결정하는 것이 아니었다. 어머니가 생각하고 행동하는 대로 결정이 내려졌다. 그런 현상을 보면서 어머니는 항상 옳았고 좋은 분이었고, 아버지는 옳지 않았고 일상의 궤도를 벗어나고 있다고 생각했다. 우리는 그런 부당한 프레임 속에 아버지를 가두어 놓았고, 어머니를 구속시켰다.

현실에서 아버지는 전쟁의 참화로부터 벗어나지 못했고, 기억에 스스로 속박되어 살아가고 있었다. 아버지도 자신의 비정상적인 행동에 대해서 병적인 현상으로 인식하지 못했다. 가장으로서 자신을 감싸고 있는 현실적 과제에 눌려 한 치의 여유도 갖지 못했다. 과거의 환영이 현실이라고 착각하면서 살았다.

그런 까닭에 아버지에게서는 종종 이상한 징후가 보이기 시작했다. 돌파구가 보이지 않는 현실을 회피하기 위한 전조현상이 일어났다. 시야에 들어오는 모든 것들을 무심하게 응시했다. 멍하게 서 있던 모습을 자주 목격했다. 이 곳에서의 삶과 생활로부터 멀어지고 있었다. 아마도 아버지의 머릿속에는 타향살이 거머리가 농간을 부리고 있는 것 같았다.

계절이 돌아오면 들에 나가 들꽃을 캐서 집안에 심어 가꾸었다. 농사일을 하면서도 일정을 챙기거나 앞에 나서는 것에 익숙하지 않았다. 씨를 뿌리거나 모내기를 하거나 추수하는 것을 힘겨워했다. 마치 짊어져야 하는 짐짝처럼 버거워했다. 일할 줄 몰라서가 아니었고, 게을러서도 아니었다. 현실에 적응하지 못했고, 몸으로 익힌 농사일이었기에 하고 있을 뿐이었다.

아버지는 보이는 꽃을 족족 자기 것으로 만들거나 꼭 움켜지는 데 익숙해 있었다. 삶에 대한 욕심은 많지 않았고 노랑이도 닮지 않았다. 쌀이 떨어져 끼니가 걱정되어도 이웃에게 빌리러 갈 용기도 갖고 있지 않았다. 있으면 있는 대로 없으면 없는 대로 살아갔고, 있으면 먹고 없으면 다음을 기다리는 욕심 잃은 사람이었다. 그렇게 우리는 무늬만 농사꾼인 아버지와 동행하고 있었다.

어느 날 아버지가 욕심을 내고 움직였다. 농사가 아니라 색다른 사업을 시작했다. 그것이 무엇을 의미하는지는 알지 못했지만, 희망을 갖기 위한 삶의 절실한 투쟁임에는 틀림이 없었다. 읍내시장이 열리는 날 닭과 병아리를 가득 싣고 와 마을을 떠들썩하게 했다. 걱정하는 어머니를 빼고는 모두 흥분했다. 처음 보는 광경이었고, 많다는 것에 너무 놀랐다. 선산에 울타리를 쳐서 만든 닭장에 풀었다. 아버지는 방목하는 형태로 양계업에 도전했다.

반쪽짜리 농사꾼이 양계라는 새로운 일을 한 것은 과거의 기억과 현실을 극복하기 위한 것이었고, 시골에 남기 위한 승부수였던 것 같았다. 부모님은 양계를 전담하는 상황이었지만, 겨우 집안에서 10마리 정도를 기르며 익힌 것이 유일한 경험이었다. 아버지에게는 간헐적 과대기억증이라는 마법에 걸리지 않고 양계사업을 성공적으로 수행하는 것이 무엇보다도 중요한 과제였다.

양계업을 하면서 어려움이 도래했다. 사람이 먹을 수 있는 식량이 부족했기에 집안에서 기르던 방식으로 식량을 닭들의 사료로 나눠 줄 수 있는 상황이 안되었다. 양계업을 위해 판매하는 닭 사료도 구할 수 없었다. 보리쌀, 잔밥이나 추수하고 남은 곡식, 야채들을 끌어모아 주어야 했다. 산속에 사는 벌레를 잡아먹는 현명한 닭이었으면 얼마나 좋았을까라고도 생각을 했다.

하루하루 사료를 만드는 작업을 하였으나 여전히 닭들은 힘겨운 먹이 경쟁을 해야 했다. 그런 가운데서도 서서히 결실이 보이기 시작했다. 널려있는 보물을 찾는 기분으로 계란을 모아 팔았다. 그리고 다 자란 닭들을 읍내 시장에 팔거나 동네, 이웃마을 등에도 팔았다. 양계사업이 잘되고 있다는 것을 피부로 느낄 수 있었다. 사정이 아주 호전된 것은 아니었지만 양계장을 하면서 농사꾼으로부터 탈출할 수 있다는 희망을 갖게 되었다.

그러나 그런 희망은 오래가지 못했다. 시간이 지나면서 점차 닭들이 사라졌다. 아마도 충동적으로 닭서리를 한 것으로 알고 걱정 반 안달 반 하면서 멈추기를 바랐다. 알고보니 한밤중에 날짐승이 닭들을 물고 사라졌던 것이다. 엎친데 덮친격으로 상황은 급변했다. 닭들이 병에 걸려 한 마리 두 마리 쓰러지더니 집단적으로 폐사하게 되었다.

예상치 않았던 위기에 처하면서 아버지는 망연자실하는

가운데 양계사업을 할 수 없이 접었다. 다양한 방해꾼이 생기는 바람에 양계를 그만두고 다시 반쪽짜리 농사꾼으로 돌아왔다. 그렇게 해서 안착과 시골 안주용의 명분으로 시작한 양계사업은 실패하고 말았다. 실패한 사업을 정리하는 데는 말이나 상황으로만 끝나는 것이 아니었다. 빚을 갚아야 했다. 실패는 성공의 어머니라고 생각하는 것 자체가 너무 큰 사치였다.

아버지는 농사꾼으로 살아가야 할 것인가 아니면 말 것인가라는 준엄한 경계선에 서있었다. 매년 가을에 수확하는 쌀로 빚을 변제하기 시작했다. 그렇지 않아도 부족했던 곡식이 줄줄 새면서 생활은 어려워졌다. 아마도 아버지는 양계사업을 접으면서부터 시골에서 일생을 보내지 않을 것이라는 생각을 하기 시작했던 것 같았다.

양계사업의 후유증으로 아버지와 어머니 사이에 말다툼이 많아졌다. 그 사이에서 어정쩡하게 서서 눈을 적시는 할머니의 모습이 자주 보였다. 우리 집에 위기가 도래하고 있는 것이었다. 읍내시장이 열리면, 아버지는 일찍일어나 소리소문없이 사라졌다가 한 밤중이 되야 귀가하는 생활을 이어갔다.

어머니는 아버지가 무슨 생각을 하는지를 묻지도 않았고, 무너지고 있다는 것도 의식하지 못했다. 가끔 '더 이상 못살겠다.'고 울분을 토해냈다. 보따리를 싸고 친정으로 가기도 했다. 그러나 하루도 못돼 집으로 돌아왔다. 우리는 큰 소리가 나고 싸늘한 분위기가 몰아칠 때면, 안절부절 어쩔 줄을 몰라했다. 마루에 걸터 앉았다가 뒤뜰에서 서성이며 잠잠해지길 기다렸다.

부모님이 만들어 낸 문제는 스스로 해결할 수 있는 범위와 수준을 벗어나고 있었다. 가정은 흔들렸고 활기도 잃어갔다. 낙천가인 형도 눈치를 챘고, 그 모습을 본 나도 덩달아 우울해졌다. 경제적으로 정신적으로 위기에 빠지고 말았다. 시골에서 계속 생활을 한다면, 영원히 그런 질곡으로부터 벗어나지 못할 것같다는 예감이 들었다.

우리는 시골에서 승부가 나지 않을 것 같은 삶을 상대로 전쟁을 하는 무모한 상황에 빠지고 있었다. 가족이 겪기 시작한 경제적 어려움으로 희망과 미래가 희미해졌다. 불안과 좌절이 깊어지는 모습으로 모두 지쳐갔다. 집에 밀어닥친 할아버지 세대의 역병과 큰아버지의 슬픔을 극복하면서, 아버지가 겪은 전쟁으로부터 벗어나 아슬아슬하게 겨우 만들어진 온전한 가족공동체가 다시 해체되는 순간을 맞고 있었다.

아버지는 마음에 품고 있던 상경사상(上京思想)을 노골적으로 들어냈다. 계절마다 얻을 수 있는 수확물보다는 농한기를 짜릿하게 즐겼다. 마을보다는 읍내를 좋아해서 자주 나갔다. 손으로 말아서 피는 궐련보다는 잘 말린 똑바른 담배를 선호했다. 걷는 것보다 자전거를 좋아했다. 한복보다는 양복을 즐겨 입었고, 조끼를 입고 다녔다. 막걸리보다는 맑은 술을 좋아했다. 들꽃보다는 화려한 꽃을 좋아했다. 마음은 이미 시골을 떠나 도시로 향해 있었다.

나도 어렴풋이 속으로 상경사상을 동경했는지 모른다. 옆집에 살던 형이 서울로 이사간 것을 너무 부러워했다. 고향에 올 때 멋을 내고 오는 모습이 좋았다. 담 넘어 옆집에서 풍기는 서울 냄새에 빠졌고, 새로 사온 물건을 보고 질투도 했다. 서울이라는 곳을 알지도 못했으면서 가고 싶다는 상경사상이 내 마음속에서 피어나 꿈틀거렸다.

그러나 삶은 물레방아 돌아가듯이 여전히 동일한 방향으로 일정하게 돌아갔다. 감자꽃이 필 무렵 아침부터 분주했다. 감자를 캐러 가는 날이었다. 아버지는 호미와 가마니를 넣은 지게를 지고 감자밭으로 먼저 갔다. 우리는 아직 농사에 익숙하지 않았지만 감자를 캐는 기분에 흥이 나있었다. 심은 대로 결과를 내주는 땅이나 자연의 이치에 감사하기보다는 우리 감자이기에 신이 났다.

어머니와 함께 간단하게 만든 새참을 들고 밭으로 향했다. 멀리서보니 감자밭에는 하얗게 피어있는 아름다운 감자꽃이 흔들거리며 환영을 해주었다. 파란 모습으로 냉정하게 서있는 감자잎과 줄기가 마음을 꼭꼭 잡아주었다. 어머니와 우리의 마음을 위로하고 있었고, 다가가는 우리의 행렬에 발을 맞추고 있는 듯이 집단으로 몸을 흔들었다. 빨리 오라는 손짓임이 분명했다.

그러나 가까이 도착해보니 있어야 할 아버지 대신에 지게, 호미, 가마니만 덩그라니 놓여 있었다. 아버지 모습은 보이지 않았다. 캐다가 만 흔적이 아버지가 왔었다는 증거로 남아있을 뿐이었다. 잠시 자리를 뜬 것으로 알고 감자를 캐기 시작했다. 해가 중천에 뜨고 새참 먹는 시간이 되어도 돌아오지 않았다. 점심 시간이 되어도 상황은 변하지 않았다.

어머니는 노발대발 화를 냈다. 우리의 불안도 가중되었다. 어머니는 "도대체 뭐하는 인간이여?"라고 정적을 사정없이 깨버렸다. 불안이 감자밭을 감쌌고, 이내 감자꽃이 고개를 떨구기 시작했다. 참다 못한 할머니는 "곧 올거여."라고 사태를 수습하려고 했다.

어머니는 가지고 있던 호미를 던져 버리고 말았다. 분위기가 심상치 않았다. 한 시절 내내 얼굴을 태우며 알을 키웠던 감자꽃이 우리를 기다렸듯이, 우리는 감자밭에서 아버지를 기다려야 하는 상황이 되어버렸다. 사정을 가장 잘 알고 있는 것은 감자꽃뿐이었다. 그러나 감자꽃은 행방을 모른다고 바람 따라 좌우로 흔들어댔다. 통째로 뽑혀버린 감자 줄기는 모른다고 누워버렸다. 속살을 보이며 나뒹구는 감자는 나몰라라 하면서 옹기종기 몸을 맞대고 앉아 속삭였다.

감자꽃만이 알고 있는 아버지의 행방이 묘연한 채 하루가 저물면서 감자 캐기 소동은 슬픔으로 끝났다. 그러나 우리 집의 혼란은 이제 막 시작됐다. 하루가 지나도 이틀이 지나도 돌아오지 않았다. 행방을 찾기 위해 마을과 읍내에 아는 사람을 찾아가 봤지만 허사였다. 가볼만한 데를 추적했어도 흔적이 없었다. 감쪽같이 사라져 아무도 아는 사람이 없었다. 감자꽃은 입을 다문 채 생명을 다하고 사라졌다. 감자꽃처럼 아버지도 말없이 사라졌다.

생사를 알지 못하는 가운데 불안한 생활은 지속됐다. 혼자 살아가야 할 어머니는 실신하기 직전이었고, 할머니는 걱정만하고 문밖을 봤다. 심각한 상황이라는 것만 알고 있을 뿐 아무것도 할 수 없었다. 걱정과 눈물로 보내는 생활이 시작되었고, 아버지 없이 농사를 끌어가야 하는 사태에 직면하고 말았다.

며칠이 지났다. 점심시간 무렵이었다. 번쩍번쩍한 오토바이를 탄 낯선 사람이 집에 들이닥쳤다. 직감으로 좋은 사람이 아니라는 생각을 했다. 그래도 아버지 소식이라도 갖고 온줄 알았다. 그 남자는 오토바이에서 내리더니 조금의 망설임도 없이 다짜고짜 아버지의 행방을 물었다. 기대는 순식간에 사라졌다. 큰 소리를 질러대면서 아버지가 했던 일을 이야기했다. 사태를 파악한 어머니는 땅바닥에 주저앉고 말았다.

남자는 "내 돈 내놔, 이 양반 어디있어?" 라고 소리를 질렀다. 생활을 통째로 달라는 소리로 들려 온 집안을 얼어붙게 하였다. 어머니는 행방의 원인이 밝혀지자 희망이 없다는 듯이 아무 말도 하지 못했다. 더욱이 남자의 호통에 맥을 추지 못했고 숨을 헐떡였다. '돈 달라' 는 남자의 소리는 시간을 정지시켜 놓았고 침묵을 만들어냈다.

"이 나쁜 놈, 내 아들 살려내!"

할머니는 남자에서 물바가지를 던져버렸다. 그리고는 멱살을 잡고 흔들어댔다. 남에게 쓴소리 한번 못했던 할머니가 큰 소리로 욕을 내뱉었다. 할머니가 뿔이 났다. 그러나 남자는 할머니를 내동댕이쳤다. 우리는 거친 울음소리를 냈고, 집안이 요동을 쳤다. 이웃 아저씨가 집에 왔지만 보고 있을 뿐이었다.

어머니는 "어떻게 살라!"고 하면서 통곡을 했다. 울음소리는 하늘 속으로 사라지면서 돈이 없다는 소리로 들렸다. 떨어트리는 눈물은 다시는 우리 집에 오지 말라는 간절한 절망의 표현이었다. 어머니의 가느다란 숨소리는 우리 집이 무너져가는 그런 위태로움으로 다가왔다. 이 순간에 벌어진 많은 것들이 어둠으로 짙게 깔리기 시작했다.

남자는 읍내에서 소문이 자자한 전문노름꾼인 것으로 밝혀졌다. 아버지는 양계업을 하면서 돈을 빌렸다. 그것만이 아니었다. 간간이 읍내에 가면서 노름을 하였고, 노름돈도 빌렸던 것이다. 그러나 우리는 아버지도 없었고 돈을 갚을 여력도 없었다.

어머니는 막다른 골목에 있다는 것을 절실하게 느꼈다. 앞뒤를 가리지 않고 강하게 솟구치는 미움과 원망을 돈 받으러 찾아오는 남자에게 쏟아부었다. 올 때마다 "죽여라!"고 하며 몸을 던져버렸다. 있는 힘을 다해 밀쳐냈다. 몇 번을 찾아오더니 다행인지 불행인지 오토바이는 오지 않았다.

그 이후 집 앞을 지나가는 오토바이 소리를 들을 때면 소름이 돋았다. 아버지를 찾는 소리였고, 돈을 내놓으라는 소리로 들렸다. 아버지가 싫어했던 이곳에 없다는 소리였고, 멀리 사라졌다는 알림이었다. 나는 그 소리를 들을 때마다 감자꽃의 배웅을 받으며 사라졌던 아버지가 생각났다. 그리고 아버지가 가슴에 숨겨놓았던 상경사상(上京思想)을 떠올리곤 했다.

5. 미개와 문명의 얼굴

잘 나가는 집은 도시로부터 수용한 신문화를 향유하고 있었다. 그렇지 못한 집은 전해져 내려오는 대로 그리고 이웃집의 변화에 반응하면서 생활문화를 유지했다. 전통적이고 미개한 문화 요소와 현대적이며 각성한 문화 요소가 공존했다. 그럼에도 불구하고 가정이나 마을의 전통적인 대소사는 계승해온 방식을 그대로 유지하고 있었다.

전통은 아름다운 역사와 좋은 추억을 담고 있다는 점에서 자부심을 갖게 하는 요소이다. 다른 한편으로는 계승하는 데 중점을 둔 탓으로 개혁하거나 변화시키지 않는다는 점에서 낙후하거나 미개하다는 부정적인 의미도 동시에 있다. 그런 의미에서 우리 마을과 우리 집은 자랑스럽기도 하고 부끄럽기도 한 전통을 갖고 있었다.

전통의 이름으로 계승되고 있는 유교적인 인식과 제도, 전근대적이며 야만적인 행위와 차별제도, 그리고 생활 속에서 벌어지고 있는 비위생적인 삶이 무의식적으로 유지되고 있었다. 그러나 현실적으로 그것들의 존부에 대해서 심각하게 논의하거나 자각을 해서 고치거나 버린 것이 거의 없었다. 버려질 것은 저절로 버려졌고 사라질 것은 저절로 사라졌다.

유교적인 생활양식이 강하게 유지되면서 양반이라는 그룹에 들지 못하는 부류가 있었다. 여전히 전통적 신분에 속박되어 삶을 이어가는 사람들로 마을 일을 도맡아하는 산지기와 백정이었다. 그들은 외부인으로 마을에 들어와 살면서도 섞이지 못하고 구분되어 직간접적으로 차별을 받았다.

산지기는 마을의 대소사, 시제, 장례 등을 도와주는 대신에 경작할 수 있는 논과 밭, 그리고 살 수 있는 집을 제공받았다. 그런 탓에 동네 머슴으로 인식하는 경향이 있었다. 그들 자신뿐 아니라 자식까지도 같은 부류로 분류되거나 취급을 받았고, 일정하게 계승되는 상황이 되었다. 그것이 양반들이 사는 동네에서 작동하고 있는 근대적 신분제도였다.

그리고 가장 단단하게 뿌리를 내리고 있는 유교적 관습은 바로 각각의 집안이 대대로 계승해서 시행하고 있는 시제와 제사였다. 그것은 조상숭배와 후손번영의 이름으로 조성된 조상묘지에 근거하고 있었다. 조상들을 대대로 묻어온 가족 묘지가 산과 마을을 차지했다. 죽음을 부정적으로 인식하면서도 숭배하는 이중적인 자세를 취했다. 생활 속에서 삶과 죽음을 구분하면서도 벗어나지 못했고, 과거를 통해 현재를 살았다.

묏자리는 사자를 위해서 햇빛이 잘 들고 거친 나물들이 없는 곳을 택했고, 후손의 출세와 안녕을 위해서 좋은 자리에 잡았다. 전통적으로 산봉우리가 감싸면서 기운을 주는 장소를 명당으로 여겼다. 그렇다 보니 마을을 한바퀴 돌아보면, 좋은 곳에는 어김없이 조상들의 무덤이 있었다. 예로부터 내려오는 전통이었기에 그리고 효와 인륜을 중시해온 결과였다.

가을이 되면 마을에 살고 있는 사람들과 도시로 나간 사람들이 돌아와 삼삼오오 모여 벌초를 하였다. 암묵적으로 이어지는 연례행사였다. 벌초가 끝나면 명절을 지냈고, 이어서 각 집안의 사당에 모여 시제를 올렸다. 명절이나 제사는 6촌 이내의 친척이 모여 지냈다. 비교적 가까운 친척이 모여 행하는 것이기에 가족 간의 소식과 친목을 도모하는 경향이 있고, 가족 행사를 논하거나 소식을 전하거나 자식들을 자랑하는 자리가 되었다.

그것과 비교해 시제는 각 집안의 계통별로 이루어졌다. 동일성씨를 갖고 있으면서도 뿌리가 같은 집안이 중심이 되어 올리는 확대 제사의 성격을 띠었다. 시제를 올리기 위해서 매해 늦가을이 되면, 고향에 있는 집안사람들이 모여 음식을 장만했다. 그리고 각 집안이 공동으로 소유하고 있는 전용 사당에서 지냈다. 시제에 올린 음식은 공평하게 분배하여 각 집안에 보내졌다.

각 가정마다 명절이나 제사는 특별한 날이었다. 제사는 조상을 섬기는 데 의미가 있었지만 특별한 만찬이 동반되었기에 즐겁게 기다렸다. 조상숭배를 위한 엄숙한 의식이었으면서도 우리에게는 조상님 덕분에 즐길 수 있는 한밤중의 만찬과 같은 것이었다. 조상숭배라는 제사와 시제는 음식과 행사를 통해 연결하고 소통하는 수단이 되었다.

명절이나 시제가 다가오면, 마을에서 기르는 돼지를 잡았다. 일년 중 명절과 시제에만 하는 살벌하면서도 관심과 흥미를 끄는 행사였다. 생명을 생생하게 앗아가는 행위와 고기를 획득하는 행위가 얽혀있었다. 그렇지만 명절에 필요한 고기를 만드는 행위였기에 야만적이기보다는 흥미에 오히려 무게가 실렸다.

동네 사람들이 모인 가운데 앞발과 뒷발을 묶고 칼의 눈빛이 돼지로 향하면 행사 준비가 완료된 것이다. 백정이 목을 잡고 큰 숨을 들이쉬면 사람들은 벌어질 광경을 연상하면서 돼지보다 먼저 숨을 죽였다. 아무도 움직이지 않는 순간이 되자 꿈틀거리는 돼지의 목을 제압하고, 몸부림이 사라지면 뜨거운 물을 붓고 털을 뽑았다.

이어서 가장 깨끗하다는 배를 가르고, 간을 떼어 한 점씩 소금을 찍어 먹으면 돼지고기로 둔갑했다. 그 자리에 있는 어른들만이 누릴 수 있는 호사였고, 특권이었다. 한바탕 생사의 갈림길에 서있었던 서늘함이 머릿속에 새겨질세라 고기를 들고 순식간에 사라졌다.

우리 집은 아버지가 사라진 이후부터 전통적으로 잘 지켜오던 제사, 명절, 시제 등과 같은 가부장적 의식이 흔들거렸다. 어머니는 계속해서 지낼 것인가 말 것인가라는 딜레마 빠졌다. 시제는 집안 어른들이 하는 대로 따라하면 됐다. 그러나 명절과 제사는 가정의 가장이 결정하는 문제였기때문에 전적으로 어머니의 결정에 달렸다.

어머니는 "아버지 생사도 모르는 판에 빌어먹을 무슨 명절이고 제사여." 라고 푸념을 늘어놓으며 의도적으로 물만 떠 놓고 지나갔다. 아버지 제사를 지내면 산 사람을 죽이는 꼴이 됐고, 안 지내면 밥도 못얻어 먹는 귀신이 됐지만 살아있다는 것을 전제로 제사를 지내지 않았다. 밥상머리 예절대로 밥을 항상 퍼 놓았고, 먹지 않는 밥은 점심이나 저녁에 우리 차지가 됐다. 밥을 먹는 시간은 항상 아버지를 생각하게 하는 시간이 됐고, 밥을 통해 존재와 기억을 이어갔다.

제사, 명절, 시제는 친족공동체, 씨족공동체, 가족공동체 등을 끈끈하게 하는 역할을 하였다. 그런 관계가 지속되면서 개인이 얻는 명성과 출세는 집안의 그것들로 승화되어 자부심으로 꽃피워졌다. 또한 집안의 체면을 깎는 일은 공동체에 부담이나 멍에로 남았다. 명성, 출세, 체면은 집안 간의 위상을 결정하는 기준이 되기도 했다. 개인 이름보다는 누구의 집안이냐가 중시되었다. 집단성을 강조하는 유교적 인식과 질서가 개인성을 강조하는 문명화를 제어하는 요인으로 작용하였다.

우리마을 사람들은 각자의 사정을 갖고 움직이는 가운데서도 공통적으로 비위생적인 문화에 매여 있었다. 우리 집이나 다른 집에는 목욕 시설이 없었다. 겨울을 제외하면 천연목욕탕을 주로 이용하였고, 겨울에는 부엌에서 물을 데워 간단하게 목욕을 하는 정도였다. 누가 언제 어디서 목욕하는지 알 수 없었다. 그리고 옷을 자주 갈아입거나 빠는 데는 한계가 있었다. 그것은 문화 탓이라기보다는 겨울에 빨래나 목욕하기가 어려웠고, 매우 추운 날씨 탓이기도 했다.

그런 관계로 몸체에 '이'가 기생하였다. 흡혈 곤충으로 사람이나 가축에 기생하고 전염병을 매개하는 것으로 알려졌으면서도 우리와 공생했다. '이'라는 놈은 작지만 한번 농간을 부리면 가려워서 잡아야 했다. 몸이 근질근질할 때마다 가려웠던 부위를 어림잡아 옷을 벗고 살펴보면 십중팔구는 있었다. 옷의 연결 부분이나 바느질 매듭이 있는 곳에서 알을 까며 기생했다. 손으로 잡아 피를 내 죽여야 했다. 이것은 형제나 부모 사이에도 알리지 않는 공공연한 비밀이었다.

이잡는 행위가 수치심을 유발하거나 부끄러운 것이 아니었다. 그렇다고 공개적으로 이야기해본 적도 없었다. 잘 알려져 서로 묻지도 않고 말하지도 않는 비밀이었다. 자연스러운 생활이었고, 가끔 가루약을 뿌리거나 옷을 갈아입거나 씻는 것으로 해결되는 그런 것이었다. 이의 존재가 미개함을 대표하여 퇴치해야 하는 것으로 알고 있었지만 불쾌한 존재는 아니었다. 서로 눈빛으로 말하고 듣는 사이에 겨울이 지나 봄이 되면 사라지는 계절 손님에 불과했다.

또한 감출 수 없는 겉 비밀이 하나 있었다. 겨울이 오면, 손과 발이 트고 살이 갈라졌다. 겉으로 드러났기 때문에 숨기기가 어려웠다. 추운 한기에 목욕을 하지 않거나 제대로 손과 발을 관리하지 않았기에 벌어지는 현상이었다. 손이 트면 따듯한 물로 씻는 이외의 처방은 없었다. 그것은 의례적으로 겨울이 되면 찾아왔고 겨울과 함께 사라지는 부끄러운 객이었고, 겨울과 동행하는 찬공기와 같은 존재였다.

분명히 이의 존재와 손발이 트는 현상은 청결함이 담보되지 않는 환경과 의식부재에서 생겨나는 미개적인 현상이었다. 그러나 봄과 여름이 되면 사라지는 계절풍과 같은 현상이었기에 쓸어버려야 하는 그런 존재는 아니었다. 바람처럼 때가 되면 지나가고 때가 되면 불어오는 자연이었다. 그런 점에서 그것들은 자연적이며 인간적인 현상이었다.

고요함과 싸늘함이 잦아드는 우리가 맞는 겨울에는 장마철에 발맞춰 성깔을 부렸던 냇가에 어름이 얼었고 눈이 쌓였다. 어름 속으로 흐르는 영롱한 물줄기는 갓 시집온 새색시가 소곤거리는 속삭임을 닮았다. 요리조리 사심 없이 흘러 서로 몸을 비비며 자리를 내주기도 하고 밀쳐내기도 했다. 넘치지도 않고 부족하지도 않을 만큼 필요한 양으로 냉정하게 흘렀다.

온동네에 눈이 쌓이면, 스스로 놀지 못하지만 억지라도 놀게 해주는 농한기라는 신호였다. 말 그대로 농사꾼이 농사를 잊어버리는 계절이다. 불안한 마음을 가지면서도 몸만은 편하게 휴식할 수 있는 몸과 마음이 따로따로 노는 그런 강제된 휴가였다. 집에서 몰래 익어가는 막걸리가 준비되어 있었다. 쌀부족으로 인하여 밀주라는 낙인을 찍어 단속을 하였지만 농부에게는 대대로 내려오는 전통이었을 뿐이다.

광에는 겨울 내내 먹을 수 있는 식량이 있다. 눈치를 보지 않고 놀 수 있는 시간이 있고, 남는 시간을 죽일 수 있는 화

투가 있었다. 더욱이 그것들을 즐길 수 있는 농부들이 기다렸다. 아침에 일찍 일어날 필요도 없었고, 날씨가 추우면 군불을 때면 그만이었다. 겨울은 아니 겨울이 농부의 계절이었다. 우리가 칭송했던 봄과 여름, 가을은 농부의 계절이 아니었다. 봄과 여름, 가을은 일하는 계절에 불과했다.

이번 겨울은 장난이 심했다. 입춘이 다가오는데도 눈이 펑펑 내렸다. 마지막 동장군이 그동안 인내하면서 굳혔던 하얀 눈물을 뿌렸다. 농한기의 여운을 한층 더 길게 느끼게 했고, 바빠지려는 농부의 마음을 식혀버렸다. 뒷방에 쌓아놓았던 고구마를 담은 바구니가 바닥을 들어내고 입을 크게 벌려 한가로움과 느긋함을 재촉했다.

동장군의 기세가 꺾이면, 흥얼거렸던 노랫가락을 접고 떠들썩한 봄맞이를 해야 했다. 잠에서 깨어난 개구리처럼 팔다리를 억지라도 쭉쭉 펴고 죽어라 움직일 준비를 했다. 겨울의 흔적이 녹기 전에, 땅속에 숨어있던 새싹들이 돋아나기 전에, 겨울잠을 자던 생명이 기지개를 펴기 전에, 소리소문없이 움직여야 했다. 어떤 봄의 전령이 오든 미워하지 않았고 거부하지도 않았다.

마을에는 인식적 변화가 일어나기도 전에 물질적 변화를 초래하는 바람이 불었다. 습관과 인식을 자극하는 문명이 오는 소리가 들렸다. 봄의 소식처럼 '저수지 개발'이라는 문명적 현상이 갑자기 다가왔다. 우리마을에서는 저수지라는 용어가 가장 근대적이고 발전적이며, 현실적인 변화를 지칭하는 말이 되었다. 마을에 저수지를 만들면 부족한 식수가 해결되고, 매년 철새처럼 찾아오는 가뭄 때문에 발생하는 물 대기 싸움이 사라질 것이라는 소문이 퍼졌다.

골짜기와 개울을 막아 저수지를 만드는 것이었다. 저수지로 지정된 골짜기는 아이 머리를 딴 듯 양쪽으로 갈라져 있는 모양을 한 곳이었다. 왼쪽 골짜기는 물이 개울 속으로 흘러 물이 없는 것처럼 보였기에 잘 가지 않았다. 장마가 오면, 고여 있는 물웅덩이에 어쩌다 빠진 조그만 중태기 몇 마리가 유혹할 정도였다. 가끔 지날 때 심심하면 봐주는 정도의 얇은 정이 든 곳이었다.

오른쪽 골짜기는 사시사철 물줄기가 힘차게 요동쳤고, 지나는 사람들에게 무엇인가를 기대하게 해주는 그런 매력이 있었다. 물소리와 사람 소리가 섞여 생동감을 연출하는 계곡이었다. 계곡 웅덩이에 들어가 놀 수도 있었고, 낚시질을 했고, 바위틈에 숨어있는 가재도 잡았다. 늘 심심치 않게 해주었고 많은 것을 내어주는 골짜기였다. 계절의 사정에 관계 없이 욕심을 받아주고 채워주는 그런 곳이었다.

부자집에서 인정이 나고 광에서 인심이 난다고 했지 않았던가. 왼쪽 골짜기는 과하지 않아 위험하지 않았지만 왜소

하고 성격이 짜서 매력이 덜했다. 오른쪽 골짜기는 풍만한 몸체에서 묻어나는 신뢰와 믿음이 있었고 인심 또한 후했다. 인색하지 않아 오랜 기간 우리의 마음을 뺏은 재주가 있었다. 그렇게 우리와의 무연과 유연을 맺었던 골짜기가 저수지 속으로 들어갈 판이었다.

우리 집은 초상이라도 난 듯이 걱정이 쌓여갔다. 조상 대대로 물려받은 밭이 저수지 한가운데로 수몰되는 상황이 되었기 때문이다. 양 골짜기를 끼고 있어 산들이 안고 있는 형상을 했기에 마음이 놓이는 그런 곳이었다. 밭일하다가도 가재를 잡기도 하고 목욕을 할 수 있었던 입지 좋은 곳이었다. 계절에 따라 참깨, 콩, 감자, 참외와 수박, 배추와 무 등을 심어 생계를 책임지던 곳이었기 때문이다.

그러나 이미 계획은 세워졌다. 아버지 없이 혼자 결정을 해야 하는 어머니는 면 관계자가 전하는 말에 따라 땅을 내주고 말았다. 저수지가 생기면, 마을에 가뭄도 사라지고 식수도 확보할 수 있다는 설득과 저수지를 만들지 않으면 마을이 낙후될 것이라는 엄숙한 협박에 수긍하고 말았다. 다른 선택지가 없었고 거부할 수 없었다. 대체 땅을 받는 것으로 마무리가 되었다.

저수지 건설은 오백 년 마을 역사상 처음 있는 대공사였기에 사람들의 마음을 흔들어 놓았다. 식민지 시대와 한국

전쟁을 제외하면 가장 큰 사건이었다. 저수지라는 이름으로 시작된 문명적 변화가 시작된 것이다. 농기구가 아니라 불도저와 같은 근대적 기계가 만들어낼 변화이기도 했다. 약간은 두려웠지만 나쁘지 않은 조짐이었다. 마을 사람들이 다같이 참여해서 저수지를 만들어 가는 방식이었다.

대공사가 시작됐다. 불도저가 굉음을 내며 논과 밭을 뒤집어 놓았다. 굴삭기가 오래 묻혀 있던 땅속의 비밀을 파헤쳤다. 덤프트럭은 먹어버린 흙을 토해냈다. 흙과 돌을 날라 둑 쌓기와 다지기 작업을 했다. 동네 사람들은 리어카, 곡괭이, 삽, 호미, 망태기를 사용하면서 바쁘게 거들었다. 해가 뜨면 갔고 지면 집으로 돌아왔다.

모두가 저수지 건설일꾼이었다. 아마도 마을을 부흥시키고 변화시키겠다며 최초로 의미있게 흘린 땀이었는지도 모른다. 흙과 돌을 담은 바구니를 지고 둑에 부으면 도장이 찍힌 표를 주었다. 도장 수에 따라 밀가루 배급을 받았다. 봄에 씨앗 뿌리고 가을에 수확하면서 틈틈이 저수지 건설사업에 참가했고, 겨울에도 뛰어들어 농한기마저 사라졌다.

목구멍 채우기 어려웠던 보릿고개의 한계를 밀가루로 넘길 수 있게 되었다. 마을 사람들은 식량 비축이라는 새로운 경험을 하였다. 흙과 돌을 지고 나르다 내는 비명은 처절한 것이 아니었다. 대가로 받은 밀가루가 등장하면서 식생활도 약간 변했다. 아이들이 선호하는 빵이나 만두도 식탁에 올랐다. 도시락을 싸가지고 와서 나누어 먹는 새로운 풍경도 볼 수 있었다.

저수지 만들기 사업은 마을 사람의 마음을 나름대로 채워주었다. 밀가루가 축적되면서 일시적으로 배척을 당했다. 밀가루 냄새를 맡기 시작했기 때문이다. 항상 부족한 것이 걱정이었지, 많은 것이 걱정인 적이 없었다. 일시적이나마 '많은 것이 좋다.'는 법칙이 통하지 않은 상황이 됐다. 널려있는 것을 거들떠보지 않는 인간의 간사함이 드러났고, 거만함이 발동했다. 저수지가 불러온 문명병이었다.

문명화가 시작된 마을에는 저수지, 밀가루, 빵, 수로시설, 물저장시설 등이 들어섰다. 물이 필요한 계절이 되면 가둬놓았던 물을 방출하여 해갈시켜주었다. 그동안 길어다 먹던 샘물 대신에 저장물을 가정으로 끌어들였다. 반강제적으로 불어온 문명화가 이제 막 시작되었다. 사람들이 갖고 있던 변화에 대한 두려움이 사라졌고, 앞으로 나가는 모습이나 행동이 빈번해졌다.

저수지가 생기면서 마을 풍경도 달라졌다. 오랫동안 마을을 내려다보며 편하게 누워있던 양 골짜기가 불안하게 앉아버렸다. 여인의 다리처럼 가늘고 길게 뻗은 산자락이 잘려버렸다. 동네 사람들을 모이게 했던 샘물도, 물과 산을 연결

했던 개울도 사라졌다. 개울가를 오르다 내려오다 쳤던 물장구가 추억이 됐고, 개울의 재잘거림이 정지되어 버렸다.

저수지에는 수영금지, 낚시금지라고 쓴 푯말이 침묵으로 위험한 곳이라는 것을 알려주었다. 맑고 영롱하게 흐르던 물과 물소리가 뭉쳐져 내는 아우성을 잡아먹었다. 하마 같은 입구멍을 벌리고 무엇인가를 노리고 있는 듯했다. 혼자 거닐 때면 저수지가 품어내는 찬 기운과 두려움에 전율이 올라 눈 마주침을 외면했다. 몸과 마음을 의지했던 정겨움을 담은 곳이 아니었다. 저수지의 존재는 많은 것이 만들어낸, 그리고 문명이 만들어낸 두려움 그 자체였다.

초여름이 시작되면서 대형사고가 터졌다. 저수지의 목구멍이 물놀이를 하던 아이를 삼켜버렸다. 생명수를 나누어주며 살리더니 이 번에는 생명을 앗아가 버렸다. 그 이후부터는 있는 자체가 무서웠기에 지날 때면 침묵하고 걸음을 다그치며 지나갔다. 푸석거리는 다람쥐 소리에 놀랐고, 멀리서 가늘게 들려오는 샛소리에 의지하며 빠져나왔다. 저수지는 아무도 말하지 않는 침묵이었고 아무도 보지 않는 두려움이었다.

아픔은 그대로 아픈 것이었다. 두려운 것은 그대로 두려운 것이었다. 마을의 변화를 이끌었던 저수지에 저주를 퍼부었다. 산허리와 생명을 잘라먹은 죄, 오 백 년 역사의 물줄기를 없애버린 죄, 속을 알 수 없는 검푸른 얼굴로 희생물을 찾고 있는 죄, 문명화의 두려움을 알려준 죄 등이었다. 저수지를 통해 얻은 기쁨과 아픔이 섞여 이해하는데 많은 시간과 인내가 필요했다. 많은 용서와 눈물이 필요했다.

자연은 상처를 내기도 하고 치유하기도 한다. 인간이 알 수 없는 힘을 발휘하면서 제어하기도 하고 때로는 화려한 모습으로 마음을 빼앗기도 한다. 가끔 까탈스러운 성품을 보여 상처를 입히기도 하고, 우호적으로 품어내는 넓은 가슴이 있어 적대적이지 않다. 자연은 싸워서 이기는 존재라기보다는 이해하고 적응하는 존재인지도 모른다. 그렇게 자연은 문명처럼 행복으로, 그리고 불행으로 다가왔다.

인간은 타인과 섞여 살아가는 존재로 서로 손을 잡고 협력을 한다. 문명이라는 문턱에서 인간은 서로 방해를 하거나 받는다. 가만히 두어도 무섭고, 건드려도 무섭다. 잘 맞지 않아도 불안하고 잘 맞아도 걱정된다. 인간은 이해하고 넘어가는 존재라기보다는 경쟁해서 이기는 데 익숙하다. 그렇게 인간은 문명처럼 경쟁으로, 그리고 협력으로 다가왔다.

우리는 자연이기도 하고 인간이기도 하다. 우리는 문명이기도 하고 미개이기도 하다. 서로 상처를 주기도 하고 위로해 주기도 한다. 서로 밀치면서도 안아주기도 한다. 우리는 자연과 인간, 전통과 변화, 제사와 무덤, 쌀과 밀가루, 개울과 저수지, 오늘과 내일 등과 같은 이중구조와 동행하면서 긴장을 하게 하는 빨간 얼굴을 가진 문명과 동행하기 시작했다.

팥 심은 데 팥이 나야 하고, 콩 심은 데 콩이 나야 한다. 꽃이 필 때 펴야 하고, 열매 맺을 때 맺어야 한다. 그런 이치가 자연법칙이다. 인간은 팥이 필요하면 팥을 심고 콩이 필요하면 콩을 심는다. 그런 이치가 인간법칙이다. 문명은 팥을 심었는데 콩이 필요하면 콩이 되도록 하고, 콩을 심었는데 팥이 필요하면 팥으로 바꾸는 그런 것이다. 그런 이치가 문명법칙이다.

우리 집은 심은 대로 나야하는 자연법칙, 필요한 것을 심는 인간법칙, 심은 것을 다른 것으로 바꾸는 문명법칙 사이에 놓여있었다. 확실하게는 인지하지 못했지만, 변화에 둔감했지만, 우리의 마음과 몸은 점차 자연법칙에서 인간법칙으로, 인간법칙에서 문명법칙으로 이행하고 있었다.

6. 사계의 행방

우리 집에 있던 뿔이 달린 짐승은 오토바이 사채 놀이꾼이 몰고 가버렸다. 이후 뿔 가진 짐승이 없었다. 그러나 우리는 이름 모를 뿔을 가지게 되었다. 아버지의 행방불명, 숨막히게 돌아가는 사계, 불안한 가정생활, 노동을 해야 지나가는 하루, 거부할 수 없는 농사꾼의 운명, 시골을 떠나고 싶은 욕망, 상처만 남는 일상 등으로 생겨난 뿔이었다.

우리 집은 한국전쟁과 좌우 이념싸움으로 가족을 잃은 후 새롭게 구성되어 삶을 시작했건만 아버지의 이탈로 다시 이빨 빠져버린 꼴이 되고 말았다. 졸지에 균형 잃은 불안한 가족공동체가 되어버렸다. 완전하게 해체되기 직전이라는 위험한 상황이어서 특별한 기적이나 마법이 필요했다. 서로 의지하지 않으면 넘길 수 없는 절박한 위기에 봉착해 있었다.

붕괴 직전의 아슬아슬한 운명이 얼마나 오랫동안 진행될지 몰랐다. 가족의 흔들림은 계절의 진동에 따라 달랐다. 그때마다 버티거나 견뎌내기 위한 아우성의 강도도 달랐다. 사계의 변화와 동반되는 요철을 타지 않으면 안됐다. 그런 가운데서도 안정을 찾지 못하는 어머니와 동행하는 우리도 불안했다. 생활하는 데 이미 어머니와 여자, 자식과 농사꾼, 농사와 공부, 시골과 도시 등의 갈등으로 종종 불협화음이 일어났다.

어머니는 어렸던 우리와 대화하기보다는 일방적인 말만을 했다. 어머니가 전하는 말에 따라 움직이면 되는 일상이었다. 그런 점에서 어머니는 고충을 이야기하거나 싸울 상대도 없고 의지할 사람도 없는 가족을 가진 셈이었다. 위로를 받거나 의논을 하기보다는 스스로 달래주어야 했고 결정해야 했다. 혼자가 된 할머니만이 눈치로 사정을 주고받고 있을 뿐이었다.

홀로된 어머니의 신세타령은 더욱 깊어지고 많아졌다. 그럴 때마다 "시집오려고 하지 않았어, 첫날밤 얼굴을 보니 너무 까맣게 타서 맘에 들지 않았어." 잠시 숨을 고르다가 다시 "읍내에 사는 경찰이 맘에 딱 들었는데 양반집이라 억지로 보냈어, 에잇!" 이라고 푸념을 길게 길게 늘어놓았다. 까맣게 타버린 아버지의 얼굴이 까맣게 타버릴 자신의 인생임을 미리 예견해서 맘에 들어하지 않았는지도 모른다.

푸념을 하고 나면 어머니는 한을 풀어내는 자신만의 인생 노래를 불렀다. 할머니가 '춘향전'이나 '홍길동전'을 읽었던 귀에 익은 리듬으로 부르는 한탄가였다.

"가는 세월…",

"한 많은 인생…",

"빈 손으로 왔다 빈 손으로 가는…"

어머니 혼자 부르는 한탄가는 항상 리듬이나 내용에 변화가 없었다. 알아듣거나 알 필요도 없었다. 그냥 그칠 때까지 들어주면 되는 것이었다. 질문도 없고 대답도 없으며, 해결되지 않는 문제를 던지는 그런 노래였다. 힘들다는 소리였고, 원망하는 소리였다. 신세가 불쌍하니 구해달라는 절규였다. 그럴 때면 우리는 아무말도 못하고 노래 끝마디가 끊어지기만을 기다렸다.

어머니는 며느리였고, 아내였고, 가장이었고, 생과부이기도 했다. 그렇게 다양한 신분을 가져야 했다. 그러나 어디 하나 만만한 것이 없었다. 거기엔 여자도 없었다. 여리고 나약하고 사랑스러운 여성은 없었다. "살림은 호랑이도 안물어간다."고 하며 생활의 팍팍함을 호소하는 모습을 한 살림살이 가장이 있을 뿐이었다.

가장으로 사는 삶이란 눈물 그 자체였다. 눈시울이 붉어지기 시작하면 닦아도 닦아도 다시 고여 넘쳐나 흘렀다. 눈을 감으면 떨어지고 눈을 뜨면 촉촉이 남아 있어 숨겨지지 않는 슬픔이었다. 눈물이라기보다는 책임을 다하기 위해 흘리는 땀방울이었다. 굵은 주름을 타고 내리는 모습에 익숙해졌으면서도 여전히 낯설었다. 막내 동생이 궁둥이를 들이밀며 쫓아야 가는 그런 눈물이었다.

우리는 언제나 논이나 밭에서 시간을 보냈기에 녹초가 되어 귀가했다. 어머니는 저녁을 지어야 했고, 설거지와 빨래도 해야 했다. 인생을 헛되게 소비하는 것은 아니었지만 남는 것이 없는 일상이었다. 대충해도 됐지만 하지 않으면 안 되었다. 어머니가 지쳐가면서 내는 소리는 우리에게 종종 야단이나 큰 소리로 소환되었다.

어머니는 아침마다 학교 가기 전에 할 일을 미리 말했다. 방과 후 잊을까봐 할머니에게 재차 당부하고 일터로 갔다. 형과 나는 어머니의 사정을 잘 알면서도 일터로 가다가 다른 길로 샜다. 풀숲에 눕기도 했고, 나뭇가지를 꺾어 피리도 만들어 불었고, 매미를 잡기도 했다. 한참만에야 밭에 도착을 하면 쇳소리같은 어머니의 불호령이 떨어졌다.

야단을 치지 않고 그냥 지나가는 것이 보통이었다. 그러나 오늘은 일을 마치고 집으로 오면서도 어머니의 목소리는 부드러워지지 않았다. 심상치 않았다. 단단히 뿔이 나 있었다.

잠시 늦장을 부린 것 이외에 무엇이 있었는지를 생각해봤다. 아버지가 사라진 것을 제외하면 연상되는 일이나 상상할 수 있는 것이 떠오르지 않았다.

형과 나는 '올 것이 왔구나!' 하고 야단맞을 준비를 했다. '어서 어서 이 시간만 빨리 지나가.'라고 주문을 외웠다. 위기로부터 구출해줄 구원자도 없었다. 성깔 있는 어머니가 멈출 것이라는 기대 또한 없었다. 고성과 함께 종아리를 치는 모습이 눈과 귀를 어둡게 했다. 마루 위가 살얼음판이 되고 말았다. 따끔한 소리가 공간에 내리꽂혔다. 회초리 소리가 나면 날수록 공포는 극에 달했다. 형이 아파하면 할수록, 숫자가 늘어나면 날수록 차례가 가까워지는 것을 느꼈다. 형이 울면서 '잘못했어유.'라고 용서를 빌어 일단락되었다.

내 차례가 됐다. 차례는 기다리는 것이지 앞서가는 것이 아니다. 차례가 오기전에 '도망가면 해방되는 것인데.'라고 생각했지만 이후가 감당이 안될 것 같아 숨죽이며 차례를 기다렸다. 드디어 화난 눈빛과 회초리가 나를 향했다. 용기를 내어 피해볼 요량으로 미리 "잘 못했어유."라고 선수를 쳤지만 소용없었다.

짝짝소리가 이어졌다. 박수 소리가 아니었다. 맞는 소리였다. 점차 공포를 느끼면서도 피부에 박히는 아픔은 저항심을 자극하는 촉매제로 기능했다. 그 순간 '어떻게 이러고 살까?'라는 생각이 머릿속을 스쳐지나갔다. 노골적으로 저항하지 못했지만 화가 나서 회초리를 잡았다. 어머니가 내리치며 내는 화와 내가 맞으면 내는 화 사이에 회초리가 멈춰버렸다.

회초리를 사이에 두고 어머니와 나는 대립을 하고 있었다. 누군가 이 상황에 종지부를 찍어줘야 멈출 것 같았다. 형이 중간에 끼어들면서 억지로 정리가 되었다. 나는 어머니를 싫어할 만큼 화가 났다. 어머니가 처한 사정을 무시하기보다는, 어머니에게 불복하기보다는 이런 상황이 싫어 끝내고 싶다는 생각때문이었다.

한바탕 행사를 치르고 저녁을 먹었다. 이윽고 우리는 예정된 순서대로 작은 방에서 잠을 청하기 위해 이불 속으로 들어갔다. 어머니도 방에 들어와 "미안하다. 내가 좀......" 이라고 말하며, 이불 속에 있던 형과 동생을 안아주었다. "괜찮아 엄마!"라고 조용하게 말했다.

또다시 내 차례가 됐다. 차례를 기다리고 싶지 않아 눈을 외면했다. 미안해하는 어머니의 사과에 대해서 아무런 대꾸도 하지 않고 고개를 돌려버렸다. 어머니는 화가 났는지 "황소같은 고집......" 이라며 격하게 눈을 내려다 봤다. 역정이 난 마음이 섞여 흘러내리는 눈빛을 따라가다 보니 어느새 내 눈에 머물렀다. 긴장감이 돌아 나는 거칠게 숨을 쉬었다.

나는 말없이 어머니의 화난 눈빛을 안고 이불 속으로 들어가 묻어버렸다. 화해할 생각이 없었다. 어머니의 화난 뿔을 보고 싶지 않았다. 그러나 탈출구로 알고 들어간 이불속은 숨을 만한 공간이 아니었다. 도망갈 생각도 없었다. 어머니와 잘 맞지 않는다는 생각이 가슴을 답답하게 했다. 농사일과 맞지 않았고, 긴장감이 도는 이 분위기도 안 맞았다. 내가 살고 있는 이곳에는 맞는 것이 별로 없었다.

아버지가 사라진 뒤 몇 번째 사계가 흘러갔고 그럴 때마다 예기치 않은 흔적이 깊게 남았다. 잘 지켜졌던 인정머리 예절이나 밥상머리 예절도 잊어버리지 않을 정도로 겨우 유지됐다. 형의 밥그릇이 상에 제일 먼저 올라왔다. 그 밥그릇이 어떤 의미가 있는지 아는 데 오랜 시간이 걸리지 않았다. 대우를 받는 묵언의 권리였고 동시에 책임을 져야 한다는 압박이었다. 이제 아버지 대신에 형이 묵언의 권리를 행사하고 책임을 질 차례가 된 것이다.

우리의 일상과 자연의 사계는 변함없이 돌아갔다. 형은 어머니가 하라는 대로 말없이 이유를 달지 않고 적극적으로 거들었다. 밭이나 논에서 곡식을 거둬들이는데 열심히 했고, 엉켜있는 가정사를 나름대로 풀어내려고 안간힘을 썼다. 가끔 아버지의 대역을 훌륭하게 수행했다. 밥상머리 예절이 만들어 내는 효과였다는 생각이 들었다.

나는 점점 이곳에 사는 것과 일하는 것이 싫어졌다. 일을 할 때마다 많은지 적은지를 물었다. "오늘은 어디까지 해?" 라고 하기 싫다는 투로 몇 번이고 반복해서 말했다. "오늘은 조금만하고 가자."라고 거짓말로 위로를 했다. 정해진 질문에 정해진 답이었다. 속고 속이는 사이가 된지 오래됐기에 답의 옳고 그름을 따지지 않았다.

나는 무성의한 대답에 대한 불만을 가지고 있었는지도 모른다. 뿌리를 뽑아야 함에도 불구하고 풀의 줄기와 잎을 뜯어버렸다. 멀리 도망이라도 가듯이 밭고랑을 휘젓고 풀과 인내 없는 싸움을 얼렁뚱땅했다. "뿌리를 뽑아야 안나지, 그래야 일이 줄어들지." 라고 꾸중 반, 불만 반 섞인 말을 들었다. 그런 질책이 잊혀질 정도가 되면 집으로 돌아갈 시간이 된 것이다.

형과 나는 농사꾼에 나무꾼이기도 했다. 땔감이 없으면 나무를 해야 했다. 형에게 맞는 지게를 만들었다. 따라하는 것이 특기였지만 미안해서 지게를 만들어 달라고 했다. 최소한도 형과 보조를 맞추기 위해서였다. 언제나 형과 나는 뗄 수 없는 검은 껌딱지가 되어 붙어다녔다. 학교도, 들판도, 놀이도, 취미도, 물장구도, 슬픔과 기쁨도 같이 하는 사이가 됐다.

우리 형제는 들판에 있으면 농사꾼이 되었고, 산에 있으면 나무꾼이 되었다. 가끔 편편한 산허리에 앉았다 누웠다 하는 여유도 가졌다. 주인 없는 공기를 마시기도 했고, 떠다니는 해와 구름, 비와 눈을 맞으며 고향의 하늘을 기억 속에 담기도 했다. 하늘을 마주하고 있는 것인지 허공을 마주하고 있는 것인지는 중요하지 않았다. 나무와 지게가 없는 곳에 눈이 머물면 족했다.

나무를 하는 것도 아니고 휴식하는 것도 아니었다. 그냥 다 내려놓고 싶은 심정이었다.

"형?"

"응."

"힘들지 않은 겨?"

"뭐가? 그냥하는 겨."

형은 무덤덤하게 말하고 이어가지 않았다. 감당해야 할 몫으로 알고 있었다. 힘들다고 해도 도와줄 사람도 없었고, 짐을 내려놓을 방법도 없었다. 형은 어렸지만 이미 아버지의 부재와 어머니의 사정을 깊숙이 알고 있는 듯했다.

시간이 흘렀다. 형은 "나무 하자."라고 재촉을 했다. 땔감이 될만한 풀과 나무 사냥을 시작했다. 잘 타는 잡풀이나 화력이 오래가는 땔감을 찾는 데 익숙해졌다. 꺾여 있는 솔가지가 유난히 크게 보였다. 나는 "이놈이 때기 좋아." 라고 손가락질을 했다. 말하자마자 형은 낫으로 나무를 내리쳤다.

그러나 미처 피하지 못한 내 손가락을 치고 말았다. 다행스럽게 손가락은 떨어지지 않았지만 피가 흘렀다. 당황해서 옷을 찢어 손가락을 싸매고 부랴부랴 집으로 향했다.

어머니는 생계수단으로 읍내 약방에서 약을 갖다 팔았다. 그 덕분에 만병통치약으로 통했던 빨간 약을 바르고 붕대로 싸맸다. 최선의 치료는 아니었지만 최악은 아니었다. 나무를 하면서 다쳤던 손가락은 흉터를 남긴 채 살아남았다. 훈장인지 허물인지 아버지가 없어 생기는 상처가 하나 둘 흔적으로 자리를 잡고 있었다.

우리는 지금까지 낫을 갈아본 적이 없었다. 날이 무뎌진 덕분에 다행스럽게 손가락이 살아남았다. 갈지 않은 낫처럼 우리는 다가오는 세파에도 무디게 대응했다. 날카로움이 사라져 잘 자르지도 못했고, 안자르지도 않은 그런 삶을 살고 있었다. 뒤로 물러나지도 앞으로 나가지도 못하는 생활을 지루하게 이어갔다.

나는 농사일을 싫어하는 것도, 시골을 싫어하는 것도 아버지를 닮았다. 시골을 떠나는 것도 닮아야 하는데 이곳에서 움직이지 못하고 있어 그것만은 아직 닮지 않은 것 같았다. 제일 중요한 대목에서 달랐다. 봄과 여름에 밭고랑을 헤집고 빨리 내달린 것은 시골과의 거리를 넓히려는 발버둥이었는지도 모른다. 풀을 대충대충 뽑은 것은 농사꾼이 되지 않기 위한 몸부림이었는지도 모른다.

나는 이곳에서 보내는 마지막 가을이 되기를 바라는 마음으로 어머니와 형과 함께 벼 사이에 섞여 있는 피를 뽑고 있었다. 종종 거머리가 나왔기 때문에 빨리 끝낼 욕심으로 바삐 돌아다녔다. 이내 키만큼이나 자란 벼 속으로 머리가 묻혀버렸다. 피를 뽑으면서 움직이는 벼의 흔들림이 도망가지 않고 일하고 있음을 알려주었다. 고랑을 따라다니다 보면 만나기도 했다. 그때마다 "조금만 참자."라는 달콤한 말로 유혹을 했다. '속아달라.'는 소리였기에 귀담아듣지 않았다.

이때쯤이면 연례행사처럼 서울에서 명산의 단풍을 구경하기 위해 멋진 관광버스가 줄지어 보란 듯이 논 앞을 지나가 마음을 설레게 했다. 나는 관광버스 사랑에 빠진지 오래되었다. 지날때마다 "언제 저 관광버스를 타?" 라고 말을 했다. 그러면 "곧 탈거여. 이번 가을만 지나면......"이라고 어머니는 몇 년째 같은 답을 하고 있었다.

'곧 관광버스를 탄다.'는 말은 어느샌가 가슴 깊이 꿈으로 자리를 잡았다. 매년 눈으로부터 멀어지는 관광버스를 보면서도 꿈도 버렸고, 다시 나타나는 버스를 기대하며 꿈을 새로 가졌다. 이번 가을의 꿈을 실어다 주고 또다시 다가오는 가을의 꿈을 싣다 보면 언젠가는 진짜 마지막 가을이 올 것이라는 기대가 있었다.

내 꿈으로 가득찬 관광버스를 버릴 수가 없었다. 잘 알지 못했지만, 어머니도 관광버스를 볼 때마다 무엇인가를 실려 보내려는 듯이 떠나가는 관광버스의 뒷모습이 사라질 때까지 시선을 놓지 않았다. 우리 가족은 관광버스에 희망을 걸었고 앞날의 행방을 실어 보냈다. 매년 가을마다 허탕만치는 관광버스를 보며 체념을 할 때가 되면 겨울이 다가오고 있는 것이었다.

겨울은 좋지도 않지만 싫지도 않았다. 들판에서 풀과 씨름할 필요가 없어 좋았다. 추운 날씨를 감내해야 하고 월동을 무사히 보내야 하는 사정이 있어 좋지 않았다. 겨울은 떨어지는 눈송이에 잠시 눈을 빼앗겨 주면 녹아내려 사라지는 나그네에 불과했다. 아궁이에서 훨훨 타는 불꽃을 보면서 달라질 인생을 그렸다 태웠다 하면 없어지는 일장화몽(一場火夢)이었다. 하나의 불꽃에 하얗게 그렸다가 까맣게 타버린 인생이 잿더미로 쌓이고 쌓이면 겨울은 더욱 깊어져갔다.

겨울은 승부를 내는 계절이 아니다. 무사히 넘기고 탈없이 지내면 되는 그런 계절이다. 봄바람이 불어오기 전에 승부를 내기 위해 몸과 마음을 가다듬고 힘을 비축하는 기다림이 미덕인 계절이다. 얼어붙은 겨울을 억지로 녹이려고 힘을 소비하다보면, 다가올 희망을 품을 수가 없기 때문이다.

그런 점에서 겨울은 저주가 아니라 축복인지도 모른다.

겨울이 깊어지면 서울에서 대학생들이 봉사활동을 위해 마을을 방문했다. 우리는 그들을 대학생 선생님이라고 불렀다. 올해도 변함없이 새로운 대학생 선생님들이 왔다. 그중 한 선생님은 오자마자 우리 집을 방문했다. 의례적인 인사 방문이라고 생각했기에 신경을 쓰지 않았다.

선생님은 기웃거리며 우리 집에 들어섰다. "계세요?"라고 말을 건냈다. 말끔한 옷차림이어서 선생님이라는 것을 알았다. 어머니는 갑작스러운 방문에 당황해 하면서 안내를 했다.

"어...어서 오세유, 올라 오세유, 선생님."

"감사해요."

선생님은 조심스럽게 시선을 넓혀 둘러봤다. 마루에 올라와 방안으로 들어와 사뿐하게 앉았다. 나에게 익숙했던 마루와 방안이 낯설게 다가왔다. 엉거주춤 마루에 올라 따라 들어갔다. 어머니는 "잠깐만이유."라고 하고 부엌으로 갔다.

형과 나는 선생님에게 시선을 빼앗기고 있었다. 얼굴도 아니고 몸매도 아니었다. 신고 있는 스타킹을 뚫어지게 보았다. 옹기종기 붙어있는 발가락을 가지런히 감싸고 있는 모습이 너무 아름다웠다. 발가락에 빠져 있는 나를 의식했던지 선생님은 웃으며 슬그머니 손수건으로 발을 가렸다. 상황을 알지 못하고 무의식적으로 손수건을 치웠다. 선생님은 얼굴이 붉어지면서 다리를 오므렸다.

어머니가 고구마를 가지고 오면서 이 상황은 잠시 끝났다.

"시골에는 농사진 것 밖에 없어유, 드세유." 선생님은 고구마를 쳐다보면서 잠시 망설였다.

"아저씨가 서울에 계세요!"

"..............."

어머니는 분명히 금방 알아들었으면서도 흥분해서 물었다.

"무슨 소리예유? 집양반이 서울에 있다고유?"

"예, 여기 아저씨가 서울에 사세요. 잘 있다고 전해달래요."

선생님은 아버지에게 부탁받은 말을 전했다. 그 말을 들은 어머니는 금방 콧물을 소매로 훔쳤다. 자초지종을 듣고 나서 "살아있으니 다행이네유."라고 말했다. 우리는 '아버지가 살아 있다.'는 사실에 안심하기보다는 더욱 궁금해졌다.

갑자기 선생님이 구세주가 됐고 더욱 친밀하게 느껴졌다. 선생님의 한마디 한마디가 무차별적으로 귀속에 빨려들어 왔다. 깨끗한 옷차림, 얌전하게 뻗어 모아진 다리, 부드럽고 세련된 얼굴, 나대지 않는 손과 손가락, 아름다운 모습 모두가 기분 좋은 낯설음이었다.

선생님의 언행과 모습을 보면서 확신이 생겼다. 서울에는 예쁜 사람들만이 사는 곳이겠지, 쾌쾌한 시골 냄새가 없겠지, 품위 있는 삶을 살 수 있겠지, 좋은 것들이 널려있겠지, 상상의 나래가 펼쳐지기 시작했다. 매력이 넘치는 곳이고 부족함이 없고 화려한 곳임에는 틀림이 없다는 생각이 들었다.

우리는 봉사활동을 하는 선생님을 가족으로 느낄 만큼 좋아했다. 게임도 가르쳐주었고, 책도 읽어주었다. 세상 이야기를 해주었고, 선물도 많이 주었다. 사람도 좋았고 가지고 온 선물도 나무랄 데가 없었다. 마음씨도 이웃집 누나처럼 부드러웠다. 이곳에서 오랫동안 같이 살았고, 앞으로도 보듬으며 같이 살 것 같은 착각을 했다.

선생님을 초대해야 할 충분한 이유가 생겼다. 그러나 어머니는 걱정이 되어 망설였다. 정성이라고는 하나 접대할 만한 것이 없었기 때문이다. 초대해도 맛있는 음식을 해줄 수가 없었다. 어머니는 손수 만든 따듯한 국수를 대접하기로 하고 식사에 초대했다. 국수로 유혹하는 것이 왠지 부끄러웠지만, 선생님의 발길을 집으로 향하게 하는 것만으로도 너무 즐거웠다.

좋은 음식이 없다는 무거운 마음과 초대한다는 즐거운 마음이 섞인 채 초대장을 전하러 갔다. "선생님 식사하러 오시래유." 성의있게 말하려고 했지만 그냥 던져지고 말았다. 선생님은 선뜻 응했다. 집으로 동행하면서 가까워질수록 불안감이 커졌다. 집에 다다르고 상 앞에 앉았다. 오늘은 예외적인 밥상머리 예절이 지켜졌다. 선생님이 제일 먼저 국수가 듬뿍 담긴 그릇을 받았다. 오늘은 선생님이 아버지가 된 것이었다.

"이것밖에 대접이 안되네유."

"감사해요. 귀한 음식까지...."

선생님은 덥석 밥상에 다가갔다. 비록 잔치에 나오는 뽀얀 국수도 아니고 검은 기가 흘러 맛없어 보이는 국수였지만 무엇인가 인연을 길게 엮어주는 역할을 하고 있다는 느낌이 들었다. 나는 국수에 관심이 없었다. 서울에 대해서 알고 싶었다.

"선생님, 서울은 어디에 있어유?"

"음.. 서울에 있지."

그 다음 무엇을 물어봐야 할지, 들어야 할지 아무 생각이 떠오르지 않았다. 선생님은 "너희 아빠는 서울에 잘 계셔."라고 이어갔다. 그 순간 선생님이 말하는 '아빠'라는 단어가 낯설었지만 매력이 있었다. 지금 당장 불러볼 수는 없지만 앞으로 써먹을 수 있다는 것을 직감했다.

"아이들이 귀엽고 착해요."

"칭찬을 많이 들어유. 애들 때문에 살아유."

"혹시 전해주실 말씀있으세요?"

"글세 유, 몸조심하라고 전해주세유."

말이 끝나기 무섭게 나는 "선생님, 서울에 가고 싶다고 전해 주세유."라고 큰 소리로 말했다. 꼭 서울에 가고 싶어서 말했다. 아버지가 있는 곳, 선생님이 사는 곳, 시골이 아니고 농사를 짓지 않는 곳에 가고 싶었다.

"그래 네 말은 꼭 전해주지."

마을에 있는 동안 선생님은 우리에게 행복의 전령사가 되었다. 선생님이 옆에 있는 것이 기쁘고 즐거웠다. 서울말을 듣고, 웃어주는 눈빛이 한 순간이라도 비켜가지 않도록 눈을 맞추려고 노력했다. 좋아해주고 친근한 눈빛이 어떤 것인지를 알게 해주었다.

만남은 헤어짐을 전제로 하고 있는지도 모른다. 여지없이 세상의 이치는 작동했다. 가는 사람 가고 남는 사람 남는 것이 인생살이였다. 나는 시골에 있어야 하는 나쁜 처지에 있었고, 선생님은 봉사활동을 마쳐 서울로 돌아가야 하는 좋은 입장에 있었다.

나는 남는 사람보다는 떠날 수 있는 사람이 행복하다고 생각했다. 선생님은 행복해 보였고, 나는 불행해 보였다. 떠나기 전 마지막 날 결국 울음이 터지고 말았다. 선생님은 "그래 이 담에 서울에서 보자."라고 앞으로의 행방을 예언했다. 시골 아이의 울음이라 대단한 것은 아니었을 것이다. 인사말도 제대로 하지 못하며 내는 울음소리는 죽기를 각오할 만큼의 처절한 것은 아니었지만 간절함과 진솔함이 담긴 이별곡이었다.

선생님이 떠난 이곳은 삭막했다. 마음을 둘 데가 없었고, 눈을 돌려봐도 머물 곳을 찾지 못했다. 아침에 일어나면 볼 수 있었고, 점심이면 곁에 있었으며, 저녁이면 아름답게 헤어졌던 선생님이 사라졌다. 그동안 웅장했던 맥박이 잔잔해졌고, 구름처럼 들떠 펼쳐졌던 행복감이 땅속으로 꺼졌다.

행복이란 마음대로 그려졌다가 점차 밝아지면 사라지는 그림자였다. 잠시 왔다가 돌아보지 않고 가버려도 기분이 좋은 흔들림이었다. 오래 맛보거나 젖어있는 것이 아니었다. 정해진 짧은 운명처럼 잠시 머물렀다 여운을 길게 남기는 그런 것이었다. 우리가 느끼는 현재의 행복은 남겨진 여운이 사라지면 다시 채워져야 생명을 이어가는 그런 것이다.

행복이 반드시 행복으로 연결되거나 불행이 반드시 불행으로 연결되는 것은 아니다. 연결하거나 끊어 낼 수 있는 열정이 있기 때문이다. 행복으로 연결된 선생님과 우리는 연결된 듯하지만 연결하지 않으면 단절되는 것이다. 하루라도 빨리 '서울에 가고 싶다.' 는 생각에 빠졌다. 깊은 고민이든 얕은 생각이든 사실상 상관이 없었다. 아버지와 선생님이 있는 서울에 갈 수 있는 고민이나 생각이면 됐다.

마음속에는 이미 새로운 세상에 대한 그림이 그려지고 있었다. 그러나 아무리 아우성을 쳐도 나의 힘으로 해결되지 않는 것이었다. 우리 집에는 아무런 움직임도 일어나지 않은 일상이 지속됐다. 언제 서울로 갈 것인지, 언제 아버지가 이곳으로 내려올 것인지를 알고 싶었다. 질문은 하는 데 의미가 있고 답은 내는데 가치가 있지만 우리는 서로 문답을 하지 않았다.

어머니는 농사일에 지쳐있으면서도 이곳을 뜰 생각이 없었다. 어머니가 침묵으로 머무는 사이에 우리의 모습은 시골에 어울리도록 바뀌어 가고 있었다. 우리는 어머니를 돕는 것이 아니라 사계의 흐름에 맞춰 움직이는 농사꾼이었다. 진짜 농사꾼이 될 것인가 아니면 다른 데로 가서 신분을 바꿀 것인가 하는 질문이나 의문은 의미가 없었다.

이미 농부가 되고 싶지 않아도 될 수밖에 없도록 작동하고 있는 내외적 상황을 거부할 수 없었다. 마음속에 있는 나는 여전히 가짜 농사꾼으로 살아가고 있었다. 돌아가는 대로 움직였을 뿐이다. 봄이 오면 씨앗을 뿌렸고, 여름이 되면 잡초를 제거했다. 가을이 오면 수확을 했고, 겨울이 되면 다른 농부처럼 농한기가 제공하는 휴식을 취할 수 있게 됐다.

사계의 행방에 대해서 질문을 하지 않았지만 가을이 되면 나의 행방에 대해서는 질문을 했다. 필연적 환경이 조성되는 가운데서도 한 가닥 희망은 살아있었다. 아버지가 서울에 머물러 정착하고 있다는 사실이었다. 혹시 아버지가 데려갈 수도 있을 가능성은 여전히 유효했다. 나에게 이곳은 떠나야 하는 곳이 됐고, 알지 못하는 낯선 곳이 살아가야 할 미래의 땅이라고 생각했다. 그런 생각은 나 혼자만이 지니고 있던 것은 분명 아니었다.

팔자는 타고 나는 것인지 만드는 것인지 알 수 없다. 분명히 내가 처한 이 상황과 환경은 부모님이 만들어 낸 것이었다. 나의 팔자가 그 속에서 있을 뿐이라는 생각이 강하게 들었다. 앞으로 내가 만들 팔자가 어떤 것이 될지는 몰랐지만, 현재 이 놈의 팔자가 부리는 농간에 지고 있다는 생각을 하니 마음이 무거웠다.

봄 다음은 가을이 될 수 없고, 가을 다음에 봄이 될 수 없다. 겨울 다음에 여름이 될 수 있는 것도 아니었다. 내가 농사꾼에서 벗어나 도시 사람으로 변할 가능성은 사계의 질서가 무너질 확률과 같은 것이었다. 거의 불가능한 꿈이었다.

그러나 아버지가 없는 집에는 이미 할머니도 뿔이 났고, 어머니도 뿔이 나 있고, 나도 뿔이 나있었다. 우리 가족은 인내하는데 한계상황에 도달했고 점차 무질서한 난장판에 빨려들어가고 있었다. 난장판은 대립하고 부딪치면서 생기는 불협화음이고 무질서 현상이다. 이제 우리 집은 난장판을 정리하고 새로운 질서를 가진 길을 찾아야 할 때가 왔다는 생각이 들었다.

길이라는 것은 직선으로 달리는 기찻길도 있고, 꼬불꼬불 돌아가는 시골길도 있다. 빠른 속도로 달리는 고속도로도 있고, 걸어가는 인도도 있다. 늘어진 어깨와 느린 걸음으로 가는 논두렁길이나 밭길도 있다. 위험하게 떨어지는 절벽 길도 있고 울퉁불퉁 험한 산길도 있다. 지금 우리 가족의 인생길은 논과 밭을 걸어서 가는 시골길에 불과했다.

언젠가는 이 길이 아닌 다른 길을 갈 것이라는 확신을 갖고 싶었다. 그렇지만 많은 갈등 속에서도 선생님의 딸인 경미와 다니던 시골길이 익숙하고 좋은 길 중의 하나라는 생각에는 변함이 없었다. 다른 길을 생각하면서도 경미와 되도록 오랫동안 같은 길을 걷기를 바랐다. 같은 길이 아니더라도 평행선이 아닌 접점이 있는 길을 걷기를 바랐다. 그러나 시골길은 분명히 아니었다. 나에게 놓여진 길은 앞으로만 달려갈 수 있는 직선만이 있었고 곡선 따위는 없었다.

또 하나의 사계가 속절없이 순식간에 흘러갔다. 마지막 가을을 놓치고 겨울이 지나가고 있었다. 그런 사이에 기적같은 소식이 아버지로부터 왔다. '이사를 한다.'는 전언이었다. 며칠 후 아버지가 온다는 소문이 났고, 우리는 설렘을 이기지 못할 정도로 흥분되어 있었다. 어떤 모습으로 나타날 것인지 궁금했다. 어머니는 평소와 다른 모습이었다. 약간 화장을 했고 상기된 얼굴을 감추지 않았다.

아버지가 집으로 들어섰다. 옛날 그대로 양복에 조끼를 입었고, 얼굴은 여전히 검었다. 이외에 변한 것은 아무것도 없었다. 텅비어 있던 마당과 마루가 꽉 찬듯한 느낌이 들었다. 아무도 선뜻 나서질 않았다. 모두가 낯선 상황에 몸과 입이 얼어붙었다. 화가 많이 나있던 어머니도 아무 말 없이 그냥 쳐다만 봤다. 다가가기 어려운 침묵이 어색하게 흘렀다.

어머니는 "절해야지!"라고 정지된 상황을 움직였다. 형과 나, 동생은 얼떨결에 큰 절을 올렸다. 감사하는 마음인지, 원망하는 마음인지 알 수 없는 절이었다. 모처럼 인정머리 예절이 제대로 지켜졌다. 절을 하고 나니 한결 가까워지는 느낌이 들었다. 막내를 안으려고 하자 낯설어서 그런지 울음을 터트렸다. 겸연쩍은 상황을 모면하기 위해 얼른 선물 보따리를 내놓았다. 화장품과 우리가 입고갈 옷이었다.

오랜만에 우리는 다시 온전한 가족으로 돌아왔다. 할머니는 이런 모습을 보고 있다가 마음이 급했는지 말문을 열었다.

"그래, 언제 가는 겨?"

"모레 짐차가 오기로 했으니 준비해야죠."

이별이 가까워지고 있음을 알렸다. 사정상 고모가 이 집으로 이사와 생활하기로 했다. 이미 할머니는 뒤돌아서 글썽거리는 눈물을 삼키고 있었다. 서운함과 아쉬움을 토로하는 듯한 모습이었다. 우리는 할머니의 마음을 헤아리지 못한 채 서울에 간다는 사실에 들떠 있었다. 할머니는 "타관물 먹을 놈, 이제 소원을 풀었구먼!"이라고 눈물 젖은 말을 했다.

이렇게 잠깐 아버지가 움직이면서 우리는 소원을 풀게 되었다. 짐을 싸야 했지만 쌀 것이 없었다. 시골에 있는 몸과 마음을 짐차에 싣고 가면 됐다. 과감하게 용기를 갖고 출발하면 됐다. 농사꾼으로 살게 해주었던 지게도, 밭을 가꾸던 호미도, 거름을 나르던 삽도 모두 남처럼 여겨졌다.

이삿날 새벽이 되자 짐차가 도착했다. 매끈하고 날렵한 관광버스가 아니라 우악스럽게 생긴 트럭이었다. 마치 마을을 잡아먹을 듯이 엄청난 소리를 내며 들어섰다. 여전히 가져가야 할 것과 남길 것을 선택하느라 야단법석이었다. 어느새 짐들이 실렸다.

드디어 고향이라 불리는 시골 땅에 디뎠던 발을 떼는 순간이 왔다. 신뢰가 가지 않는 트럭이어서 불안했지만 그것은 큰 문제가 되지 않았다. 가벼운 마음과 발걸음으로 올라

탔다. 할머니는 물끄러미 보면서 출발도 하지 않았는데 빨리 떠나라고 손을 흔들었다.

시동이 걸리면서 서울행의 경적을 울렸다. 동시에 흘러나온 휘발류 냄새가 구수하게 풍기며 공기 속을 채웠다. 떠들썩한 엔진 소리와 귀막을 뚫을 듯한 경적 소리가 둔탁한 이별가로 변해버렸다. 마을을 막 벗어나려는 순간에 무엇인가를 든 경미가 손을 흔들었다.

"차세워유!"

"왜 그랴?"

"친구유, 친구가 있어유."

육중한 소리를 내며 트럭이 섰다. "잘 가." 라고 한 마디하고 손에 든 것을 주었다. 그러나 미련을 버리라는 듯이, 방해라도 하듯이 내가 한 말을 엔진 소리가 먹어버렸다. 경미는 말없이 눈을 돌렸다. 뒤로 물러나는 경미의 모습이 점점 더 작아져 갔다. 잊지 않으려 해도 잊어버릴 것 같이 멀어져 갔다. 내가 살던 고향도 속도를 내며 나를 보고 뒷걸음질을 쳤다.

제2부

7. 둥지를 버린 파랑새

할머니의 예언대로 타관물을 먹기 위해 둥지를 떠나고 있었다. 간절하게 바랐기 때문에 가고 있던 길은 좋아하는 사람에게 눈빛을 보내는 것보다도 더 좋았다. 그러나 출발한 다음에야 좋다고 하는 곳은 결코 호락호락 허락하지 않는다는 것을 깨달았다. 가는 길이 무겁고 시선이 머무는 곳이 없었기 때문이다. 둥지의 아름다움과 편안함은 둥지를 잃은 새만이 알고 있을 것이다. 나는 지금 둥지를 잃었을 뿐 아니라 버린 새로 날고 있었다.

오랫동안 짐차 안에 있어 체력을 잃고 늘어진 채 인사불성이 됐다. 가끔 차창 밖으로 보이는 풍경에 이미 호기심을 잃어가면서도 새롭고 활기차고 매력이 넘치는 환상같은 타관의 모습을 기대했다. 눈길로 마주치던 논과 밭이 여전히 즐비하게 늘어서 달리는 것을 보면 더 가야 할 것처럼 보였다. 잘 보이지 않게 달리는 속도가 좋았다. 희미하게 스쳐 지나가는 군더더기 없는 것들이 아름답게 보였기 때문이다.

"여기가 어디에 유?"라고 물었다. 이야기를 해주었지만 처음 들어보는 이름이라 귓속에 맴돌다 사라져버렸다. 싫어했던 고향을 버리고 다시는 농사일도 하지 않아도 되는데 왜 이렇게 서글프고 초라해지는지 알 수 없었다. 할머니와 경미를 남겨두고 떠나서 그런 것보다는 미지의 세계에 대한 두려움이 생겼기 때문이다.

한참 만에야 복잡한 거리에 들어섰다. 눈이 동그라져 밖을 보니 포장된 도로가 보였고, 지나가는 사람들은 농부 차림이 아니었다. "여기 인가유?"라고 소리를 쳤다. 좋은 것들이 유혹해서가 아니었다. 멋진 것들이 많이 보여서도 아니었다. 꿈이 이루어졌기 때문이다. 이제는 새로운 말씨도 배우고 명절이 되면 어깨를 펴고 할머니를 뵈러 갈 수 있다는 희망이 생겼기 때문이다.

잘 포장된 길을 따라 지나다 보니 약간 낯익은 듯한 풍경이 나왔다. 예상과는 다른 환경이 맞이했다. "이건 뭐지, 시골을 닮았네!"라고 말했지만 아무도 귀를 기울이지 않았다. 목적지가 다가와 긴장하면서 서로 얼굴을 보며 침묵했다. 차창 너머로 보이는 밖을 보며 '이제 왔다.'는 안도감은 해가 떨어져 슬며시 밀려오는 어둠 속으로 사라졌다.

공터에 짐차가 섰다. 차 문을 열자마자 뛰어내렸다. 발을 내딛는 촉감은 시골 보다 더 딱딱했다. 마치 새로운 인심을 대변이라도 해주듯이 여기저기 전등이 빛을 비추기 시작했다. 어둠에 살짝 묻혀 있는 집들이, 빽빽하게 들어선 형체를 알 수 없는 마을이 눈에 들어왔다. 동네 아이들이 차 주위에서 서성이고 있었고, 강아지가 어슬렁어슬렁 주위를 맴돌고 있었다.

아버지의 지인 몇 명이 짐을 옮겨다 주었다. 무거운 몸을 이끌고 집으로 향했다. 그리 멀지 않은 곳이었다. 좁고 야릇한 곳이라는 생각이 들었지만 모두가 그런 모습이어서 좋고 나쁨을 따지지 않았다. 검고 두꺼운 기름종이와 판자로 만들어진 판잣집이었다. 방 두 칸과 부엌이 전부였다. 안방은 부모님 그리고 막내, 뒷방은 우리가 자리를 잡았다.

아궁이가 없고 연탄을 사용하고 있는 것이 무엇보다도 타관이라는 사실을 증명해 줬다. 코를 강렬하게 찌르는 냄새를 제외하면 깨끗한 불꽃이 올라와 좋았다. 나무를 하지 않아도 됐고, 손가락을 다치지 않아도 됐다. 산 넘고 물 건너 지게를 지고 다니지 않게 된 것만으로도 다행스러웠다. 이목구비를 뚜렷하게 볼 수 있을 만큼 밝은 전깃불도 들어왔다.

호기심으로 마을의 됨됨이를 살펴보았다. 모두가 똑같은 집 구조였다. 자그만 판잣집이 대충 백여 가구가 모여 사는 동네였다. 물 펌프 3개, 빨래터 2곳, 공중화장실 4개, 공놀이를 할 수 있는 놀이터, 철봉이 설치되어 있었다. 서로 마주하고 있는 식품 가게 2개가 있었다. 한 집은 기와집 가게, 다른 한 집은 판자촌가게였다. 갈 때마다 어디로 들어갈지를 망설이게 했다.

앞에는 트럭을 세웠던 넓은 공터가 있었다. 공터 주위에는 여전히 개발되지 않은 밭이 있어 촌스러운 풍경을 갖게 하였고, 마음을 혼란하게 했다. 그 옆에는 단층구조로 된 집들이 오밀조밀하게 붙어있는 또다른 마을에 백여 가구가 있었다. 판자가 아니라 시멘트로 된 집이어서 훨씬 좋아 보였다. 언뜻 보기에도 집단으로 이주해온 느낌이 들었다.

마을 앞에는 물이 흐르고 있었지만 시냇물은 아니었다. 얼굴을 찡그릴 정도의 냄새는 아니었지만 눈살을 찌푸릴 정도의 흐릿한 물이 나름대로 방향을 잡고 어디론가 흘러갔다. 내가 정착한 마을은 시골과 닮은 듯 안 닮은 듯한 데서 생긴 동질성과 좋은 듯 안좋은 듯 묘한 감정이 드는 그런 곳이었다. 시골이 아니어서 마음에 들었고, 도시라고 하기엔 부족하여 정이 쉽게 들지 않았다.

집에서 정면으로 보이는 곳에는 서울을 상징이라도 하듯

이 3층 건물의 가발공장이 떡하니 버티고 있었다. 가발공장 앞에는 머리카락과 정체를 알 수 없는 쓰레기더미 같은 것이 있어 호기심을 자극했지만 가서 볼 용기가 나지 않았다. 그 주위에는 슬레이트 지붕을 한 공장 같은 건물들이 나란히 늘어서 있었다.

가장 먼저 눈에 들어온 것은 앞문과 마주하고 있는 아담한 집이었다. 높은 담벼락 안에 몇 채의 기와집이 있어 우리 집과는 다른 품위와 위용을 갖고 있었다. 빨간 벽돌로 되어 있었고 창문이 나 있었다. 벽을 따라가다 보니 많은 장식이 있는 철문이 있었고, 양쪽에는 조그만 화단도 있었다. 집앞에는 콘크리트로 만든 도로가 잘 조성되어 있어 사뭇 깨끗하고 신선하다는 느낌을 갖게 했다.

어떤 사람이 살고 있는지 궁금해 지면서도 일시에 두려움이 생겼다. '이 집이 진짜 서울집이고 여기에 사는 사람이 진짜 서울사람인가 보다!'라고 속삭였다. 우리는 막 이사와 물한 모금 마신 촌티 나는 사람으로 기와집 옆에서 부러움을 갖고 살아야 하는 처지였다. 외모와 마음은 여전히 시골 냄새를 풍기는 유사서울사람에 불과했다.

이웃에는 아버지와 의형제를 맺었다는 아저씨가 살았다. 가장 먼저 우리를 보러 왔다. 큰 아들은 월남에 갔고, 며느리와 손자와 함께 생활을 했다. "너들이구나! 고놈들 말똥말똥

하구나!"라고 하며 칭찬을 쏟아냈다. 뒷집은 그렇게 친근감이 가지 않았지만 마음씨가 좋아 보이는 눈이 큰 아주머니와 아들이 살았다. 옆집은 좀 쌀쌀해 보이는 듯한 젊은 부부와 어린아이가 있었다. 그 앞집은 우리처럼 형제들이 많았고, 교복을 입고 다니는 것을 보면서 중학생이나 고등학생이라고 생각했다.

마을 사람들은 무엇을 하는지 모르지만 나름대로 바쁘게 움직이고 있었다. 아침 일찍 양복을 입고 나가는 사람, 허름한 일복을 입고 다니는 사람도 있었다. 학생들이 가방을 들고 다니는 것이 무엇보다도 선선한 풍경이었다. 반면에 매일 우리와 마주치면서 노는 아저씨도 있었고, 동네 가게에서 술을 마시고 주사를 하는 사람도 있었다.

아버지가 이곳에 정착한 것은 그나마 도움을 준 분이 있었기 때문이었다. 감자꽃 필 무렵 사라졌던 아버지는 서울에 도착하자마자 큰 고모가 있는 집에서 신세를 졌다. 처녀시절 동네에 자주 오는 말솜씨 좋은 장사꾼에 끌려 시집을 갔지만 객사하는 바람에 혼자되어 상경해서 회사를 운영하는 집에 기거하며 살았다. 회장님은 소유하고 있는 땅을 지킬 겸 아버지에게 빌려주어 정착을 하게 된 것이었다. 그분은 시골 마을에 봉사를 왔던 대학생 선생님의 아버지였다.

가진 자는 가진 만큼의 여유가 있고, 없는 자는 그 만큼의 여유가 없는 것인지도 모른다. 세상에는 오토바이를 탄 사채업자처럼 거친 사람도 있지만, 인정을 베푸는 좋은 사람도 있다는 것이 증명됐다. 친척도 아닌 남이 베푸는 배려였기에 더욱 소중해 보였다. 그러나 회장님 덕분에 우리는 떠나오면서 모두 버리려고 작정했던 농사꾼으로 다시 돌아와 버리고 말았다.

아버지는 밭에 배추와 무를 가꾸는 채소 농사꾼이 됐다. 쌀이나 보리농사를 짓지는 않았지만 땅을 파먹고 산다는 점에서 농사꾼이었다. 우리는 그렇게도 벗어나려고 했던 농사꾼의 아들이 되어버렸다. 다행스럽게 서울 농사꾼의 아들이라는 신분으로 돌아왔지만 지게를 지거나 밭에 가서 풀을 뽑는 일은 하지 않았다. 가끔 놀러가는 기분으로 밭에 갔다.

부치던 밭은 집에서 가까운 거리에 있었다. 거기에 가려면 생활 쓰레기로 매립된 지역을 지나야 했다. 처음에는 쓰레기 더미라는 사실에 날카롭게 경계의 눈초리를 보냈지만 이내 풀려버렸다. 시골에서 보지 못했던 물건들이 숨어있었기 때문이다. 눈치를 보면서 볼펜, 가전제품, 장난감 등을 찾아냈다. 그리고 쇳덩이나 전깃줄이 돈이 된다는 사실을 알게 되어 그것들을 들고 고물상을 찾아 돈으로 교환을 했다. 우리에게는 가장 서울다운 광경이었던 것같았다.

항상 좋은 것만 있는 것이 아니었다. 우리형제는 밭으로 가기 위해 종종 달리기 시합을 했다. 이 지역의 지형이나 특징을 완전하게 파악하지 못했기에 위험한 곳이 어딘지를 알지 못했다. 달리기를 하면 형이 제일 빨랐기 때문에 형이 가는 길을 따라 달려가면 됐다. 예전처럼 정신없이 달리다가 지금까지 보지 못했던 웅덩이가 나타나 빠지고 말았다. 형, 나, 동생도 모두 철퍼덕 기분 나쁘게 빠져버렸다.

퇴비로 쓰기 위해 모아 두었던 인분 웅덩이를 구분하지 못하고 냅다 뛰어들었던 것이다. 깊지 않았지만 금방 나올 수 없었다. 웅덩이 내용물은 약간 굳어 있었고 마치 노랗게 잘 발효된 된장 같았다. 손, 발, 옷에는 이미 듬성듬성 묻어 있었다. 당황하는 바람에 느끼지 못했던 냄새가 나기 시작했다. 똥통 웃음거리는 무사히 지나갔지만 그것으로 서울생활은 많이 구겨졌다.

아버지가 경작하는 채소밭에도 거름으로 쓰기 위해 만든 똥통이 있었다. 밭 주위가 점차 개발이 되면서 공장과 주택이 들어섰고 인구도 많아졌다. 주택으로 둘러싸인 밭에 씨앗을 뿌리기 전에 거름으로 사용하기 위해 인분을 뿌렸다. 배추농사를 짓기 위해서 필요한 행위였다. 그러나 냄새가 온 동네에 퍼져 주민들의 항의가 빗발쳤다. 당연한 것이 당연하지 않은 것이 되고 있었다.

어머니는 농사꾼이 되기 싫다고 하며 일을 시작했다. 이웃의 소개로 3층 빌딩에 있는 가발공장에 취업했다. 아침부터 저녁까지 일을 했다. 점심때가 되면, 어미 새가 둥지에 돌아와 새끼에게 밥을 주듯이 공장에서 제공하는 밥을 들고 집으로 와서 같이 식사를 했다. 반찬은 늘 고정되어 있었지만 쌀밥이어서 만족했다. 어미가 있는 둥지 안에서 보호를 받는다는 느낌이 들었다.

부모님이 집을 비우게 되면서 가사는 우리의 몫으로 남겨졌다. 집안 청소, 물 나르기, 심부름하기, 빨래하기, 간단한 식사준비 등과 같은 것이었다. 식사는 상황에 따라 돌아가면서 알려준 대로 준비했다. 우리가 만들어 내는 밥상은 화려하거나 좋아하지 않았고 소박했지만 서울에서 받는 밥상이어서 즐거운 웃음을 주었다.

서울에서 밥상머리예절이 지켜지면서 우리 가족은 온전한 가정의 모습으로 돌아왔다. 아버지는 반 농사꾼, 어머니는 공장노동자, 우리는 책보가 아닌 가방을 메고 초등학교에 다니는 전업 학생 등으로 신분이 바뀌고 있었다. 그러나 자리를 잡아가고 있다는 생각이 전혀 들지 않았다. 매일 불안함을 안고 보내는 날이 많았다.

인간사 모두가 똑같을 수 없다. 잘난 놈은 잘살고 못난 놈은 못사는 것이 세상이다. 시골에서 허술하게 익혔던 빈부의 감이 피부로 더욱 깊고 뼈아프게 다가왔다. 시골에서도 그랬지만 서울에서도 역시 그런 인식을 지울 수가 없었다. 당장은 어렵겠지만 앞으로 서울 사람으로 인정받을 수 있도록, 시골과는 다른 모습으로 급속하게 변화하기를 바랐다. 개천에서 용이 나기를 기대하는 것은 아니었지만 적어도 시골보다는 나은 생활이 되기 바랐다.

물론 지금까지 애써 마련한 것들이어서 소중했지만 뒤처진다는 사실에는 변함이 없었다. 아버지의 공적은 우리를 서울로 데려와 준 것이었고, 새로움이라는 것을 강하게 느끼게 해준 것이었다. 그것만으로도 만족할 수 있고 충분한 행운이었다. 비록 돈은 없고 가진 것이라고는 판잣집뿐이었지만 시골농사꾼을 면하게 한 것만으로도 감지덕지했다.

'그래 좋은 아버지를 만난 것이야!'라고 생각했다. 인생의 선택이 모두 자신의 의지나 바람대로 이루어진 것은 아니었지만 우연치고는 나쁘지 않은 것 같았다. 만약 시골에 있었다면, 지금쯤은 마지막 겨울의 쌀쌀함에 얼굴과 몸을 내주고 있었을 것이다. 그리고 이른 봄바람이 불어와 기지개를 펴고 농사꾼으로 변신하는 움직임을 하고 있었을 것이다.

그렇게 어설프게 적응해가는 환경과 낯설음에서 오는 두려움을 갖고, 완벽하지는 않지만 온전한 가족공동체로 서울살이를 했다. 나무하나 없고 도로가 포장되어 있으니 서울이었다. 사람이 많고 농사꾼이 적어 서울이었다. 사투리가 섞여 나왔지만 가끔 튀어나오는 서울 말씨를 할 수 있으니 타관에 와 있다는 사실을 실감했다. 할머니가 없고 경미가 없으니 시골은 분명히 아니었다.

그러나 시골에 와서 자랑질을 했던 동네 옆집 형은 보이지 않았다. 환상을 갖게 한 대학생 선생님도 볼 수가 없었다. 옷 잘 입고 맵시 좋고, 많은 것을 가진 사람들은 주위에 보이지 않았다. 꿈에서 그렸던 화려하고 품위있는 모습이 어딘가에 숨어버려 찾지 못했다. 온통 주위에는 부러워하는 것보다는 떨쳐버려야 하는 것들이 있는 모순 투성이의 환경이 나와 둥지를 다시 압박하고 있었다.

이곳에서의 생활은 만족하지 못하는 가운데서도 두서없이 빠르게 지나갔다. 똥통과 같은 위험지역이 앞에 놓인 것도 알지 못해 빠진 것처럼 도처에서 기다리고 있는 장애물은 얼마나 있는지 알 수 없었다. 이제 겨우 똥통을 피해 달려가는 법을 터득했을 뿐이었다. 생활은 잘하고 있는 것인지, 어디로 가고 있는지, 무엇을 하고 있는지, 가야 할 목적지가 어디인지, 어떻게 가야 하는지 방향감각을 잃고 앞으로 달려가고 있었다.

분명한 것은 기대하고 고대하던 타관물의 정체가 밝혀졌다는 사실이었다. 희망과 꿈으로 부풀려졌던 바람이 허망해졌다. 경미를 떠났던, 고향을 떠났던 그 순간이 내 인생에서 가장 높은 수준의 희망을 가졌던 시기였는지도 모른다. 그 시간이 꿈을 생생하고 화려하게 만들어준 그런 순간이었다. 아마도 다시는 가질 수 없는 희망일지도 모른다는 생각이 들었다. 그러나 할머니가 예언한 완전한 '타관물'을 찾고 새로운 둥지를 찾기 위해, 이 순간과 이 기회를 갖고 직진하는 것 이외의 방법은 없었다.

우리가 가고 있는 길은 아니면 말고 다른 데로 가는 길이 아니었다. 시골에서처럼 태어나 걸어가면 되는 길이 아니었다. 쌀밥과 보리밥을 둘러싼 싸움이 아니라 생사를 걸고 전쟁같이 치열하게 경쟁하며 가는 길이었다. 아스팔트로 잘 포장된 길에서 탈 거리를 마련해서 가야 하는 인생이었다. 당장은 바뀌지 않을 운명이라는 것을 알면서도 기우뚱거리며 걷는 모습이 '나는 아니야!'라고 생각하고 싶었다. 그저 '잠시 스쳐가는 바람일거야.' 라고 몇 번이고 외치고 싶었다.

8. 계몽으로 얼룩진 시대

우리 집은 3대에 걸쳐 시대와 힘겨운 싸움을 해왔다. 할아버지 세대는 일제강점기와 전국적으로 창궐한 역병으로부터 살아남아야 하는 위기에 처했었다. 그 과정에서 할아버지를 잃었다. 아버지 세대는 좌우 이념과 한국전쟁으로부터 생명을 지켜야 하는 위기에 빠져있었다. 당숙을 잃었고, 아버지는 생명을 잃지 않았지만 정신과 신체의 균형을 잃어 힘겨운 삶을 살았다. 우리 세대는 베이비부머 세대로 많은 경쟁자로부터 승리를 얻어내야 하는 무한경쟁에 봉착했다.

우리 집은 각 시대가 부여하는 부자연스러운 계몽적 동화에 빠져 살아야 하는 운명을 안고 있었다. 할아버지 세대는 일본화라는 강제적 동화를 요구받았다. 아버지 세대는 이념화라는 분단적 동화를 요구받았다. 우리는 민주화라는 일방적 동화를 요구받았다. 동화를 추진하면서 피해갈 수 없도록 암묵적으로 계몽정책을 강하게 시행했다. 계몽정책은 깨우치는 것이 아니라 강제로 해야하는 것이라는 점에서 공통점을 갖고 있었다.

삼대 모두가 공통으로 지루하게 겪으면서도 해결하지 못한 것이 보릿고개였다. 할아버지가 살았던 일제 강점기는 전통적으로 내려온 체면과 식민지지배 때문에 배고픈 보릿고개에 시달렸다. 특히 1931년 만주사변, 1937년 중일전쟁에 이르는 대륙전쟁, 마지막 태평양전쟁 기간에 더욱 혹독했다. 극심한 식량 약탈과 지속된 흉년이 겹쳐 전대미문의 보릿고개 참상을 겪었다.

강제적 약탈로 인하여 벌어진 것이었기 때문에 인간의 개혁과 계몽으로 해결할 수 있는 것이 아니었다. 할 수 없이 밥은 죽으로, 쌀은 잡곡으로, 잡곡은 만주의 좁쌀로 연명을 하는 방법을 동원하였다. 그럼에도 불구하고 대부분은 만주의 좁쌀도 제대로 구하지 못했다. 싸라기를 산채나 나물로 된 묽은 죽에 띄워 먹었다. 소나무껍질, 칡뿌리, 솔잎, 전단토(田丹土)나 흰 찰흙을 넣은 죽 등 먹을 수 있는 것은 무엇이든 먹었다.

먹을 것이 절대적으로 부족하여 배고픔과 빈곤이 지속되는 가운데 해방을 맞았던 아버지 세대는 여전히 보릿고개를 넘는 데 힘이 들었다. 그런 가운데서도 농부를 천년의 질곡에서 해방시켜 주는 계기가 겨우 마련되었다. 경자유전(耕者有田)의 원칙에 따라 농토를 농민에게 주어야 한다는 사회의식이 폭발했다. 정부는 유상몰수 유상분배의 원칙에 근거한 토지개혁법을 제정하여 농민이 자기 농토를 가질 수 있게 했다.

그러나 국제적이며 민족적인 이념전쟁은 해방 이후 지속되었던 보릿고개의 언덕을 더욱 높이는 상황을 만들었다. 더욱이 정치적, 사회적, 경제적 혼란은 보릿고개를 극복하는 데 부정적으로 작용했다. 거기에 200만으로 추산되는 해외귀환 동포와 월남 동포가 합세해서 먹고사는 문제는 여전히 참담했다. 일제 강점기의 식량 수탈이후 벌어진 6.25 전쟁으로 인한 파괴, 식민지주 생활에 연연한 구 지주층의 온존은 빈궁한 삶을 고착화하고 재생산했다.

모두가 보릿고개를 의미하는 맥령기(麥嶺期)를 힘겹게 넘었다. 각 농가는 추수 때 걷은 수확물에서 소작료, 빚과 이자, 세금, 각종 비용 등을 지급하는 상황에 몰렸다. 그것들을 제외하고 남은 식량으로 초여름에 보리가 수확될 때까지 버텨야만 했다.

쌀농사를 지어도 쌀을 먹거나 구경하기 어려웠다. 추수 뒤에 아주 잠깐동안 쌀밥을 먹을 수 있었지만 일반적으로는 쌀, 보리, 무를 넣어 혼식했고, 보리죽을 먹거나 질 나쁜 쌀을 조금씩 섞어 먹었다. 그렇게 했어도 겨울을 넘기자마자 식량은 바닥을 들어냈다. 먹을 것이 부족하여 배고프게 했던 보릿고개는 여름이 오고 가을이 되면 위력을 잠시 잃었을 뿐이었다.

우리 집도 예외 없이 맥령기에서 헤맸다. 보릿고개를 넘기 위해 전략적으로 만든 음식은 매우 간단했다. 온전한 쌀밥을 먹는 것이 아니라 섞어서 밥을 짓는 방식이 동원되었다. 우리 집에서 먹은 일품은 밀가루 반죽을 하고 적당한 굵기로 펴서 칼로 썰어 만드는 사각 수제비, 칼국수, 쌀 3과 보리 7로 배합해서 짓는 보리쌀밥, 라면과 국수를 섞어 끓이는 라면 국수, 콩나물이나 김치와 쌀을 넣어 만드는 콩나물죽 등이었다.

보릿고개를 피할 수 있었던 부류는 제한됐다. 서민에게는 일년 내내 잠재해 있는 배고픈 고개, 고난의 고개, 험난한 고개였다. 아무도 좋아하지 않았지만 다가오는 것이었고, 넘는 방법은 알지만 쉽게 넘어지지 않았다. 시골에서 서울로 도망을 쳐와도 해결되지 않는 삼천리 방방곡곡에 세워진 고개였다. 일시적으로 세워졌던 고개가 아니었다. 역사적으로 높여지고 쌓은 그런 고개였다.

그러나 따지고 보면, 보릿고개는 식민지적 지주소작 관계의 고착화, 과다한 농민 인구, 농지 부족, 전통적인 농업방식과 낮은 생산성, 관개시설부족, 자연환경 의존적 농민의식, 자연재해대응부족, 농경지 개간과 개척정신 부재, 씨앗개발부재, 전근대적 농기구사용, 관습적 농작 및 다변화 부재, 농업정책의 실패 등이 만들어낸 작품이었다.

그리고 농업화를 대신할 수 있는 대체산업화의 부재, 공업화와 서비스산업의 미개발, 수입품에 대한 의존, 이직할 수 있는 일자리 부족, 공업제품미개발과 상품시장 불비, 생산과 소비시스템의 전근대성, 자본주의에 대한 부적응, 불필요한 이념전쟁, 전근대기업과 노동기술낙후, 과학과 기술의 무시, 인문중심의 교육정책, 산업자본부족, 산업화와 근대화 정책의 실패 등이 만들어낸 작품이기도 했다.

그럼에도 불구하고 정부는 전근대적인 의식을 근대적인 의식으로 전환하려는 의도를 가진 계몽정책을 마구잡이로 시행했다. 식량부족을 그 담당자인 농촌과 농민, 식량과용, 인구 등의 탓으로 돌렸다. 양곡부족을 해결하기 위해서 임시방편으로 쌀을 수입했다. 그리고 다양한 식량절약 운동이나 양곡손실방지 운동, 식량증산운동 등과 같은 계몽성에 의존하는데 머물렀다. 그런 점에서 보릿고개는 자연재해이기도 했고 인재이기도 했다.

보릿고개를 극복하기 위해서 양곡관리법을 제정하고 누

룩제조 금지와 밀주 단속을 시작했다. 밀주 단속을 받았으나 주민들은 단속의 눈을 피해 술을 빚어 명맥을 유지하기도 했다. 술은 사치성 식품이 아니라 전승된 가풍을 가진 전통적인 식품이었다. 아슬아슬하게 이어왔던 막걸리는 1970년대 중반 지역 특산물 양성화 정책으로 겨우 인정되어 세상에 나왔다.

그리고 보릿고개를 극복하기 위한 정책은 인구조절에 초점이 맞춰졌다. 어린 아이들이 많아 학교교실이 모자라 2부나 3부로 나눠 등교를 했다. 가정에는 아이들이 많아 하루 세끼를 쌀밥으로 챙겨주기가 어려웠다. 어디를 가나 경쟁이 치열해져 상처를 많이 받았다. 자식이 많아 평등하게 희망을 채워주기가 어려웠다. 풍족하게 먹거리를 제공하지 못했다.

국가재건과 보릿고개 극복용으로 추진된 산아제한정책은 학교의 부족, 식량부족, 과열현상, 주택부족 등과 같은 현실적 문제를 계몽적으로 해결하려는 의도가 있었다. 특히 각 가정에 자식이 많은 현실이 보릿고개의 한 원인이라고 비난하면서 계몽의 이름으로 산아제한정책을 추진했다.

집권한 군부정권은 '멜더스의 인구론'에 입각하여 지나치게 많은 출산이 가난과 보릿고개의 핵심적인 이유라고 판단하여 적극적인 산아제한정책을 실시했다. 산아제한정책이 보릿고개 극복의 핵심전략으로 실시되면서 아이를 적게 나아 인구수를 줄여 넘어보자는 촌극이 벌어졌다. '딸아들 구별 말고 둘만 낳아 잘 기르자!'라는 구호로 압박했다.

산아제한정책은 일차원적으로 인간의 본능 탓이라고 인식하여 아이를 낳지 않는 방향으로 추진되었다. 출산연령에 있는 젊은 부부들이 아이를 낳거나 조정하는데 필요한 기준을 제시하고 따르도록 했다. 젊은 남녀에 대해서 낙태, 정관수술, 자식의 과부담성, 자식의 성공과 행복촉진 등을 내세워 산아제한을 유도하는 비인간적인 계몽운동으로 전개됐다.

그러나 이 정책은 실행하면서 많은 난관에 봉착했고 부작용을 촉발시켰다. 전통적인 유교 사상이 가정에 뿌리 깊게 남아 있어 현실과 괴리를 보였다. 딸은 남의 집 자식이고 아들은 대를 잇고 의지가 되는 자손이라는 생각이 뼈 깊숙이 박혀있었다. 남존여비의 역사적 사실을 더욱 강조하는 계기가 됐다. 딸과 아들을 구별해서 낳고 아들을 날때까지 아이를 낳는 분위기가 고착화되어 각 가정은 많은 남자아이와 여자아이로 채워지고 있었다..

산아는 한국전쟁으로 잃어버린 청춘과 생명을 되찾고 싶은 감성적 희망에 의해 촉진되었다. 그렇게 해서 아이를 낳아 온전한 가족구성원을 채우게 됐던 것이다. 출산행위는 아이를 낳는 것이 아니라 희망을 낳는 고귀한 행동이었다. 그러나 식량부족이라는 이유로 겨우 10여 년을 버티지 못하고 흔들렸다. 산아제한이 국가시책으로 추진되면서 눈치를 보며 아이를 낳는 상황이 되었다. 또한 남아선호사상과 태아성구별이라는 성차별 현상을 촉발시켰고, 생명에 대한 존엄성을 훼손하는 상황을 만들고 말았다.

베이비부머세대의 최대공적은 '규모사회'를 만들었다는 데 있다. 소규모의 틀을 완전하게 붕괴시키고 새로운 큰 그릇을 만들도록 했다. 특히 국가, 지도자, 기업인, 문화인, 가장 등을 움직여 각각 자신이 주도하고 있는 영역의 대규모화를 촉진시키도록 압박을 가해 '대규모사회'가 통용되게 하는 신화를 창출했다. 값싼 노동력의 기초가 되었고, 고급인력의 산실이 되었다. 상품과 기업의 경쟁력을 높였고, 기업을 이끌어가는 주역으로 성장했다.

특히 경제발전과 경제위기라는 소용돌이를 극복하는 힘으로 작동했다. 더욱이 거대한 인구집단을 구성하여 왕성한 소비와 생산을 담당했다. 자본주의다운 자본주의사회로 이행을 도왔다. 대규모사회는 결과적으로 발전과 성장으로 이어졌고 궁핍한 가정경제를 해결하는 데 중요하게 작용했다. 이런 점에서 많은 아이를 낳은 부모와 많은 아이로 구성된 세대는 축복을 받아야 마땅했다.

정책당사자나 출산당사자는 베이비부머현상이 일시적인 움직임이라는 것을 알지 못했다. 단순하게 성 욕구가 자식에 대한 욕구라고 인식하는 과오를 범했다. 자식은 성욕구로 생기는 덤이 아니라 온전한 가족공동체와 사회의 토대라는 사실을 망각했다. 인구가 국력의 원천이 된다는 사실을 파악하지 못했다.

할아버지와 부모님 세대는 식량과 인구의 부조화, 산업과 농업의 불균형, 전통적 남존여비 사상, 이념논쟁과 한국전쟁 등으로 보릿고개를 만들고 늦추는 시대에 끼이고 말았다. 베이비부머세대인 우리는 보릿고개의 후유증을 고스란히 안고 있었다. 그 과정에서 학습한 배고픔을 떨치기 위한 수단으로서 과도한 출세욕을 가졌다. 경쟁에서 살아남아야 한다는 각박 관념 때문에 출세라는 새로운 시대적 아이콘이 머릿속을 채웠다.

보릿고개 넘기기는 산아제한정책으로 끝나지 않았다. 또다시 촌극으로 어어졌다. 식량을 보호하기 위한 쥐 퇴치운동으로 구체화되었다. 식량을 훔치는 탈취범으로, 위생에 악영향을 주는 주범으로 인식했다. 애교를 떨어 귀여움을 주는 애완동물도 아니고, 영양을 제공해 주는 식용 고기도 못되는 쥐를 악의 축으로 인식했기 때문이다.

정부가 주도하기 위해 설립한 쥐잡기운동본부는 사회복

지부나 보건부가 아니라 농림부였다. 그것은 쥐잡기운동이 식량 싸움의 연장선에서 추진된 것으로 위생싸움이 아니라는 것을 의미했다. 전국 쥐잡기운동이 실시되면서 잡은 쥐의 꼬리를 학교나 관공서로 가져가면 연필이나, 공책, 복금 당첨권을 주기도 했다. 가정뿐만 아니라 공공기관, 정부, 군대에까지 확대했다.

문화영화나 계몽영화를 통해서 쥐가 가져오는 피해로 양곡 손실뿐만 아니라 위생의 문제도 있다는 점을 강조했다. 쥐약을 놓는 방법까지 상세하게 교육했다. 전국적으로 같은 날 쥐약이 섞인 미끼를 두어 더 많은 쥐를 잡을 수 있도록 계몽했다. 학교에서는 쥐잡기 포스터 공모대회와 쥐 박멸 웅변대회를 열었고, 표어를 공모했다. 거리에는 '쥐는 살찌고 사람은 굶는다.', '일시에 쥐를 잡자, 쥐약 놓는 날 ○일 오후 7시.' 등과 같은 슬로건을 내세웠고, 쥐가 쌀가마니를 앞발로 들고 갉아먹는 그림을 넣은 포스터가 전국에 붙여졌다.

그러나 동참하지 않는 경우도 있었다. 쥐잡기는 농촌에서 양곡 손실의 문제로 호응도가 높았지만, 서울을 비롯한 도시에서는 농촌에 비해 참여도가 낮았다. 각종 음식점이나 유흥가에서는 영업시간과 관련되어 쥐약 놓는 것을 피했다. 도시의 일반 가정에서는 애완동물이 잘못 먹고 죽는 경우가 발생해 쥐약 놓기를 기피했다.

우리 집은 보릿고개를 넘기 위해 추진한 산아제한정책과 쥐잡기운동의 한가운데 있었다. 보릿고개극복용으로 추진된 계몽운동은 본래의 목적을 달성하는 데 성공했을지 모르지만, 그 결과는 매우 초라했다. 정부가 강제적으로 추진함으로써 정책에 대한 불신이라는 부작용을 낳았다. 계몽이라는 이름으로 추진되어 출세욕을 가속화시켰고, 성공을 위한 가정 간, 개인 간의 경쟁을 촉발시키는 이른바 무한경쟁사회를 낳았고, 대학신화라는 신드롬을 낳았다. 계몽을 계몽해야 하는 운명에 처하게 되었다.

우리와 부모님은 베이비부머세대라는 좋지 않은 딱지를 갖고 살았다. '잘살아 보자!'라는 슬로건을 실현하기 위해 추진된 계몽운동은 쌀밥을 먹을 수 있는 단계에 이르는 데 실패했다. 우리 집에는 역행이라도 하듯이 막내 여동생이 태어나 새로운 가족구성원이 됐다. 여러 가족이 있는 것이 당연하였기에 여동생이 태어난 것은 문제가 되지 않았다. 오히려 남자만이 있던 가족에 새로운 활기를 넣고 있었다.

우리 집은 국가가 주도하는 계몽운동 한가운데 있었지만 그런 움직임에 수동적이었다. 막대 여동생이 생기면서 어겼고, 도시로 이사오면서 새로운 환경에 놓이게 되어 관련성이 떨어졌다. 계몽은 인식적 깨우침을 유도하여 물질적 변화를 촉구하는 기초적인 국가의 전략이었다. 그러나 계몽은 낙후시키거나 예측이 빗나가는 약점을 가진 것이라는 사실이 숨겨진 채 사회운동으로 진행되었다. 계몽으로 잘못된 시대를 낳았고, 계몽을 계몽해야 하는 이유이기도 했다.

9. 크림빵의 비밀

나는 어머니의 극성으로 배움의 끈이 길어질 것이라는 신념을 어렴풋이 갖고 있었다. 막연하게나마 학교와 학교가 연결되는 과정이 지속되고 기우뚱거림은 있어도 송두리째 배울 기회를 빼앗기는 혼란은 없을 것이라고 믿었다. 온전하고 정상적인 학습자로 남아 성숙한 한 사람으로 살아갈 수 있다는 생각을 단 한번도 잊은 적이 없었다.

형과 나는 서울에 있는 초등학교에 전학을 했다. 너무 큰 건물이어서 압도당하고 말았다. 나무로 빽빽하게 둘러싸인 교정, 축구와 농구 골대가 있는 넓은 운동장, 셀 수 없을 정도의 교실, 많은 선생님과 학생이 나름대로 멋을 내며 활보하는 모습 등이 눈에 들어왔다. 위축은 됐지만 기대했던 만큼의 설렘을 충족시켜주어 좋았다.

담임선생님은 반들반들한 구두를 신었고 넥타이를 매고 있었으며, 매우 깔끔한 언행으로 품위를 지켰다. 친구들은 형형색색 옷을 입고 있었고, 깨끗하다는 느낌을 받았다. 모두가 그런 것은 아니었지만 밝고 구김살 없는 표정이 인상적이었다. 나는 그들의 옷차림과 비교할 생각을 하지 않았지만 유심히 봤던 기억을 잊지 않으려고 했다. 다만 언행만은 따라하고 싶어 의도적으로 흉내를 내었다.

형과 나는 육학년으로 들어갔다. 왜 같은 학년에 들어갔는지 알 수 없었지만 그렇게 됐다. 아마도 전학 시기를 놓쳐서 나는 한 학기를 건너 뛰었고, 형은 한 한기를 다시 다니는 상황이 됐던 것같았다. 시골에서 가짜 농사꾼으로 껌딱지가 되어 살던 생활이 이곳에서도 이어졌다.

형은 여기에서도 성적이 우수하고 모범적인 학생이었다. 달리기 대회가 있으면 선수로 나갔고, 공부를 하면 전교에서 손가락 안에 드는 실력을 발휘했다. 나는 여전히 옆에서 형을 따라다니는 동생이었다. 학교생활은 유쾌하지 않았다. 비교되는 환경에 점점 민감해졌고, 자격지심에 힘들어했다. 물적 결핍은 정신적 위축으로 이어졌다.

매학년마다 마치 줄줄이 사탕처럼 위아래로 붙어다니는 형제와 자매가 많았다. 베이비부머의 효과였다. 학교시설이 모자라 저학년은 오전반과 오후반으로 운영하는 2부제를 실시했다. 많은 아이들이 입학했기 때문에 기존의 학습환경과 각종 제도가 수용하지 못하는 상황이었다. 덩달아 경쟁이 치열해졌다. 많은 교실과 넓은 운동장, 복도를 빼곡하게 메워, 콩나물시루처럼 고개를 들고 있는 학생들이 모두 경쟁자라는 사실만을 잘 인식하고 있었다.

일 년간의 학교생활은 적응하기에 바빴고, 따라가기에 여념이 없었다. 시간이 되면서 얼떨결에 형과 나는 졸업을 했다. 졸업장은 갈 길을 갈라놓은 결별 선언이기도 했고, 새 길을 열어주는 연결선이기도 했다. 그러나 졸업은 우리의 상황을 복잡하게 만들었다. 앞으로 가는 길에 혼선을 주었고 불안하게 만들었다.

나에게 졸업은 아무것도 그려지지 않은 백지장이었고 돌아가지 않는 고장이 난 시계에 불과했다. 아찔하면서도 무엇이든지 맘대로 그릴 수 있는 노트라는 생각이 들었다. 마음이 가는 대로 많은 것을 그릴 수 있고 하나하나 채워갈 수 있는 공간이라고 억지로 억지로 생각했었는지도 모른다.

그러나 멈추어버린 시간은 무엇이든지 할 수 있는 자유를 누릴 수 있도록 주어진 기회와 해방된 기분을 느끼게 해주는 상황이 되었다. 그것이 얼마나 위험하고 비정상적이라는 것을 아는데 그렇게 많은 시간이 필요하지 않았다. 시간의 자유는 아무것도 할 수 없는 것을 의미했고, 해방은 아무에게도 보이지 않는 투명한 존재가 되는 것에 불과했다.

졸업 후의 길은 정해지기도 했고 정해지지 않기도 했다. 진학하지 않는다는 것으로 정해졌다는 점에서 정해진 것이었다. 그러나 그 이후 아무것도 하지 않았기 때문에 정해지지 않은 것이었다. 그런 결정은 선생님이 부모님을 호출하면서 이루어졌다.

무슨 이야기가 오갔는지 알지 못했지만 부모님은 집에서 우리들의 미래를 두고 이야기를 했다.

"애들 중학교는 어떻게 하지?"

"큰 놈을 보내고, 작은 놈을 안보내면 안되잖아."

"그러면 어떻게...?"

그 말을 들었을 때 나는 직접 말하지 못했지만 속으로 '둘 다 보내면 되잖아.'라고 생각했다. 부모님은 형이 진학하기를 바라고 있었다는 것을 어렴풋이 알 수 있었다. 그러나 결국 둘 다 중학교에 진학하지 않는 것으로 결론이 나버렸다. 나는 우수한 학생이었던 형에게 양보해야 한다는 것을 생각하지 못했다.

나는 형과 성장 과정을 통해서 줄곧 하나로 움직였다. 갈라져서 가는 것이 아니라 하나로 함께 가는 동일체로만 생각했다. 그것에 대해서 추호의 의심이나 의구심을 가진 적이 없었다. 같은 삶을 살 것이고, 동일한 길을 걸을 것이라는 사실만을 암묵적으로 인지했을 뿐이었다. 가끔은 내심 형이 잘 되기를 바랐고 그것이 집안이 잘되는 길이라고 생각했다. 잘 되도록 놓아주어야 했고, 동등한 결정을 거부했어야 했다.

동일체라는 이유로 경쟁하면서도 같아지기를 원했던 나의 바람을 부모님은 알고 있었다. 형이 진학해서 기쁜 것보다는 내가 진학하지 못해 아파할까봐 동등한 선택을 한 것 같았다. 부모님은 개인으로서 선택을 한 것이 아니라 가족구성원으로서 선택을 했다. 가족공동체의 이름으로 잘못된 선택을 해버리고 말았다. 균형 잃은 선택을 하는 것이 옳았다. 형을 진학시키고 나를 다음에 또는 다른 길을 선택하게 하는 것이 정답이었다.

알고 보면, 온전한 가족공동체에 속한 우리는 우리이기도 하지만 각자인 것이다. 가족구성원으로서 각자의 위치와 그에 따른 역할을 하면서 가족공동체를 끌어가고 있다. 그런 구성원은 아버지, 어머니, 형, 동생이나 형으로서나, 동생 등이었지 결코 각자로서 개인은 아니었다. 현실적으로 구성원으로서의 결정과 개인으로서의 결정은 항상 동일할 수 없는 것이다.

부모님은 개인으로서 형이나 개인으로서 나를 선택하지 않았다. 구성원으로 우리를 선택했다. 우리를 선택해서 불행해진다면, 좋지 않은 결과를 초래한다면 개인으로 선택할 필요가 있었다. 그럼에도 불구하고 가족공동체 구성원으로 우리를 선택했다면 운명을 같이 지고 가야한다. 운명공동체적 선택은 자신의 선택이 아니라 가족에 의한 결정이어서 부당하다거나 불합리하다는 이유로 반항하거나 거부할 수 있는 그런 것이 아니었다.

형과 나는 우물쭈물하다 중학교 진학이라는 기회를 놓친 것이 아니었다. 숙명으로 정해진 것도 아니었다. 순전히 돈 문제에 의한 가족공동체로서 결정된 것일 뿐이었다. 적어도 부모님의 결정은 평등하고 동등했다. 결과적으로 보면, 최악의 결정이었는지도 모른다. 동동하게 내린 결정이어서 문제가 없었지만 나와 형 모두가 좋은 기회를 잃어버리는 결과가 됐기 때문이다. 앞으로도 부모님은 가족구성원으로 있는 한 그런 결정을 하게 될 것이라는 생각이 들었다.

졸업을 하고 진학을 하지 못하면서 하는 일이 없었다. 어머니가 출근하면서 남겨둔 가사를 하면 됐다. 물 양동이를 들고 물을 사서 집으로 나르고 때가 되면 식사 준비를 하는 것이 하루 일과였다. 일과치고는 단순했지만 마음은 점점 불안하고 복잡해졌다. 아무 생각없이 학교를 다녔고, 누구도 독촉하지 않았으며, 아무것도 남기지 않고 마쳤던 학교가 갑자기 소중해졌다. 아무것도 그리지 않았던 백지장에 무엇인가를 채워야 한다는 조바심이 생겼다.

이런 상황에서 부모님과 우리는 답을 찾지 못했다. 오히려 미안해서 찾지 않았는지도 모른다. 매일 집에서 빈둥거리는 것을 보고는 자책하면서도 집안일을 던지고 출근했다. 불안하다는 것 이외에는 위기에 처한 심각성을 알지 못했다. 학교 가는 것과 가지 않는 것의 차이를 인지하고 있었지만 저녁이면 만나는 익숙해진 친구들이 있어 위안이 됐다.

우리 집에서는 서서히 전통적인 질서와 예절을 무시하는 행동이 벌어졌다. 시골에서 잘 지켜졌던 인정머리 예절과 밥상머리 예절이 비켜가고 있었다. 어머니 심부름으로 콩나물이나 두부를 사려 가게에 자주 들렀다. 우리의 관심은 식자재가 아니라 예쁜 비닐 봉지에 담겨 탐스럽게 웃고 있는 크림빵을 사서 한번 먹어보는 것이었다. 우리에게는 먹을 수 있는 기회가 내내 오지 않았다. 빵이라고 하면 시골에서 먹어본 옥수수빵이 전부였다.

그러던 어느 날 익숙한 자세로 콩나물을 사러 가게에 갔다. 평소와는 다르게 긴장된 마음으로 들어갔다. 형은 가게 아저씨의 눈을 돌리기 위해 콩나물을 사면서 이것저것 물었다. 그 순간 나는 쿵쾅거리는 숨을 참고 얼른 크림빵 하나를 가슴팍에 집어넣었다. 바스락거리는 소리가 났지만 모를 것이라고 판단하고 뒤돌아 나왔다. 달려가는 다리보다도 가슴이 더 급하게 뛰었다.

집으로 돌아와 가지고 온 크림빵을 찢어 나눠 먹었다. 죄책감은 있었지만 성공했다는 안도감과 맛으로 잊어버렸다. 여기에서 멈추지 않고 다시 모의를 하고 싶다는 충동이 생겼다. 다시 잰걸음으로 가게에 들어갔다. 아저씨와 이야기를 하는 사이에 형은 두 개를 갖고 뛰어나왔다. 나는 성공한 것을 알고 태연하게 나오면서 남아 있는 것들을 노려보며 여유 있게 집으로 돌아왔다.

이불 속에 숨어 분배를 하려고 했을 때였다. 밖에서 웅성거리는 소리가 들렸다. 가게 아저씨의 목소리가 뚜렷하게 들렸다. 들켰다는 것을 알았다. 탄로가 나버렸다. 크림빵 도둑이 되어버렸다. 그 순간, 공간, 시간 등이 정지됐고, 눈동자와 마음은 길을 잃고 말았다. 형과 나는 움직이질 못하고 모든 것을 체념해 버렸다.

아버지는 이불 속에서 뜯어 먹다 남은 빵을 보고는 "빌어먹을 자식."이라고 호통을 쳤다. "어디서 못된 것을 배워가지고, 도둑놈이 될겨?"라고 큰 소리를 쳤다. 안들킬 것이라는 생각만 했지 그 반대는 생각하지 못했다. 나는 '신분이 도둑놈!'이라는 생각이 번쩍들었다. 잘못된 짓이었지만 돌이킬 수 없는 상황이 되어버렸다. 아저씨가 돌아간 뒤에 호되게 뜨거운 맛을 봤다.

아버지는 빵 봉지를 입에 물게 하고 가게로 보내며 "가서 빌고 와."라고 호통을 쳤다. 그리고는 한 개를 살 수 있는 돈을 주며 "여섯 개 사와."라고 했다. 아저씨 얼굴을 보는 것, 도둑놈으로서 얼굴을 보이는 것 이것 저것 다 암담한 상황이 되어 버렸다. 돈이고 빵이고 소용이 없었지만 가야만했다.

이 순간을 어떻게 무사히 넘기는가가 문제였다. 집 안에 있는 것도 집 밖으로 나가는 것도 엄두가 나지 않았다. 다행히 밤이어서 빵봉지를 물고 있는 광경이 들킬 확률은 매우 적다는 생각에 쏜살같이 가게에 뛰어들어 용서를 빌었다. 우리는 다시 빠른 걸음으로 돌아와 부끄러운 눈물이 젖은 크림빵 파티를 했다.

몇 개월이 지나면서 아버지는 학교에 갈 수 있다는 소식을 전해주었다. 정식학교는 아니고 교회에서 운영하는 조그만 학교였다. 교회 예배당의 일부를 교실로 사용하고, 자원봉사하는 대학생 선생님이 가르치는 곳이었다. 형과 나는 중학교 대신에 교회학교를 다녔다. 배움과 연계할 수 있는 최저한의 환경이었지만 만족했다.

비슷한 처지에 있는 학생들이 많다는데 놀랐다. 선생님은 자기 전공에서 배운 내용을 가르쳤다. 가까운 곳에 있는 대학에 다니는 선생님의 전공은 태권도였는지 매일 태권도를 가르쳤다. 정규과목이 무엇인지를 알지 못했지만 그나마 책을 갖고 다니고 공부하는 시간이 있다는 것에 행복했다. 이웃집 친구가 교복을 입고 학교에 가는 것만을 보다가 교회학교라도 갈 수 있게 된 것으로도 큰 행운이라고 생각했다.

그렇게 다시 배움의 울타리 안에 겨우 발을 들여놓았다. 빈둥거리면서도 무엇인가를 하고 싶다는 간절함이 생겼다. 다만 무엇을 어떻게 할지 여전히 감이 안왔다. 형은 아마도 우리 집 현실을 직시한 것 같았다. 정식 직장인지 아닌지는 잘 몰랐지만 약간의 돈을 벌어 사용하기 시작했다. 집집마다 시험지를 넣어주고 돈을 받는 일을 했다.

형은 노동과 그 대가에 대해서 민감하게 인식하고 있었다. 지금까지 나는 형을 따라다니는 행위를 그대로 재연하면서 살아왔다. 시골에서는 농사꾼과 나무꾼, 서울에서는 동창생과 도둑놈이 되는 과정에서 희로애락을 같이 하는 사이였다. 아직은 형과 나 사이에 생기는 미세한 차이가 서로 다른 길로 갈라놓는 계기가 될 것이라는 것을 알지 못했다.

학교라는 매개체를 통해 여전히 동행을 했다. 정신적으로 피곤하게 한 것은 물적 성장을 의미하는 이른바 문명의 이름으로 도래하는 현상들이었다. 부유한 가정만이 가질 수 있는 텔레비전이 등장했다. 인기가 있던 레슬링이나 축구시합을 하면 만사 제쳐놓고 어김없이 텔레비전 가게로 달려갔다.

가끔 텔레비전 가게로 걸려오는 전화벨 소리가 신경을 곤두서게 했다. 어머니가 우리를 찾는 벨소리였기 때문이다. 어머니는 귀가가 늦으면 텔레비전 가게로 찾아오곤 했다. 그때마다 잔소리를 들어야 했다. 이따금 집으로 걸어오면서 어머니는 내게 물었다.

"뭐가 그렇게 재미있니?"

"엄만 텔레비전 안 좋아해?"

"너희들이 대신보고 있잖아."

부러움으로 인식했던 문명적 현상이 서서히 나의 몸과 마음을 독하게 괴롭히기 시작했다. 격차를 낳고 있는 환경과 돈에 대해서 집착하게 했다. 나는 그것이 문명으로 가는 길이며 목적이라고 어렴풋이 인식하면서, 학교가 문명공장이라는 사실을 알게 되었다. 매끄럽지는 않았어도 기우뚱기우뚱 균형을 잡고 학교에 머무르려고 애를 썼다.

교회 학교를 다니면서 가정형편이 좋지 않다는 것을 알고 경마장에서 마권을 줍는 일을 소개받았다. 경마가 무엇인지, 어떻게 하는 것인지도 몰랐다. 돈이 필요했고, 돈을 준다고 했기에 주어진 일을 했다. 경기가 끝나면, 꽝 맞은 마권을 길바닥에 버렸기에 그것을 줍고 청소하는 일이었다. 일정하게 정해진 구역을 담당하고 있어 경기를 보지 못했다.

운이 좋아 경기장 좌석을 청소하게 되면 볼 수 있었다. 게임은 매우 박진감 있게 진행됐다. 출발신호 깃발이 떨어지기 직전의 고요함은 폭풍전야와 같은 긴장감으로 다가왔다. 마권을 가지고 있지 않았지만 그 이상으로 흥분하고 집중하였다. 숨을 죽이고 조용히 관전을 해야 했다. 출발신호가 떨어지면, 흥분한 말, 긴장된 기사, 광분한 관중 등이 삼위일체가 되어 경기장을 뒤집어 놓았다. 경기가 끝나면 우리는 버림받은 마권을 주웠다.

달려야 하는 말, 달리라고 족치는 기사, 일등으로 들어오라고 아우성치는 관중이 만들어 내는 미친 광기는 마치 전장에서 벌어지는 살기처럼 싸늘하게 다가왔다. 경마장을 가득 메우는 뜨거운 열기는 돈을 내고 돈을 먹겠다는 일확천금의 환상에 달궈진 욕망이었다.

나는 그 틈바구니에 있는 자신의 모습을 보면서, 나는 누구인가, 왜 여기에 있는 것인가, 어디로 가고 있는가 라는 질문을 퍼부었다. 마치 나는 달려야 하는 말이었고, 달리라고 족치는 기사였고, 빨리 들어오라고 아우성치는 관중인 것 같았다.

형과 나는 다니던 교회학교를 그만두고 중학 과정을 가르치는 고등공민학교에 다니게 됐다. 규모는 작았지만 아담한 곳이었다. 자연과의 조화가 잘 이루어진 곳이었다. 옆으로는 강변을 따라 길게 조성된 도로가 있었다. 강둑에는 자전거나 도보로 산책을 할 수 있는 길도 만들어졌다. 강물이 흐르면서 만들어 내는 잔잔함과 평온함을 느낄 수 있고, 앞이 터져있어 시원함을 눈에 담을 수 있었다. 덩달아 마음이 진정되고 밝게 웃을 수 있는 곳이기도 했다.

저녁이 되면, 저편 강 끝자락에 걸려 여운을 남기며 넘어가는 해넘이를 볼 수 있다. 마치 생명이 있는 강과 해가 의도적으로 입을 맞춰 빚어내는 아름다움과 신비함에 넋을 잃고 발길을 멈춘 적도 있었다. 떨어지기를 바라는 마음과 조금 더 버텨주기를 바라는 마음을 마다하고 이내 갈 길을 가는 차가움도 볼 수 있는 그런 거리였다.

귀가하는 길목에서 서로 어떤 관계인지를 알지 못했던 여선생님과 남선생님이 사이좋게 걷는 모습을 보면서 이곳은 데이트하기에 좋은 곳이라고 느끼게 했다. 주위에 있는 강과 강변로, 나무와 바람, 운치와 자연미 등이 있어 거리감을 없애주고 마음을 열게 해주었다.

학교에는 깔끔하게 생긴 교장 선생님과 돈이 있어 보이는 교감 선생님, 그리고 각각 담당 과목을 가르치는 선생님들이 있었다. 학교는 교실 3개와 전교생이 체조할 수 있는 정도 넓이의 운동장, 교무실 등이 전부였다. 선생님 중에는 목사님이나 전도사님도 있었고, 교사가 직업인 분도 있었다. 대학원에 다니며 봉사의 일환으로 가르치는 선생님도 있었다. 나는 새로운 학교 분위기에 흠뻑 빠지기 시작했다.

전체는 삼학년으로 편성됐고, 주간과 야간으로 구분하여 여섯 개 반으로 운영됐다. 형은 야간반에 다녔고, 나는 주간반에 다녔다. 항상 동일체로서 움직여 왔던 형과 내가 처음으로 갈라지는 순간이었다. 이후부터 점차 서로가 행동반경에서 벗어나 흔적을 공유하지 못하는 상황이 발생했다.

형제라는 접점이 있었지만 동일체에서 점차 분리되는 느낌을 받았다. 형은 형의 리듬대로 호흡을 하며 생활을 했고, 나는 학교라는 울타리 안에서 마음껏 상상을 하며 즐겁게 생활을 했다. 그러나 내 인생에서 가장 무섭고 두려웠던 시기였다는 생각이 들었다. 형을 떠나 자신의 길을 가는 것이 무서움이었고 두려움이었기 때문이다. 나중에 다시 어떤 시점에서 만날 수 있을지 없을지를 알지 못했기 때문이다.

형은 공부에 관심이 없었고 돈이나 일에 관심이 많았다. 나는 세상 물정을 모르고 형이 했던 것처럼 공부했다. 처음으로 밥을 잘 먹는 것만큼이나 책상에 붙어있는 것을 잘 했다. 밥상의 승부욕이 다른 쪽으로 발현되고 있었다. 아마도 마음 속에는 이미 세상과 승부를 거는 시합을 하고 있었는지도 모른다. 승부는 자신을 야위게 하는 측면도 있지만 인생을 살찌울 수 있다는 명확하게 밝혀지지 않은 명제를 신봉하게 됐다.

우리 학교에는 비슷한 사정과 처지에 있는 학생들이 대부분이었다. 강 저편에서 배로 통학을 하는 학생들도 있었다. 매일 강을 건너야 하는 두려움과 부담이 있는 듯이 보였지만 만족하고 있었다. 동네 근교에서 다니는 학생들이고, 생활환경과 수준이 엇비슷해서 차별이나 차이를 인식할 수 없어 좋았다. 하향평등이든 하위수준이든 문제가 되지 않았다. 모두가 닮아있어 안심이 되었다.

지병을 가진 아이도 있었다. 처음 등교할 때 어머니가 동행했지만 이후 혼자 다녔다. 약간 몸이 불편할 것 같은 모습을 하고 있을 뿐이었다. 가냘프고 여렸으며 깨끗한 모습을 하고 있었고, 얼굴에는 약간의 상처가 나있는 여학생이었다. 말수가 적고 내성적이면서도 웃음을 잃지 않으려는 모습에 공을 들여 모두가 좋아했다.

어느 날 수학 시간이었다. 선생님의 문제 풀이를 보려고 눈과 생각을 집중했다. 한 학생이 쿵 소리를 내며 옆으로 쓰러졌다. 눈과 귀는 일시에 소리 나는 쪽으로 향했다. 넘어진 학생은 이미 거품을 물기 시작했고, 몸에 경련이 일어났다. 처음 보는 광경이었기 때문에 놀라고 당황하여 보고만 있었다.

그런데 평소에 말썽만 피우던 친구 연칠이가 다가가더니 능숙하게 입을 열어 숨을 쉬도록 했다. 그리고 “팔과 다리를 주물러!"라고 소리쳤다. 다급한 소리에 손을 갔다 대어 주무르기 시작했다. 무슨 처방인지도 모른 채 주무르고 주물렀다. 손이 다리로 옮겨지는 순간 여학생이라 머뭇거렸다. 얼른 한 여학생이 다리를 주물렀다.

이윽고 연칠이는 의사라도 되는 듯이 빙그레 웃으며 넘어진 학생의 머리를 들어 올리고 눈을 보며 조용한 목소리로 말을 건넸다.

"괜찮니?"

넘어진 학생은 벌떡 일어나더니 아무 일 없었다는 듯이 자리에 앉았다. 똑바로 앉으려고 했지만 몸과 마음이 따로따로 움직이는 듯했다. 고맙다는 말도 하지 못했고 눈도 돌리지도 못했다. 그대로 정지된 상태로 있었다. 누구를 보거나 말도 걸지 못했다. 몸과 마음, 눈과 입도 굳어버렸다. 잠시 침묵이 흘렀다. 밝히고 싶지 않은 비밀이 드러난 부끄러움과 알아버린 미안함, 앞으로 다시 일어날 것 같은 상황에 대한 걱정이 섞여 있는 침묵이었다.

선생님은 분위기를 전환하기 위해 수업을 시작했다. 다시 칠판으로 눈이 향했다. 괜찮은지를 묻고 싶었지만 입이 떨어지지 않았다. 속삭이듯 "집에 연락할까?"라고 묻자 고개를 저였다. 표나지 않게 조심스럽게 옷맵시를 잡으면서 옆눈으로 주위의 상황을 봤다. 무슨 결심이라도 한 듯이 입술을 약간 깨물었다.

비밀이 알려지고 나서 몇 번 일이 생겼고 몸 상태는 변하지 않았다. 우리는 그 상황에 서로 익숙해져 갔다. 발병하면 넘어져야 했고, 넘어지면 일어나야 했다. 얼굴에 상처가 나기도 했지만 개의치 않고 꼬박꼬박 출석을 했다. 정규학교를 다니다가 반복적으로 발명하면서 그만두고 이 학교로 왔던 것이다.

나는 순탄치 않았던 나의 경험이나 친구의 병에 대해서 생각해봤다. 세상은 평온하고 자연스럽고 평등하게 보이지만 여전히 그 경계선 밖에서 외롭게 고통을 받아 차가운 그림자에 휩싸여 떨고 있는 사람이 많다는 것을 알았다. 그렇게 오래 살지도 않았는데, 나쁘게 살지도 않았는데 어두운 구석으로 내몰리는 사람이 많다는 사실에 슬퍼졌다. 나의 목숨이 안전하게 살아갈 확률은 매우 낮을 것이라는 생각도 들었다.

안타까운 사정과 잘 해결되지 않는 상황이 지속되는 삶이 돌아가고 있는 데에 대해서 깊은 회의가 생겼다. 도대체 어디서 어떻게 답을 찾아야 할지 몰랐다. 자신, 개인, 이웃, 가족, 사회, 국가 등 누구의 탓일까라는 질문만 했다. 질문을 하고 있는 내가 답을 냈으면 했지만 현재로선 질문 속에 답이 있다는 것만을 인식했을 뿐이었다.

우리는 운좋게 새로 건축한 넓은 교정으로 이사를 했다. 쓰레기 매몰지 위에 지어진 교정이었지만 넓었고 많은 학생과 선생님이 생겨 즐거웠다. 학교다운 면모를 갖추면서 위축되었던 마음이 겨울을 이겨낸 봄처럼 풀어졌다. 환경이 좋아지면서 아지랑이 피어나듯 설렘도 있었으면 하는 바람도 가질 수 있게 여유도 생겼다.

바람은 희망이 되고 희망은 실현되는 법칙이 통하기라도 하듯 예기치 않은 새로운 기운이 일어났다. 우리 반에 한 학생이 들어왔다. 자그마한 체구에 반듯한 얼굴을 하고 있었고, 머리카락을 단정하게 빗어 흐트러짐이 없었다. 매우 단아하게 보였다. 잘 생기고 넉살이 좋았던 반장은 잘 알았던 것처럼 이름을 '인희'라고 소개해 주었다. 속으로 '공주처럼 생겼네.'라는 생각을 하는 순간 공주라는 지역에서 이사를 왔다는 것이다.

단짝이었던 채승이라는 반장 아이는 교복으로 멋을 부릴 줄 알았고, 뚜렷한 이목구비에 당당한 체구를 가져 인기가 있었다. 공부에 매진하는 타입은 아니었지만 그의 사교성과 추진력은 타의 추종을 불허할 정도로 능숙했다. 눈 마주침이 좋았고, 함께 있으면 유쾌해지는 친구였다. 이발소를 운영해서 머리를 깎으러 데려갔다. 그날은 친구 어머니의 천하일품요리였던 갈치 조림도 먹는 날이기도 했다.

채승이는 인희에 대한 정보를 선점하고 장점과 특징을 흘렸다. 변화를 일으킬 만한 정보였다. 인희가 들어오면서 발생하는 효과가 나타나기 시작했다. 좋은 조심과 나쁜 조짐이 동시에 생겼다. 공부를 잘해서 뒤처지면 '어쩌나.'라는 쪼잔한 걱정이 생겼고, '잘 지내고 싶다.'는 좋은 감정도 생겼다. 나는 비겁함과 절박함의 유발인자를 버리지 못했다.

인희는 조용하면서도 송곳 질문을 하고 명쾌하게 답을 했다. 경쟁자가 나타난 것에 긴장을 했지만 억지라도 좋은 경쟁자라고 생각하자고 마음먹었다. 나는 아침 일찍 학교에 가는 습관이 있었다. 제일 먼저 학교에 도착해야 직성이 풀리고 안심했다. 그러던 어느 날 학교에 가서 보니 인희가 학교에 와있었다. 항상 차지했던 일등등교가 순간적으로 무너져버렸다.

그 모습을 본 나의 몸과 마음은 정지되었다. 충격을 받았으면서도 태연하게 서려고 하였다. 혼자만의 갈등과 어색함이 지속됐다. 말을 해서 자신의 어색함을 깨려고 했지만 마땅한 말이나 행동이 떠오르지 않았다. 흔들림없이 책을 보고 있던 그녀는 눈치를 챘는지 쳐다보면서 대수롭지 않다는 듯이 "왜 서있니?"라고 했다. 말소리를 들었지만 서있는 나를 설명하지 못했다.

자신감이 넘치는 목소리였다. 분명히 떨림이 없는 목소리였다. 오히려 듣는 내가 떨렸다. 그런 상황은 오히려 긴장을 더욱 높여주었다. 일등등교를 빼앗긴 사실에 까맣게 타버린 마음을 감춘 채 "어.. 어디에 사니?"라고 겨우 말을 붙였다. 알고 있어 대답이 필요 없는 질문이었다. 일등등교 상실감과 경계심에 여전히 당황했다.

자세를 고쳐 뒤를 돌아보며 "여기서 가까워."라고 말하며 웃었다. 꾸밈이 없고 구김살이 없는 순수한 얼굴이었다. 이어지는 대화 속에는 날카로움보다는 부드러움이 한올 한올 연결되고 있었다. '친해도 되겠다.'고 마음먹을 정도로 매력이 있는 말이었다. 긴장을 풀어주었고, 둘만이 있다는 생각을 잊게 했다. 이내 경계하던 마음을 사라지게 했다.

아침 등교와 대화가 지속되면서 많이 가까워진 느낌이 들었다. 서로 긴장 관계에 있으면서도 친구라는 생각이 자리를 잡았다. 우리는 위태로운 순위싸움을 하면서도 웃음과 신뢰를 유발하는 대화를 이어갔다. 다만 나의 마음속을 지배하고 있던 '공부의 끈이 길어질 것'이라는 사실만은 드러나지 않도록 했다.

동일한 공간에 있으면서도 억지로 끌어가거나 친해지려고 시도하지 않았다. 가장 즐겁게 아침에 만나 긴장된 하루를 보내고 편하게 손 흔들며 서로 집으로 돌아가는 상황이어서 좋았다. 가끔은 푹빠지거나 혼란을 야기하는 상황은 아니더라고 밀당이라도 시작했으면 하는 바람도 있었다. 그러나 이성 간의 설렘이 잘 숨겨지고, 절제되고 있는 균형잡힌 관계를 잃고 싶지 않았고, 통째로 날리고 싶지 않아 밀당을 포기했다.

어느 날 잘 참아왔던 이성에 대한 감정이 암묵적으로 표출되기 시작하면서 사춘기가 벌떼처럼 한꺼번에 달려들어 몸과 마음을 덮쳤다. 조숙한 친구들은 이미 사춘기의 발상과 발정을 많이 공유했고 나름대로 꿈틀거림을 방출했다. 성에 대한 호기심으로 나타났고, 마음속에서는 막연하게나마 충동적인 일탈행위가 뜨겁게 상상되고 있었다. 부모님에게도 이야기할 수 없고 인희에게도 말할 수 없는 그런 혼자만이 간직하고 있는 열병이었다.

한강 위에 집을 짓고 여러 대의 소형 배로 뱃놀이와 고기잡이 사업을 도와주고 있는 연칠이는 사춘기의 호기심을 자기 방식대로 노출시키고 있었다. 쉬는 시간이 되면 다가와서 "좋은 그림 보여줄게."라고 하며 불쑥 사진을 보여주었다. 포르노 사진이었다. 처음엔 민망하여 인상을 찌푸렸지만 이내 눈은 사진 속으로 빨려들어갔다. 점점 강도가 짙은 사진이 등장하면서 처음 받았던 충격과 관심은 점점 얇아졌다.

사춘기는 이성에 대한 호기심으로 시작되고 있었다. 신체의 변화는 본능에 충실한 의식과 행동으로 구체화되고 있었다. 그것은 이성에 대한 호기심에서 출발해서 성장이라는 이름으로 포장되고 있었던 것이다. 이성 친구를 좋아하는 감정은 이성 친구가 마음속을 침범하고 있는 것을 의미하면서도 동시에 이성친구의 마음을 독점하려는 충돌질이었다. 분명한 것은 기분 나쁜 흔들림이 아니었고, 왠지 두려워지는 그런 혼돈이었다.

이성에 대한 좋은 감정은 그리움에 꽂히는 극히 명료하고 단순한 사고이고 마음의 움직임이었다. 그리움이란, 보면서도 보고 싶은, 매순간 마다 보고 싶은, 돌아서면 돌아서서 다시 보고 싶은, 멀리 있으면 가까이 가서 보고 싶은, 보이지 않으면 그려서 보고 싶은 그런 마음인지도 모른다. 사춘기에 발생하는 그리움은 이성에 대한 생각과 행동을 자유로이 할 수 없지만 그것을 자유롭게 상상해서 기분 좋게 마감하는 내적 갈등인지도 모른다.

포르노 사건이 있은 후 인희를 보는 시선이 좀 달라지는 것을 느꼈다. 단발머리에 카라를 빳빳하게 세운 교복이 아름다웠다. 굴곡진 몸매가 멋스럽게 보였다. 균형 있는 가슴과 간간이 옷 사이로 비추는 무릎이 눈에 들어왔다. 조용하게 바라보는 눈빛은 웃음꽃으로 다가왔고, 다소곳이 움직이는 입과 입술은 소리 꽃을 만들어내고 있었다.

좋아하는 마음인지, 지키려는 보호 본능인지, 자신을 속이고 있는 부끄러움인지, 미래를 위한 어설픈 기대인지는 알 수 없었다. 가까이에서 볼 수 있는 것이 최고의 선물이었다. 인희에 대한 마음은 언행일치를 방해하는 제어기능이 작동하고 있었기 때문에 열병으로 나타나거나 찬바람에 식어도 상처받지 않는 그런 것이었다.

우리의 사춘기를 빙자한 행각은 멈추지 않고 과감하게 진행되어 질주했다. 여선생님과 운동장에서 이야기를 하고 있을 쯤에 연칠이가 발을 끌면서 옆으로 다가왔다. 인사를 하고 이야기를 경청하는 것처럼 보였다. 그러나 순간 발밑에 조그만 거울이 있는 것이 눈에 들어왔다. 놀랄 수도 없었고 놀라지 않을 수도 없는 상황이었다.

거울로 속옷을 비추려는 행위였다. 친구의 의도가 들키지 않도록, 그리고 들켜버리면 무안해질 선생님이 되지 않도록 궁리를 했지만 아무런 생각이 떠오르지 않았다. 얼굴만 붉게 달아올랐다. 무의식적으로 깨지지 않은 정도의 무게로 거울을 밟았다. 친구는 나를 보면 입술로 "왜?"라고 말을 했다. "제발."이라고 입술로 받아쳤다.

아슬아슬한 상황이 정리된 후 교실로 돌아왔다. 연칠이 눈을 보면서 "어떻게..?"라고 소리를 쳤지만 기발한 생각에 놀랐다. 그리고 호기심이 발동했다.

"색깔...?"

"네놈 때문에……"

이렇게 나의 사춘기는 방황과 도발로 얼룩져 달리고 있었다. 하고 싶지만 하지 못하는 현실적 모순에 부딪히면서 '상상 속에 갇혀버린 청춘'이라는 김빠지는 행각에 불과하다는 생각이 들었다. 가장 순진하게 표현되는 것이기에, 울퉁불퉁한 감정이 일시적으로 폭발한 것이기에, 답을 갖지 않고 우물쭈물 시작한 것이기에, 선악의 경계를 알기 위한 예행연습이기에 사춘기의 행각은 아름답게 용서되고 있는지도 모른다.

나는 사춘기를 통해 새로운 감정 세계에 돌입했다는 것을 느꼈다. 의식적이든 무의식적이든 좋아하는 것에 대해서 좋아하고 있다는 사실을 숨기지 말고 인정하는 것이 순리라고 인식했다. 인희와의 마주침과 감정의 각도는 이전과 변함없이 일관되게 유지되고 있었다. 표현하지 않으면서 쌓여왔던 꿈틀거림은 새로운 감정으로 발현되고 있었다.

여름방학이 되면서 잠시 사춘기의 방황은 자연스럽게 제자리로 돌아왔다. 나는 어머니와 함께 이웃에 사는 사촌 누님 집에 들렀다. 장차 사촌 매형이 될 분을 어머니에게 소개해주는 자리였다. 덩치가 커서 작은 체구를 가진 누나와 어울리는 듯 안 어울리는 듯했지만 서로 미소를 띠고 보는 사이어서 좋아 보였다.

처음으로 누나 집에 왔기에 이리저리 눈을 돌렸다. 방에 있는 크지 않은 책장에 유심히 금빛으로 칠한 책이 있었다. 무슨 책인가하고 살펴봤더니 12권짜리 세익스피어전집이었다. 세익스피어가 누군지 알지 못했지만 읽고 싶다는 충동이 생겼다. 그 많은 책에 얼마나 많은 이야기가 들어있는지 궁금했다.

"누나 읽어봐도 돼?"

"어려울 텐데."

이해할 수 없을 것이라는 의심을 받으며 책을 빌렸다. 책을 들고 집으로 향했다. 어머니는 책을 보며 "무슨 책인데 그렇게 많아."라고 말했다. 머릿속에 입력이 되지 않아 "섹스……"라고 하고 말을 잇지 못했다. 어머니는 나를 쳐다보며 더 이상 묻지 않았다.

많은 기대를 하고 읽기 시작했지만 이해가 되지 않아 몇 번 반복을 하다보니 진도가 나가질 않았다. 이후에는 이해가 되지 않아도 읽었고 이해가 되어도 읽었다. 마지막 한 장을 넘기기 위해 읽고 있었다. 이야기에 대한 흥미보다는 페이지를 넘기는데 재미가 있었다.

뜨거운 여름이 지나면서 마지막 책을 남겨놓고 마음이 급해졌다. 빨리 이 잘못 선택한 전쟁을 마무리하고 싶었다. 남은 것이 무슨 내용인가는 상관이 없었다. 오로지 읽었다는 사실, 눈길이 스쳐갔다는 흔적, 넘기며 생겨버린 손자국 등이 중요했다.

떨리는 마음으로 마지막 장을 넘기면서도 감동을 주는 대사, 몰입하게 하는 장면, 상상력을 발휘하게 하는 순간 등은 남아 있지 않았다. 다만 마음 속에는 다 읽었다는 사실을 증명하는 손자국이 있는 세익스피어 전집만이 남았다. 그것이 내가 얻은 즐거움이었고 가치였다.

전집에 있는 유명한 대사였던 "약한 자여 그대 이름은 여자니라!", "사느냐 죽느냐 그것이 문제로다!", "한 마리의 새가 땅에 떨어지는 것도 신의 섭리다!" 등과 같은 글귀는 읽은 기억이 없었다. 명작이나 유명작가라고 불리는 책을 접하면서 그것을 느끼지 못한 것이 나의 수준이었고 위치였다는 사실은 틀림이 없었다. 이렇게 여름방학은 이해도 하지 못한 책과 씨름하는 사이에 지나가 버렸다.

가을이 되면서 개학을 했다. 마지막 학년 진학을 앞두고 그동안 생각 속에서만 있었던 현실이 다가왔다. 정식인가를 받은 학교가 아니었기에 고입검정고시에 합격을 해야 고등학교에 입학할 수 있었다. 그러나 시험이 어렵다고 정평이 나 있었기 때문에 성공할 수 있다는 장담은 하지 못했다.

나는 새로운 출발을 위해 독서실에서 자리를 틀고 낭인생활을 시작했다. 동일한 공간에서 반복되는 단순한 생활로 인생승부를 걸고 있었다. 단조롭지만 허술하게 할 수는 없었다. 해와 달이 뜨고 지는 것은 자연의 이치이고 순환이었지, 나와는 관계도 없었고 관심도 없었다. 더우면 옷을 벗었고 추우면 옷을 두껍게 입고 대응하면 됐다.

우리 학교에서는 몇 년전 개교 이래 처음으로 합격생이 나왔다. 시설에 사는 학생이었던 그녀는 이후 대학검정고시에도 합격해서 명문대 영문학과에 들어갔다. 피를 토하는 지병이 있어 어려운 상황에 놓였다는 소문이 있었다. 그러나 공부신과 같은 존재였고, 선생님에게는 자랑스러운 제자였고, 후배에게는 선망의 대상이었고, 학교의 전설로 여전히 남아 있었다.

합격을 기대하는 선생님과 친구가 있어 부담은 되었지만 이 기분 좋은 상황을 이어가려고 애를 썼다. 인희도 자극을 받았는지 같은 독서실에 들어왔다. 역시 집중하게 해주었다. 자신의 승리를 위하는 과정에서 생기는 외로움은 온전히 혼자서 감내해야 가치가 있는 것이다. 자신의 것이기 때문이다.

인희가 옆방에 있어 혼자서 느껴온 외로움은 승부사가 되게 하였고, 경쟁심을 유발하는 자극제로 기능했다. 그러면서도 생각과 고민이 깊어지면, 옆방에 인희가 있다는 사실에 위안을 받았다. 인내하는 데 한계에 도달하면 아무도 없는 틈을 타 벽을 두고 짧은 대화를 하곤했다.

"인희야?"

"응."

"잘되고 있어?"

"몰라."

"너는?"

"모르겠어."

우리가 준비하면서 수없이 나눈 대화 내용의 전부였다. 그러나 가장 충실하고 살맛나는 대화였다. 목표를 향해 가고 있는지를 확인하는 순간이었고, 과정을 점검하고 '모른다'는 말로 서로 격려하고 독려하는 시간이었다.

독서실과 학교를 오가는 사이에 정점을 찍는 시간이 다가왔다. 전처럼 학생들이 없어 인희를 불렀지만 대답이 없었다. 아무런 연락도 없었고 하지도 않았다. 어쩔 수 없이 걱정과 긴장의 틈바구니 사이를 걸으면서 당일을 맞이했다.

우리는 인생을 살아가면서 인지하거나 때로는 인지하지 못하는 시험을 본다. 태어났을 때는 부모나 친척에게 제일 먼저 눈대중으로 체크를 당한다. 커가는 과정에서 이웃이나 친구들에게 호불호의 감정으로 가늠질당한다. 학교를 다니면서 성적의 무게를 다는 저울 위에 올라서 등급을 받는다. 그것이 인생이다.

근대화 바람을 타고 합리적이라는 명분으로 시작된 시험은 합격과 불합격으로 포장된 인생 난도질에 지나지 않는지도 모른다. 삶을 냉정하게 가르는 칼과 같다. 시험을 피하면 난도질을 면하지만 그 대가로 외면당하여 삶이 망가질 가능성이 높다. 정면으로 대하면 대할수록 상처가 나지만 삶이 살아날 가능성이 높아진다. 우리가 시험이라는 칼을 피하지 못하는 이유이다.

가슴을 조이며 결과를 기다렸다. 아무도 아무것도 말하지 않았고 묻지도 않는 상황이 날짜를 급하게 끌어당겼다. 지루하게 이어지는 긴장 상황에서 벗어나기 위해 탁구를 치면서도 당당하게 반동으로 허들을 넘어가는 공과 같은 운명이 되기를 바랐다. 나는 다행스러움과 부러움이라는 여운을 남기며 학교 문을 나설 수 있게 됐다.

학교 선택을 앞두고 이전에 강변도로를 걸으면 데이트를 했던 선생님 모습을 떠올리며 인희와 걸었다. 그 감정을 그대로 재현할 수는 없었지만 새로 건설된 쭉 뻗은 잘생긴 다리 위를 걸으며 다가오는 바람을 거침없이 하나 놓치지 않고 삼켜버렸다.

“어디 갈거니?”

“여상을 가야 할 것 같아.”

“나는 욕심을 내고 싶어.”

"그래, 그것도 좋은 선택이야!"

어둠이 밀려오면서 다리 위에는 달리는 차도 사람도 없이 조용해졌다. 오로지 가로등 불빛만이 어두워졌다 밝아졌다 하며 우리의 이야기에 동조를 했다. 넓게 펼쳐진 다리 위가 앞으로 달려야 할 길인 양 시야를 넓혀주었다. 이제야 겨우 다른 아이들이 가고 있는 아주 평범한 길 입구에서 노크를 하고 있다는 느낌이 들었다.

"인희야!"

"응!"

"앞으로 어떻게 될까?"

"뭐가?"

"우리..."

갑작스러운 질문에 말을 하지 못했다. 분위기가 잠시 어색해지는 것 같았다. 가슴을 맞대자는 것도, 입을 맞추자는 것도, 같이 결혼을 하자는 것도 아니었다. 다만 미래에도 동행할 수 있는지 아닌지를 나에게도 인희에게도 묻는 질문이었다.

침묵이 지속됐다. 밤도 깊어졌고, 하늘도 멀어져갔고, 강은 이미 검게 변해있었다.

"지금 약속을 해도 99%의 불가능성과 1%의 가능성이 있을 뿐이야!"

"……"

앞으로 많은 변화가 있을 것이라는 말이었고, 미래는 불확실하다는 것을 말해주었다. 나의 대응이 필요하지 않은 답이었다. 가능성이 불가능성을 넘을 수 없다는 말이었다. 인희는 흔들림 없이 앞으로 걸어갔다. 지금 둘이서 가고 있는 길처럼 미래에서 만날 가능성이 희박하다는 이야기였지만, 불행하다거나 부정적으로 생각하지 않았다.

걸어가면서 옷자락과 손가락이 무심하게 부딪치는 리듬에 익숙해졌다. 이윽고 팔이 오고 가는 길목에서 손을 잡았다. 인희는 손을 빼지도 않았고 잡지도 않았다. 나도 손에 힘을 더 주거나 덜 주지도 않았다. 마치 알 수 없는 미래를 예견한 듯한 움직임이었다. 내 손도, 잡힌 손도 방향을 잃고 처음 잡은 그 모습과 상태로 있었다. 잠시 후 인희는 새끼손가락이 빠지지 않을 정도의 힘을 주고 있었다.

10. 문밖에 있는 사람

봄날의 아지랑이가 사정없이 피어오르고, 새싹이 돋아나는 생명의 향기가 우리를 자극하고 있었다. 생명이 없거나 있거나 관계없이 존재하는 모든 것들을 살려낼 것 같은 따스함이 세상을 덮었다. 눈을 녹여 땅속으로 꺼지게 하고, 추위를 온몸으로 불러들여 녹였던 봄바람이 소중하다는 생각이 들었다.

볼일이 있다고 하면서 아버지는 고향에 내려갔다. 고향이라는 말에 그동안 잊었던 할머니와 경미도 어렴풋이 생각이 났다. 무엇인가 벌어진 것 같은 예감이 들었다. 알고 보니 할머니를 데리러 가는 길이었다. 고모와 함께 생활하던 할머니는 우리가 떠나고 나서 매일 문밖에 나와 오가는 사람을 보면서 운다는 이웃의 연락을 받았기 때문이다.

고모의 아들과 딸이 있었지만 정이 들지 않았던 것이다. 우리가 오기만을 눈물로 기다렸다. 할머니는 미련없이 떠난 우리를 미워하기보다는 그리워했던 것이다. 떠났어도, 보이지 않았어도 가슴속에 깊이 남아 있는 그대로를 그리워했던 것이다. 할머니는 우리와 함께 살면서 정을 키웠고, 멀리 떠났어도 쌓은 정을 잊지못했다. 우리는 할머니에게 보고 싶으면 눈물이 나는 그런 존재였는지도 모른다.

한참 기다리다보니 드디어 할머니가 서울집에 도착했다. 많이 쇠약했고, 겨우 걸음걸이를 할 정도의 근력을 가졌다. 익숙했던 할머니 냄새가 나면서 어색함이 사라졌다. 집안에 할머니가 들어오면서 공간은 좁아졌지만 오히려 허전했던 마음을 꽉채워주고 있었다.

나를 보면서 "그래 타관 물을 먹으니 좋더냐?" 라고 물었다. 답을 하지 못했다. 이런 것이 타관 물이라는 것을 알았었다면, 떠나면서 고향에 대한 미련을 조금 남겨 놓을 걸이라는 후회가 들었다. 고향 물이 더 좋았을지도 모른다는 생각이 들기도 했다. 후회와 미안함을 담아 "할머니!"를 불렀다.

할머니가 합류해서 여덟 식구가 되었다. 할머니는 출입을 잘 안했다. 가끔 알려준 길만을 보고 다녔고, 멀리 나가지 않았다. 집 앞에 있는 도로, 동네 가게, 빨래터 등에서 서성거렸다. 동갑내기로 보이는 노인들이나 지나가며 인사를 하는 알지 못하는 노인들을 보면서 소일을 했다. 시골에서 가졌던 그리움이 허전함으로 표현됐는지도 모른다.

할머니는 우리가 돌아가면서 해주는 음식도 한마디 불만이나 티를 내지 않았다. 항상 '잘 먹었다!'하면서 수저를 놓았다. "할머닌 이것이 맛있어!"라고 물으면 망설임 없이 "암암, 너희와 같이 있는 것이 꿀맛이지!"라고 했다. 동문서답이었지만 환하게 웃으며 하는 말이나 모습을 자주 보게 되어 참으로 다행스러웠다.

나는 달콤한 서울을 기대했었다. 웃음꽃이 만발하는 행복한 가족을 그렸고, 멋있는 삶을 기대했었다. 좋은 학교에 다니는 학생이 되기를 바랐다. 할머니가 바라는 달콤한 서울은 우리와 달랐다. 그냥 같이 사는 것이었다. 좋은 음식이나 옷을 바라는 것이 아니었다. 할머니는 눈을 뜨면 볼 수 있고, 감아도 옆에 있는 우리가 있는 서울을 생각했던 것이다.

고향을 떠나는 모험을 한 것은 용기라기보다는 가야 한다는 숙명이었고, 인륜이었다. 떠나올 때 서울에 가는 것을 모두 반대했다. 그 나이에 가서 무엇을 하겠느냐 하며 고모도 쌍수로 말렸다. 할머니는 "죽어도 그곳에서 죽을 겨!"라고 하며 결행을 했다. 할머니의 서울행은 나만큼이나 큰 의미가 있었다. 오히려 더 컸는지도 모른다. 서울행은 마지막 희망의 여정이었고, 인생의 정점을 찍는 종착역이었다.

고령이었던 할머니는 서울에 온 뒤 일 년쯤되어 급격하게 정신을 잃어갔다. 건강하게는 보였지만 정신이 오락가락했다. 매일 수없이 "밥을 달라."고 했다. 어머니는 이제 소원을 풀었으니 "밥이라도 많이 드세유."라며 정성을 다했고, 지나쳐도 되는 헛말에도 거역하지 않았다. 우리는 쇠약해져 가는 할머니 모습에 울적했지만 해줄 수 있는 것이 별로 없었다.

가끔 할머니는 정신이 돌아오면 눈을 감은 상태로 눈물을 보이며 말없이 우리 손을 꼭 잡았다. 이 곳에 살면서 만족하고 있었지만 떠나왔던 고향이 그리워 우리의 손이 필요했던 것 같았다. 떠나올 때 눈물이 났던 것처럼 돌아갈 때도 눈물이 날 것 같은 고향이 보고 싶었던 것이다. 고향은 의식 속에서도 무의식 속에서도 살아 있는 생명과도 같은 것이었다.

고향은 설움과 미움이 있을지라도 마음껏 받아주는 곳이기에 의지할 수 있는 곳이다. 과거와 현재의 뿌리이고, 미래에도 여전히 고향으로 남기에 결별이 불가능한 곳이다. 인생은 잠시 지나가는 것이지만 고향은 마음을 묻는 곳이다. 세월이 가도 늙지 않는 곳이기에 늙은 모습으로 가도 되는 곳이다. 고향이라고 말하거나 인식하는 순간 그런 공식은 성립된다.

사람은 떠나도 고향은 떠나지 않는 그런 운명이다. 그래서 살아서 가면 가는 대로, 죽어서 오면 오는 대로 받아주고, 비벼대라고 등을 내주는 곳이다. 마음속에 담지 않아도 몸으로 기억하지 않아도 우리의 느낌 그대로 항상 받아주는 곳이다. 고향은 바람처럼 왔다가 지나가도 지워지지 않는 그리움으로 남는 그런 곳이다.

할머니에게 고향은 죽음처럼 아주 오랫동안 쉬러 갈 때 가는 곳이 되어버렸다. 서울에 온 뒤 일 년 반 만에 다시 고향으로 돌아갔다. 살아서 떠나 죽은 몸으로 갔다. 서울 사람으로 살다가 고향의 품에 안기려 제자리로 돌아갔다. 떠나는 이별과 마주 보는 만남을 모두 안고 고향으로 돌아갔다. 다시는 이별이나 만남에 휘둘리지 않아도 됐다. 그냥 있는 그대로 앉아 있으면 됐다.

할머니는 고향을 떠나온 후 살아서 고향을 가지 못했다. 유쾌한 귀향이 아니었기에 안쓰러움이 남은 곳이 되어버렸다. 할머니의 존재가 무덤의 존재로 변했고, 죽음을 생각하게 만드는 곳이 되었다. 보고 싶다는 그리움 대신에 아쉽다는 슬픔이 앞서 다가오는 곳이었다. 볼 수는 있지만 만질 수 없는 할머니가 되어버렸다.

할머니의 귀향은 자연스러운 흐름이라는 생각이 들어 후회하거나 울지 않았다. 고향을 가야 할 이유가 하나 더 생겼고, 미래에도 잃어버리거나 연을 끊는 그런 곳이 아니라는 것을 알게 되었다. 언젠가는 돌아갈 수 있는 곳이고 변하지 않고 잘 버티고 있어 다행스러웠다.

우리 가족은 여덟에서 다시 일곱으로 돌아왔다. 할머니가 선산에 자리를 잡으면서 시골에 있는 땅을 팔아 정리했다. 고향을 정리해서 이곳의 삶을 살리려는 그런 시도였는지도 모른다. 현실적으로 이곳에서 잘 생존해야 한다는 절박함과 새로운 변화가 필요하다는 압박감이 더욱 무겁게 밀려오는 것을 느꼈다.

어느 날 아버지는 돈이 가득 든 와이셔쓰 곽 두 개를 어머니 앞에 내놓았다. 땅을 팔아 가져온 돈이었다. 모두 놀라면서도 변화가 생길 것 같은 기대가 있어 좋았다. 묶여있는 돈다발을 본 것도, 집에 그렇게 많은 돈이 생긴 것도 처음이었다.

어머니는 아쉬운 듯이 "땅을 전부 팔았서유?" 라고 물었다. 아버지는 "시제답과 선산만 남기고......"라고 말했다. 시제 답과 선산은 선조가 고향에 묻혀있어 버리거나 팔 수 있는 땅이 아니었다. 시제 답에서 나오는 쌀은 묘지를 관리하고 제사를 지낼 때 드는 비용으로 사용했다.

어머니는 이미 팔은 땅의 내용을 알면서도 못내 아쉬워서 묻고 묻고 또 물었다. 우리를 고향과 묶어 놓았던 논과 밭이 없어졌기 때문이다. 다시는 돌아갈 수 없는 길로 접어들었기 때문이다. 저수지 대신에 받았던 밭도 사라졌고, 관광버스를 보면서 꿈을 꾸었던 논도 사라졌다. 고향을 기억하게 했던 근거가 허공에 떠버린 것이었다. 고향에게 우리는 문밖에 있는 사람이 되고 말았다.

돈이 들어오면서 부모님의 대화가 잦고 길어졌다. 오랜만에 싸움이 아닌 즐거운 담소가 오고 갔다. 우리는 대화에 끼지 못했지만 좋은 방향으로 쓰여질 것이고, 희망을 줄 것이라는 기대를 가질 수 있었다. 와이셔츠 곽에 담겨있는 많은 돈이 만들어낼 기적을 상상해 봤다. 이곳 분위기에 어울리도록 한 발 더 다가가는 기회가 되길 바랐다.

예상대로 좋은 일이 생겼다. 이사를 갔다. 아버지는 이사 갈 집 계약을 해놓은 상태였다. 새 집에 들어간다는 설렘으로 마음이 뿌듯했고 그곳에서 살아가는 기분을 미리 댕겨 기분을 냈다. 판자촌을 떠나는 아쉬움은 결코 없었다. 이제야 떠나고 싶은 이곳을 떠날 수 있구나 하는 안도감마저 생겼다. 고향을 떠나오면서 미련을 버렸듯이 이곳 판자촌의 흔적을 가능한 한 빨리 지워버리고 싶었다.

이사갈 집은 그리 멀지 않은 곳에 있었다. 높은 담 벼락이나 장식이 있는 큰 대문은 아니었지만 어엿한 기와지붕, 작은 대문, 방 세 개, 거실, 지하창고, 부엌 둘, 가게 터와 딸린 방 등이 있었다. 앞에는 넓은 도로가 있었고, 집과 도로 사이에는 완충지역이 있어 부지런하게 쓸고 정리하다보면, 우리 집 마당처럼 정이 들것 같은 생각이 들었다.

이웃집은 목수 일을 하는 마음씨 좋은 젊은 부부와 아이 둘이 살았다. 동향이라고 해서 종종 찾아왔고, 음식을 나눠주는 정이 많은 사람이었다. 그 옆집은 자전거 수리점을 했다. 아저씨는 몸이 불편하고 키가 작았다. 오밀조밀하게 생긴 얼굴이었지만 미남 측에 속했다. 아주머니는 키가 커서 매우 대조적이었다. 남자아이 둘을 키우면서 싱글벙글 유쾌하게 지냈다.

우리 집 가게 터는 막 결혼한 신혼부부에게 세를 주었다. 신랑은 약간 험하게 생겼고 말투도 강했다. 색시는 조용한 말씨에 언제나 웃는 모습으로 대했다. 가게에는 농산물부터 장난감까지 두루두루 갖춰지면서 꽤 번성했다. 색시는 아이가 많은 우리 집 사정을 알고 가끔 신랑 몰래 과자나 아이스크림을 넣어주는 것을 잊지 않았다.

가게를 보면서 판자촌에서 붙었던 '크림빵 도둑놈' 이라는 기억이 떠올랐다. 가게를 하면 앞으로는 절대로 도둑놈이 되지 않을 텐데라는 아쉬움이 남았다. 어머니는 아버지의 결정에 대해서 강하게 불만을 품었다. 아이들도 많고 뚜렷한 직업이 없는 우리 집 형편이어서 "가게를 해야한다."고 강하게 주장을 했다. 그 말은 백번 맞는 말이었다. "사업을 하기 위해 가게 터를 내주었다."라고 했다.

아버지는 가게 터를 내주고 큰 방을 이용해서 하숙을 시작했다. 근처에 있는 유리공장에서 일하는 젊은 사람들을 대상으로 했다. 약간 믿음이 가지는 않았지만 그곳의 공장장과 합의를 하면서 시작했다. 공장에 다니는 젊은 사람들에게 잠자리와 식사를 제공하는 조건이었다. 우리형제는 쓰던 방을 억지로 넘겨주고, 거실 밑에 있는 지하실에서 생활했다.

새집에 젊은 사람들이 들어오면서 생기가 돌았지만 방과 음식을 빼앗긴다는 생각에 걱정과 조바심이 생겼다. 우리 형제는 속도 모르고 하숙에 대해서 강하게 불만을 가졌다. 그리고 하는 일이 험해서 그런지 말씨들이 사나웠고, 성질을 내고 싸움을 하기도 했다. 방은 항상 지저분하게 썼기에 종종 방 정리와 청소를 해주었다.

하숙생들이 장난을 쳐도 달가워하지 않았다. 어느 하나 맘에 드는 것이 없었다. 이야기나 웃는 소리도 싫었고, 그들이 드나드는 것조차도 싫었다. '식사하라.'는 말도 퉁명스럽게 전했다. 돈을 벌기 위한 사업이니 모든 것을 감내할 수밖에 없었다. 그럼에도 불구하고 우리에게 하숙은 걱정과 근심 그 자체였다.

한 달이 지나 돈을 받을 때가 됐다. 공장장에게 찾아갔지만 옥신각신 말싸움을 하면서 아버지가 공장 밖으로 나왔다. 하숙하던 몇 명이 돈도 내지 않고 사라졌던 것이다. 생판을 깔고 날라버렸다. 남아 있는 사람들도 돈이 없어 외상이라고 했다. 예상하지 못한 상황이 벌어지고 말았다.

아버지는 조용조용 따졌지만, 어머니는 공장장의 면상에 대고 "돈내!"라고 소리를 쳤다. 공장장은 "아이참 내가 밥을 먹었어, 잠을 잤어. 그 놈들이 도망간 것을 어떻게 해!"라고 나몰라라 했다. 남아있는 사람도 가불을 하여 남은 월급도 없었다. 맘먹고 시작한 하숙이 공수표가 되어 버렸다. 외상을 대준 가게집까지 피해를 입었다.

새집으로 이사하며 시작한 하숙은 반강제적으로 접고 말았다. 아버지는 아침만 되면 어디론가 갔다. 어머니는 아침만 되면 어디로 가야할 지 몰라서 망설였다. 아버지는 남아 있던 돈으로 택시 사업을 시작했다. 택시 두 대와 운전수 두 명으로 시작했다.

나는 타 본 적이 없는 택시를 보면서 즐거워했다. 희망을 실어다 줄 것같은 생각이 들었다. 택시 사업은 생각보다 잘되고 있는 것 같았다. 집에 돈이 보이기 시작했고, 아버지와 어머니가 활기를 되찾았다. 접촉사고나 자동차 수리비가 들어갔지만, 고정적으로 수입이 생기면서 가정경제도 정상으로 돌아갔다. 아버지는 생활에 필요한 만큼 돈을 갔다 주었다.

비로소 어머니는 당당하게 전업주부로서 집을 지키는 입장이 됐다. 오랜 기간 가정을 지켜온 습관 때문인지 쉬는 것이 익숙하지 않다고 계속 움직였다. 억척스럽게 잘 버틴 결과로 우리는 각자 자기의 자리에 있게 되었다. 사업이 잘 되면서 걱정도 사라졌고, 모두가 자신의 길을 서슴없이 가고 있었다. 우리 집에 평화와 평온이 찾아온 것임에는 틀림이 없었다.

평화는 전쟁의 전조현상이고 전쟁은 평화의 전조현상이다. 행복은 불행의 전조현상이고 불행은 행복의 전조현상이다. 출발은 매듭의 전조현상이고 매듭은 출발의 전조현상이다. 가는 것은 오는 것의 전조현상이고 오는 것은 가는 것의 전조현상이다. 녹색신호등은 적색신호등의 전조현상이고 적색신호등은 녹색신호등의 전조현상이다. 세상에서 숨어서 작동하며 돌아가는 전조현상이 우리 집에서 일어나고 말았다.

이따금 무슨 일인지 알 수 없었지만 옥신각신하는 일이 벌어지기 시작했다. 삐걱거리는 소리가 나는 듯했다. 어머니는 생활비라고 주는 돈을 받으면서도 걱정하는 모습이 역력했다. 대화 속에서 자주 오가는 말이 '하지 말어, 그만둬.'라는 소리였다. 택시사업을 하지말라는 소리인지 그만두라는 소리인지 알 수 없었다. 아버지는 "알았어, 이번만이야, 마지막이야."라는 말만 반복하고 사라졌다. 그런 소동이 종종 벌어졌지만 이내 조용해지곤 했다.

그러던 어느 날 해가 넘어갈 때쯤 집에 와보니 낯선 사람들이 집을 뒤집어 놓았다. 그들은 "돈을 달라."고 고함을 쳤다. 그 순간 갑자기 시골집에서 돈을 달라던 오토바이 노름꾼이 생각났다. 오싹하고 섬뜩했다. 아버지는 보이지 않았고 어머니는 "가, 돈 없어."라고 울부짖었다. 형은 참다못해 보도블록을 깬 조각을 손에 들고 남자들을 향해 "개세끼들.. 꺼져!"라며 팔팔 뛰었다.

나는 형의 몸을 잡고 "형! 형!" 이라고 외쳤다. 손에 든 보도블록 조각이 남자들을 향해 날아갔다. 순식간에 벌어졌지만 다행인지 불행인지 맞은 사람은 없었다. 다시 남자들을 노려보고 격앙된 목소리로 울부짖었다. "어디 돈 가져가봐, 죽여 버리겠다."고 소리를 쳤다. 남자들은 덩치가 좋은 형의 모습을 보고 뒷걸음질쳤다.

나는 시골에서 감자꽃 필 무렵에 사라진 아버지가 떠올랐다. 택시사업은 고용된 운전사들이 사고를 쳤다고 속이고 돈을 뜯어내기 시작하면서 기울어졌다. 확인도 안하고 그들의 말에 속아 계속해서 돈을 대주었다. 택시사업을 유지하기 위해 급기야 노름에 손을 댔고 다시 노름꾼들에게 속아 빚을 지고 말았다. 갚아야 하는 날이 다가오자 할 수 없이 다시 튀었다.

노름돈만이 아니었다. 겨우 터를 잡아 살던 집도 은행에 잡혀 내줘야 하는 상황이 됐다. 택시사업을 하면서 융자를 했던 것이다. 집과 함께 찾아온 정상과 평화가 다시 꼬꾸라졌다. 다니던 학교도 날아갈 판이었다. 깊이를 알지 못하는 구덩이에 빠지고 말았다. 가족공동체가 해체되는 위기에 몰렸다. 가야할 길이 보였지만 갈 수 없는 길로 다가왔다. 행복의 꽃이 필 무렵에 풍전등화와 같은 운명이 다시 찾아왔다.

행복이란 그렇게 짧게 머물다 가는 것이고, 불행은 자주 오는 것이다. 행복은 희미하게 왔지만 불행은 확실하게 왔다. 행복은 순간적으로 만끽할 수 있었지만 불행은 길고 지루하게 뼛속을 헤집어 놓았다. 눈을 감으면 행복과 불행의 차이가 없었다. 눈뜨고 움직이면 행복과 불행의 차이가 확실하게 다가왔다. 그렇다고 눈을 감고 있을 수는 없는 노릇이었다. 불행의 밑바닥에 밀착해서 붙어있는 행복을 끄집어 올려야 했다.

우리가 사는 세상에서는 사람이 사람을 속이고 사람이 사람에게 속는다. 속이는 사람은 이익이 남기에 속이는 것이고, 속는 사람은 속기 때문에 손실을 보는 것이다. 속이는 자와 속는 자 중에 누가 더 나쁜 것일까? 객관적으로 보면, 속이는 자는 악인이고 속는 자는 그렇지 않다. 속이는 자는 부당이득을 보기 때문에 악인이고, 속는 자는 부당하게 손실을 보기에 악인은 아니다. 그렇다고 속는 자가 선인은 아니다.

모두 부정적인 결과를 초래한다는 점에서, 피해의 결과에 대해서 책임을 져야 한다는 점에서 동일하다. 속이는 사람은 속이기 위해 그와 관련된 모든 것을 포기해야 한다. 속여 얻은 이익과 속여 놓치는 이익을 비교해서 자행한 결과이다. 속는 사람은 속이는 사람을 잃고 속이는 사람이 속인 내용을 잃게 된다. 속이는 자는 미래적 상처를, 속는 자는 현실적 상처를 받는다. 속이는 자와 속는 자가 겪는 숙명인지도 모른다.

결단코 돈이 사람을 속이거나 약속을 어기는 것은 아니다. 분명한 것은 돈이 있어도 약속을 어기고 돈이 없어도 약속을 어기는 사람이 문제다. 사람이 돈을 통해 사람을 갖고 노는 것이다. 사람과 사람 사이를 끈끈하게 맺어주는 연결고리도 돈이다. 반대로 사람과 사람을 갈라놓거나 배신하게 하는 매개체도 돈이다. 돈이 개입되는 인간관계가 좋지 않은 결말로 끝나버리는 이유이다.

일반적으로 돈을 가지고 있는 사람은 강자이고, 갖지 않은 사람은 약자이다. 돈을 갚아야 하는 사람은 강자이고 받을 사람은 약자가 된다. 돈이 만들어 내는 아이러니이고 돈이 부리는 재주이고 농간이다. 돈이 갖고 있는 힘을 잘 알고 있기 때문에 벌어지는 현상이다. 누구나 힘이 있는 돈을 갖기를 원하기 때문에 기꺼이 경쟁을 하고, 사기를 치고, 속이고, 약속을 깨는 것이다. 그래서 돈을 버는 것이 어렵다.

약속은 지키는 것에 의미를 두고 하지만 실제로 어기는 일이 있어 약속하는 것이다. 그렇다면 약속에는 이미 어긴다는 전제가 담겨있다. 약속하는 과정에서 아쉬운 사람이 을이 되고 아쉽지 않은 사람이 갑이 된다. 약속에서 아쉬운 사람이 약자이고 아쉽지 않은 사람이 강자이기 때문이다. 그러나 약속은 어기는데 가치가 있는 것이 아니라 지키는데 가치가 있다는 것을 부정할 수 없다.

우리 집은 돈, 사람, 약속 등에 원활하게 적응하지 못하고, 잘 지켜지지 않아 위기에 빠졌다. 새집과 사업으로 희망을 걸었지만 여지없이 무너져 약자가 됐고, 을이 됐고, 손실을 보는 입장이 됐다. 우리 가족의 얼굴에는 웃을 수 있는 조금의 여지나 여유가 없었다. 희망을 갖으면 가치를 얻고, 버리면 가치를 잃는다. 희망은 커져가면서 가치가 높아지고, 작아지면서 가치도 낮아진다. 우리 집이 희망을 갖고 키워가야 하는 이유였다.

11. 역사에 갇힌 청춘

우리는 난생처음 정상이라는 새로운 길을 밟으며 출발했다. 부가 부를 부르고 부자가 부자를 좋아하는 심정을 가슴에 안고 밀려오는 풍요로움을 만끽하려고 애를 썼다. 많은 돈이 들어와 펑펑 사용한 것은 아니지만 각자의 자리와 위치에 맞게 아버지가 주는 용돈을 받는 아주 정상적인 가족 간의 돈거래가 이루어지고 있어 행복했다.

형은 고등학교에 진학해서 야구선수로 활약했다. 형과 나는 찰거머리처럼 붙어 다녔던 시절을 까맣게 잊어버렸고, 각각 자신의 길을 선택해서 가고 있었다. 가족이라는 접점에 있으면서 형은 운동선수로 나는 운동이 아닌 다른 길을 걸었다. 각자 도생해서 살아야 하는 상황이 됐다. 가끔 서로의 길을 격려해주는 정도의 관계가 유지되었다.

형은 여전히 학교에서 인기가 있었다. 중요한 시합이 있으면 합숙을 해서 집을 비우는 경우가 많아졌다. 유명한 야구선수였던 감독이 새로 부임하면서 점차 야구 명문고로 명성을 얻기 시작했다. 야구부에 들어간 후 공식적인 시합이든 비공식적인 시합이든 우리는 본적이 없었다. 전도가 유망한 선수가 될 것이라는 소문을 들었을 뿐이다.

시합이 없는 날이면 사귀는 여학생 몫의 도시락을 가지고 갔다. 동갑내기였고 서로 좋아하는 눈치였다. 형은 잘하던 공부의 길을 버리고 스포츠 선수라는 낯설었지만 새로운 선택을 통해서 자기의 역사를 그리려고 했는지도 모른다. 길고 지루하게 이어질 공부의 세계보다는 짧고 굵게 승부를 낼 수 있는 스포츠를 선택한 것은 현실주의자이며 실용주의자였던 형에게 오히려 잘 어울리는 미래직업이었다는 생각이 들었다.

나도 인생 전환을 위해 선택을 하는데 욕심을 냈다. 부모님이 적극적으로 추천한 곳이 있었지만 욕심을 채우는데 부적합하다고 판단했다. 나는 짧고 굵게 승부를 내기보다는 지루하지만 길고 가늘게 승부를 가져가는 선택을 하고 싶었다. 쉼없이 인내를 갖고 가는 길을 좋아했다. 집에서 반대했던 학교에 들어가 대학에 들어간다는 계획이었다.

부모님에게는 '졸업한 이후 스스로 책임을 지겠다.'는 약속도 했다. 인생을 바꿀 수 있다는 보장도 할 수 없는 어려운 선택을 하고 말았다. 미래는 다가서는 것이며 다가가는 것이지만 반드시 희망만을 갖고 오가는 존재가 아니다. 꿈은 꿈일 뿐 꼭 실현되는 것은 아니다. 나는 엉클어지고 뭉뚱그려진 희망에 기초해서 남들이 가고 있는 정상이라고 하는 길 위에 겨우 발을 얹어 놓았다.

동생은 사치스럽고 화려한 사립중학교에 입학했다. 전통에 따라 운동화가 아닌 단화를 신고 다녔고 디자인이 예쁜 교복과 모자를 착용했다. 동생도 좋아했고 부모님도 공인된 중학교를 다닐 수 있게 되어 만족했다. 어엿하고 당당한 중학생이 된 것을 천만다행이라고 생각했다. 위축되었고 무엇인가 부족했던 모습에서 해방되는 듯했다. 우리는 그렇게 정상이라는 길을 걷고 있었다.

그러나 우리는 정상이라는 평범한 상황에 올라 맛을 한참 만끽하는 시점에서 벼락과 같은 충격을 맞아 토해내고 말았다. 아버지가 운영하던 택시 사업이 실패했기 때문이다. 우리는 할 수 없이 살던 집을 내주고 생계 피난을 갔다. 방과 부엌 하나, 가게 터가 있는 작은 집으로 이사를 했다. 원점에서 시작해야 하는 상황이어서 에너지를 끌어다 써야 했지만 남아있는 여분의 힘이 없었다.

제일 먼저 형이 움직였다. 고등학교를 자퇴한 후 동네 아저씨의 소개로 작은 호텔에 취직하고 집을 떠나 그곳에서 거주했다. 형은 근무하는 호텔 맨 위층에서 혼자서 생활했다. 깔끔하게 일처리를 하고 열심히 해서 사장님과 선배들로부터 신임을 받았다. 이때부터 형은 학교를 다니는 것과 야구선수가 되는 것을 포기하고 다른 꿈을 가졌다.

형은 갑자기 영화에 관심을 보였고, 감동을 받은 작품과 주인공에 대해서 이야기를 해주었다. 자주 이야기를 하는 과정에서 '로키'에 대한 환상을 가졌다. 영화 로키와 주인공 실베스터 스탤론이라는 배우를 롤모델로 했고, 그와 같은 배우가 되려는 꿈을 가졌다. 연기와 시나리오를 공부하면서 오디션에 나가기도 했다. 꿈을 실현하기 위해 영화사가 주최하는 배우 오디션에 응모를 하는 가운데 영화사에 픽업되어 배우로 적을 올렸다.

이후 배우로 데뷔하기 위해 다양한 준비와 도전을 이어갔다. 자신에게 삶의 의미를 찾게 해주었기 때문에 매우 적극적으로 대응했다. 그러나 영화배우로 데뷔하는 데는 많은 물적 조건과 인적 조건이 필요했다. 꿈이 가까워지는 듯했지만 상황은 어려웠다. 데뷔하기 위해서는 '연줄과 돈이 필요하다.'고 했다. 돌파구로 시나리오를 쓰면서 다각적으로 노력했지만 데뷔를 하지 못하고 군입대를 하게 되었다.

명문중학교에 다니던 동생도 상황이 급변했다. 학교에서

부모님을 소환했다. 나는 부모님을 대신해서 담임선생님을 만났다. 내 교복을 알아보고는 자기가 고교 선배라고 하면서 안심시키고 동생의 학교생활에 대해서 자세하게 말해 주었다. 동생이 학교에 적응하지 못한다는 전언이었다.

부모님께 말을 전했지만 아무런 대응이나 대답이 없었다. 이 사실을 알고 동생은 "학교 가기 싫어."라고 폭탄선언을 했다. 오랫동안 생각해온 듯한 말이라는 것을 직감했다. 동생의 말을 강하게 부정하였지만 동생은 스스로 매듭을 지었다. 형처럼 동생도 자퇴하고 현실이라는 세계에 몸을 던져 버리고 말았다. 어린 나이였지만 안경점에 취직을 해 그곳에서 기거를 하며 생활했다.

나는 학교의 끈만은 절대로 놓을 수 없다고 다짐하고 다짐했다. 처음이자 마지막으로 주어진 정상으로 가는 길이라는 생각을 지울 수가 없었고, 포기할 수 없었다. 그것만은 양보할 수 없었고 여기에서 주저앉을 수 없었다. 형과 동생이 떠나버린 쓸쓸한 집, 절박함을 담은 통학과 불안한 가정, 흔들거리는 아버지, 체념해 버린 어머니 모습 등이 발길을 잡고 앞을 막고 있었지만 눈을 딱 감고 입을 꽉 다물며 걸어갔다. 나는 흔들림에 놀아날 수 없었고, 여기에서 멈출 수가 없었다.

내가 다니던 학교는 서울 한복판에 있었고, 오랜 전통과 명문 냄새가 많이 나는 곳이었다. 학교로 가는 길 양쪽에는 가로수가 조성되어 있어 따라만 가면됐다. 따라가다 보면, 양쪽에는 최고의 명문대학이 고풍스러운 자태로 엄숙하게 버티고 있었다. 오랜 세월의 전통과 명성으로 쌓인 무게에 눌렸지만 그 압박으로부터 벗어나고 싶지 않았다.

왼쪽에는 의대가 있었고, 오른쪽으로는 문리대가 있어 어느 쪽으로 갈 것인가는 걸어가는 길이어서 자유롭게 선택할 수 있었다. 환상적이고 매력이 있는 거리였고 건물이어서 지나기만 해도 어깨가 펴지고 가슴이 뻥 뚫리는 기분 좋은 거리였다.

그곳을 지나가면 옛부터 조성된 고풍스러운 전통 가옥이 즐비하게 늘어선 주택가가 나왔다. 선비 냄새가 물씬 풍겨 차분한 분위기를 만끽할 수 있게 해주었다. 매끈거리는 큰 대문을 보면서 '옛날에 한 가닥한 인물이 살던 집이 아닐까?'라는 추측을 하면서 지나갔다. 좁은 길이었고, 많은 사람이 보이지 않았지만 품위가 있는 거리와 집들이었다.

학교에 들어서면 거대한 느티나무들이 서서 눈길을 빼앗아 갔다. 잠시 분위기에 압도당하다 보면, 밴드실에서 울어대는 음악 소리가 들렸다. 그것도 잠시 운동장에서 야구 연습을 하며 질러대는 고함 소리에 묻히고 말았다. 귓가에 이명이 가시고 나면 육중하게 밑을 내려다보는 본관이 나왔다. 이렇게 나는 매혹적인 정상의 길을 가고 있었다.

좋은 대학이 길목에 있고, 좋은 가옥들이 있고, 좋은 학교가 있어 만족했다. 이 환경에 더 이상 욕심이 없었다. 지금까지의 인생에서 이렇게 흥분할 일로 가득했고, 화려하며 알차게 그려지고 있는 그림들이 나를 둘러싼 적이 없었다. 한편으로는 '이렇게 완벽한 환경에서 버텨내어 명성에 맞는 미래를 만들어 갈 수 있을까?'라는 걱정이 생겼다.

오늘은 실력을 점검하는 날이었다. 높은 수준과 근접하기 어려웠던 시험에 그만 울고 말았다. 좋았던 것들이 갑자기 무서워졌다. 지금까지 해왔던 것이 허업이라는 생각이 들면서 공포로 다가왔다. 그동안 남모르게 성장시켜온 자부심이 산산조각 나버렸다. 자신감으로 똘똘 뭉쳐진 자신의 모습이 너무 초라해졌고, 스르르 녹아 흔적 없이 사라졌다.

나는 당장 무엇을 해야 할지, 그리고 어떻게 해야하는지 모르는 상황에 처해 있었다. 다만 여기서 물설 수 없다는 생각만을 했다. 그렇게 불안에 떨면서 학교생활은 본격적으로 시작됐다. 엎친데 덥친격으로 고질적인 문제가 다시 발생했다. 수업료를 내지 못해 급기야 제적되는 상황으로 몰렸다. 알았으면서도, 알렸으면서도 대응이 안됐다.

이 문제는 우리 집이 해결할 수 있는 범위를 넘어섰고, 더욱이 스스로 해결할 수 없는 것이었다. 사촌형에게 부탁을 하기 위해 찾아갔다. 집 사정을 너무 잘 알고 있었기 때문에 잠시 생각에 잠기더니 단호하게 “한 번으로 끝날 일이 아닌 것 같아.”라고 말했다. 학교를 그만두고 다른 방향을 생각해 보라는 의견이었다. 냉정한 판단이었고, 옳은 대안이라고 생각했다. 그러나 내가 원하는 해결안은 아니었기에 아무 말도 하지 않고 돌아섰다.

공부도 중요했지만 학교에 적을 두는 것이 무엇보다 중요해졌다. 집에서 가까운 공장을 찾았다. 저녁 여덟 시에 출근해서 아침 여섯 시에 퇴근하는 곳이었다. 낮 시간을 활용할 수 있어 그나마 다행스러웠다. 공장에는 고무가루를 뒤집어쓰고 형태를 찍어내는 사람, 나처럼 제품의 완성도를 높이는 사람, 완성품을 판매하는 사람, 공원을 관리하고 감독하는 사람, 사장이라며 격려하는 사람 등이 고무바킹에 의존해서 살고 있었다. 자그만 공장이지만 역할과 위치가 잘 정리된 계급사회였다.

거기에는 사정이 비슷한 학생공원도 많이 있었다. 혼자만이 겪는 것이 아니라는 것을 알았다. 학교 친구들의 얼굴보다는 이미 삶의 동료가 되어가고 있는 그들에게 친밀감을 느끼기 시작했다. 그들을 보면서도 ‘여기에서 멈추면 안돼!’라는 속삭임이 머리에서 떠나지 않았다. 학교에 다닐 수 있다는 사실에 만족했고, 이중생활에도 익숙해져갔다.

그러나 학교생활은 롤러코스터를 타고 있었다. 루저가 되어 가고 있는 것이 분명해졌다. 이번 터널은 간단하게 지나갈 수 없는 길고 좁은 터널이었다. 정상으로 알고 들어는 갔지만 알면서도 극복하기 어려운 장애물이 많아 빠져나오기 힘든 곳이었다. 나에게는 고집스럽게 지켜낸 학교를 그만두는 시점만이 기다리고 있었다.

담임선생님은 국어를 담당했다. 명문대 국문학과를 나온 것을 자랑으로 알고 학생을 가르치고 있다는 사실에 큰 자부심을 가졌다. 교무실에 몇 번이나 불려갔기에 나의 처지와 사정을 잘 알고 있었다. 불려갈 때면, 알면서도 "왔니?"라고 한마디 했을 뿐이었다. 답을 달라고도 하지 않았다. 잠시 앉아 있다 인사를 하고 제자리로 돌아오면 됐다.

나는 '결판을 내야 한다.'는 생각에 선생님을 찾아갔다. 학교를 떠나고 싶다는 말을 전하기 위해서였다. 선생님은 아마도 눈치를 챈 것 같았다. 자신이 겪어온 삶의 보따리를 풀었다. 웃음 뒤에 숨겨두었던 과거를 하나하나 헤집었다. 찢어지게 가난해 망설이면서도 억지로 끌어왔다는 것이었다. 대학에 합격하고도 등록금이 없어 아버지 친구의 딸 결혼반지를 팔아 등록을 했다는 것이었다.

선생님은 "여기서 그만둔다고 해결되지 않아, 떠나면 원점에서 다시 시작해야 해, 힘내!"라고 강한 어조로 말을 했다. 그것이 선생님이 내게 준 첫 번째 선물이었다. 그만두는 상황을 수용하는 것은 매우 쉽지만 가치를 잃는 것이다. 그만두는 상황을 끌어가는 것은 매우 어렵지만 가치를 갖는 것이다.

선생님은 두 번째 선물을 준비했다. 학생들에게 쌀 모으기를 제안했다. 급히 도와줄 곳이 생겼다는 변명이었다. '나보다 어려운 학생이 있구나!' 하면서 쌀을 가지고 갔다. 선생님과 친구들이 모은 쌀은 제법됐다. 종례 시간이 끝나고 선생님은 나에게 "보자"고 했다. 예감이 좋지 않았다. 혹시 그 주인공이 '나인가?'라는 생각이 들었다. 도망치고 싶었고, 고맙기보다는 원망스러웠다.

뒤도 보지 않고 교실을 나가려고 했다. 당황한 선생님은 나를 잡았다. "미안해 하지 말고 가져가, 나도 그랬어."라고 말했다. 듣는 순간 현기증이 났고, 얼굴이 달아오르고 말을 잃어버렸다. 하늘이 무너지는 것 같았다. 쌀과 나의 자존심을 교환할 수는 없었다. 자존심 하나로 버티고 있었는데 그것마저도 무너지고 있다는 생각이 들었다.

선생님은 빙그레 웃으시며 "다 흑역사가 있다, 너도 지금 역사를 만들어 가고 있는 중이다."라고 했다. 같은 지역에 사는 친구에게 "같이 가거라."하고 교무실로 갔다. 쌀의 무게를 느끼지 못한 채 선생님과 친구들의 존재가 너무 무겁게 느껴졌다. 나만이 알고 있는 사정을 모든 친구들이 알게 됐다는 사실이 고스란히 짐으로 쌓여 짓눌렀다.

동행하는 친구도 그리 넉넉하지 않다는 것을 알고 있었기에 "야 기왕 이렇게 된 것 반띵 하자."라고 말했다. 친구를 돕기보다는 같은 처지가 되었으면 하는 바람이었다. 그 친구는 "됐어, 맘 편하게 가져가."라고 하며 앞서 갔다.

대형사건이 터진 후 그 상황에 대해서 아무도 말을 하지 않았다. 친구들의 눈이 무서워졌다. 가깝게 지내는 친구에게도 말을 걸지 못했다. 친구가 그렇게 어려운 사람인 줄 미처 알지 못했다. 친구(親舊)는 오래 알아 친한 사이를 말한다. 앞으로도 끌어가기 위해서는 모두 까발리기보다는 비밀 하나쯤은 가져가야 하는 사이인지도 모른다. 최고의 비밀이 탄로나 친구를 잃는 상황이 된 것같았다.

나는 분명히 공부에도 밀려, 부에서도 밀려, 자신감도 밀려, 나아가는 추진력도 밀렸다. 오로지 다른 친구보다 아침 일찍 학교에 와서 자리를 지키는 것만 밀리지 않았을 뿐이다. 지금 밀리는 현상이 인생마저도 밀리는 상황으로 전개될 것이라는 생각을 하면서도 답을 내지 못한 채 학창 시절은 멈추지 않는 기관차처럼 빠른 속도로 지나갔다.

겨울방학에 들어갔다. 힘도 잃고, 희망도 희미해지는 상황이었다. 갑자기 내 발길은 집으로 향하지 않고 나름대로 화려하게 보냈던 옛날학교로 가고 있었다. 선생님은 반갑게 맞아주며 학교생활을 기대했는지 "성적은 좋으니?"라고 직격탄을 날렸다. "수재들만 모여있어 따라가기 바빠요."라고 말하고 심경과 사정을 폭로하지 않았다.

선생님은 잘 나가는 선배가 왔다고 학생들에게 소개했다. 그 순간 내가 설자리가 아니라고 생각했다. 머릿속에서는 성적들이 찡그린 얼굴을 하며 짝을 짓고 춤추고 있었다. 혼신을 다해 나를 흔들어 댔다. 정상이라는 길은 입구에서부터 가장 뒤처진 상황에서 출발한다는 사실을 이제야 깨닫고 있었다.

나도 졸지에 선배가 아니라 후배가 된 나에게 말을 했다. "죽어라 공부해도 공부하다 죽는 사람은 없다."라는 말이 튀쳐나왔다. "우물안 개구리는 그 우물을 벗어나야 더 큰 우물에 들어갈 수 있다."라고도 했다. 자신을 족치고 있었고, 채찍질하고 있었다. '자신의 실체를 은폐하지 말고, 허구로 가득찬 희망에 빠져있지 말라.'는 부메랑으로 돌아왔다.

집으로 돌아와 머리를 깎았다. 시골에서 저주할 만큼 싫어했고, 촌사람의 상징으로 여겼던 빡빡머리를 스스로 선택했다. 언제부턴가 나의 마음속에 자리잡고 있었던 언어들을 나열해 보았다. '일찍, 제일, 먼저, 앞, 우선, 부, 우수, 일등, 잘, 열심히, 성공, 출세' 등과 같은 언어들이 스쳐 갔다. 그것들의 노예가 되기로 마음을 먹었다.

나는 절뚝거리며 인생을 걷고 있는 내 모습에 연민을 느꼈다. 노력하는데 머물기보다는 성공하는 노력이 필요하다는 생각이 들었다. 어느 날 학교 옆 여고의 교복을 입고 목발에 의지해서 걸어가는 여학생이 눈에 들어왔다. 목발에 걸려있는 가방은 발길에 따라 움직였다. 나의 발걸음이 그 학생에게 가까워지면서 학교까지는 멀다는 것을 알았기에 지나쳐야 하는지 가방을 들어주어야 하는지 망설였다.

지나칠 수 없어 다가가 "들어줄까요?"라고 하고 가방을 바라봤다. 그러나 그 학생은 쳐다보지도 않고 아무말없이 발걸음을 재촉했다. 그 순간 당황하면서 실수했다는 생각이 들었다. 그 학생의 하루를 망친 것 같았다. 쌀을 받았을 때 느꼈던 그런 자존심을 건드린 것은 아닌지 하는 생각에 후회를 하고 말았다. 나는 앞으로도 갈 수도 없었고 앞에 가는 모습을 보고만 있을 수도 없는 상황에 처했다.

멀어져 가는 모습을 보면서, '나의 상처가 더 아픈 것은 아닌지, 가고 있는 학생의 것보다도 더 튼튼한 목발이 필요한 것은 아닌지' 라는 생각이 들었다. 다음 날 미안한 마음이 들어서 일상과는 다르게 반대편 길을 선택해 걸었다. 그런데 앞에서 그녀가 걸어가고 있었다. 잘 보이지도 않도록, 안보이지도 않도록 발걸음을 늦췄다. 그 순간 '너의 목발이나 준비해 바보야.' 라는 말이 스쳐갔다.

출발점에서 생기는 긴장과 걱정은 행복의 또 다른 표현이다. 나는 학교에 처음 등교하는 날이 가장 행복한 날이었다. 그리고 여전히 친구로 남아 비밀이 불필요한 규신이를 알게 된 것이 행운이었다. 그는 부자이면서도 너그러우며 이해를 잘했다. 우리 집과 비교되면서 나는 규신이 집에 머무는 시간이 많아졌고, 집으로 향하는 마음이 상대적으로 적어졌다.

규신이는 음악을 좋아했다. 특히 팝송을 좋아해서 음대를 갖고 싶어 했다. 그러나 '먹고 살기 힘들다.'는 친구 아버지의 생각이 진로를 강하게 가로막았다. 뜻을 굽히지 않아 대립하고 있는 상황이었다. 친구와 나는 서로의 고민을 해주면서 '해도 된다.'는 결정을 내리곤 했다. 그러나 항상 답을 내지 못하고 고민하는 것에 머물렀다.

친구는 좋아하는 기타를 들고, 나는 가방을 들고 아무도 오지 않는 학교도서관에 몰래 들어갔다. 평일에는 도서관 자리싸움이 치열해서 좋은 자리를 차지하기 어려운 상황이었다. 일요일에 가면, 맘대로 골라 앉을 수 있고 기타를 칠 수 있어 재미가 있었다. 소음을 내도 방해하는 사람이 없어 자주 이용했다.

하루는 도서관의 정적을 깨는 소리가 들렸다. 창문이 열려 있었는지 참새 한 마리가 들어와 도서관 안을 숨차게 날아

다녔다. 창문으로 돌진하다 부딪치기도 했다. 어린 시절 참새를 잡았던 기억이 있어 잡기로 했다. 긴장한 친구와는 다르게 나는 느긋하게 이리저리 참새를 몰아 힘을 뺐다. 이윽고 지친 참새는 책상 위에 쓰러지듯 앉았다. 웃옷을 벗어 던져 참새를 덮고, 조심스럽게 손에 쥐었다.

잡는 순간 꿈틀거리는 심장 박동이 가슴팍에 갑자기 파고들었다. 서로의 심장이 찔러 피가 솟치는 것 같았다. 겁에 질린 참새의 심장은 나의 심장을 두들기고 있었다. 나의 심장은 참새의 심장에 의해 제압당하고 있었다. 손을 놓으라는 고동이었다. 세상이라는 손아귀에 잡혀있는 나의 헐떡임이었다. 잡았다는 기쁨보다는 잘못했다는 두려움이 밀려왔다. 생사의 기로에 서있는 참새의 심장은 나의 그것으로 전이되고 말았다.

비록 지금 나는 나를 꼭꼭 싸매 풀어주지 않는 세상과 싸울 수 있는 힘이 약해져있지만, 참새를 풀어 줄 수 있는 힘을 갖고 있다는 것을 느꼈다. 망설일 시간과 생각이 필요 없었다. 창문으로 다가가 정상의 자리로 돌아가도록 움켜지고 있던 날개를 놓았다. 해방은 전적으로 스스로의 힘으로 찾아야 하는 것이지만, 때로는 상대방이 놓아야 찾아지는 것이다.

여전히 나는 세상에 붙잡혀 공장과 학교생활을 동시에 진행하는 상황에서 벗어나지 못했다. 그래도 그만두지 않고 다니는 것만으로도 좋았다. 이대로는 좋은 출발을 할 수 없다는 사실도 분명하게 인지하고 있었고, 발등에 불이 떨어지는 것을 보고만 있다는 것도 알았다.

자신이 만들어온 결과에 관계 없이 어김없이 오는 것은 순간으로 이어진 시간이었다. 어김없이 가는 것은 시간으로 이어진 세월이었다. 다가오는 시간과 떠나가는 세월 속에서 고개를 내미는 것이 기회였다. 졸업이라는 매듭을 통해 얼굴을 내밀 기회를 엿볼 수밖에 없었다.

정상으로 돌아가는 날을 기약할 수 없었다. 또다시 밑에서 위를 바라보며 사는 입장이 됐다. 동력이 꺼져가고 있었고, 짊어질 삶의 무게를 지기엔 너무 허약했다. 한바탕 흔들림이 지나간 자리에서도 휴식하며 돌아볼 여유가 없었다. 몹시 위태롭게 생명줄을 조이고 있는 삶의 틈바구니에서 겨우 숨쉬기를 하고 있을 뿐이었다. 앞으로 가야 하는 길에 몸과 마음을 던지고 싶었지만, 가야할 길은 아주 멀리 있었다.

제3부

12. 구백구십구마리의 학

성장으로 이름으로, 도시화의 이름으로 건설 붐이 일어나 한강 주변에는 거대한 아파트단지가 조성되었다. 넓은 도로가 뚫리면서 정체되었던 도시도 마음도 한꺼번에 시원하게 뚫어주는 듯 했다. 더불어 민주화운동이 꿈틀대다가 폭발하기 시작했고, 거침없는 변화의 소용돌이로 서울의 얼굴이 얼룩지기 시작됐다. 나에게는 변화하고 있는 모습이 희망 그 자체였다.

아버지는 주택공사 산하 아파트관리실에서 일했다. 졸업을 앞둔 내게 "주택공사 윗분에게 말해놓았으니 면접을 보라."고 했다. 고교를 선택했을 때의 상황을 아버지는 잊고 있었다. 나는 해야할 일이 무엇인지를 분명하게 알고 있었기에 어떤 조건이든 따를 마음이 없었다. 좀 더 날아갈 수 있는 대학에 진학해야 한다는 생각만이 머릿속을 가득채웠다. 여기에서 방향을 돌릴 수는 없었다.

그러나 면접을 보는 것까지 거부할 수 없었다. 날짜가 정해져 사무실로 갔다. 우뚝 서있는 아파트 사이로 강한 바람이 불었다. 마치 오지 말라고 밀어내고 있는 듯한 바람이었다. 이 지역을 빨리 떠나라는 휘저음이었다. 불어오는 바람과 가고 싶지 않은 마음은 그렇게 소통하고 있었다. 사무실 주위에 버티고 서있던 황량함은 갈 곳을 잃은, 방향을 잃은 나를 더욱 흔들어 놓았다.

차가운 바람과 벌판을 뒤로 하고 무거운 마음으로 집에 왔다. 아버지와의 의견이나 집 사정과는 다른 결정을 내린 나의 마음을 전달했다. 욕심이 가득하고 이기적으로 내린 결정이었지만, 이 시점에서 생각을 다시 한번 정확하게 전달할 필요가 있었다. 폭탄선언을 하고 말았다.

"취직하지 않고 대학을 갈 겁니다."

"우리 형편에 무슨 놈의 대학이여. 형도 가지 않는 데 말이 돼?"

나는 말문이 막혀 움찔했다. 역시 형이나 동생에 대해서 언급을 하면 나도 할말이나 주장을 할 수 없었기 때문이다. 그러나 결심한 것을 대들듯이 독하게 말했다.

"제 인생을 책임질건가요?"

충돌상황은 그렇게 치달았지만 아무것도 정리되지 않았다. 다만 내 스스로 모든 것을 감당해야 하는 상황으로 흘러가 버렸다. 나와 가족 간에 미래를 둔 거래나 대화는 더 이상 진행되지 않았다. 일방적인 포기와 일방적인 지지도 없는 상태로 남아버렸다.

어머니가 운영하는 가게를 도우면서 목표를 향해 움직였다. 새벽에 오토바이를 타고 시장에 가서 물건을 사 진열해 주고 도서관으로 갔다. 시장 사람들은 세상 물정 모르는 나를 격려해 주었다. 그러나 내가 할 일이 아니라는 점과 부끄러워하는 마음, 있어야 할 곳이 아니고 활동할 장소가 아니라는 마음이 있었던 나에게는 아무런 도움이 되지 않았다. 감정을 적절하게 다스리고, 대화를 자제하며 집으로 줄행랑을 치곤했다. 나에게는 그들의 생업이나 활동이 눈에 들어오지 않았고, 중요하다고 생각하지도 않았다. 그저 '나는 달라야 한다.'는 욕심만을 키우고 있었다.

어머니가 가게를 꾸려가는 모습이나 시장 사람들이 물건을 거래하는 모습은 물러설 수 없는 삶의 투쟁이었다. 누군가를 위해서 목숨을 거는 행위라는 숭고한 아름다움이 있었지만 그것들의 진의를 깨닫지 못했다. 오로지 매순간마다 내가 가야 할 길이 아니라는 것만을 마음에 새겼다.

욕심나는 인생을 가슴속에 더욱 깊이 깊이 품었다. 대학에 들어가서 그럴듯한 직장을 다니는 가장이 되고, 평생 출근해서 일하고 봉급을 갔다주는 그런 생활을 그렸다. 이번 생애에서 끝낼 수 있을지 알지도 못하는 싸움을 시작했고, 잘 매듭이 지어지기를 바랐다.

스트레스를 주는 집으로부터 되도록 멀리 떨어져 공부했다. 아는 사람이 없는 곳에서 자유롭게 생각을 하고 싶었다. 도서관에 들어서니 자리를 꽉 매운 사람들이 무섭게 침묵하고 있었다. 움직이지도 않고 소음도 내지 않고 앉아 있었다. 넓은 공간만이 주인행세를 했다. 무엇인가를 열심히 하는 사람들이 모두 경쟁자처럼 보였다. 내 가슴에는 열심히 하는 사람을 칭찬하거나 눈만 돌리면 아름다움이 있는 공원을 즐길 수 있는 여유가 없었다.

집과 도서관을 왕복하는 낭인 생활이 일년 간 지속되는 가운데 가고 싶은 곳은 아니었지만 일단 적을 두고 인생을 준비할 수 있는 기회가 주어졌다. 그런 상황에 만족했다. 배우는 길목에서 단골 메뉴로 등장했던 돈 문제에 직면했다. 집에서는 '두 가지를 해주겠다.'고 했다. 하나는 최초의 입학금과 등록금을 대주고, 입학식에 입을 학생복을 사주겠다는 것이었다.

처음의 약속과는 다르게 좋은 조건이어서 수긍했다. 그러나 나는 양복을 사기를 원했다. 아버지가 젊었을 때부터 잘 입고 다니던 조끼가 달린 양복이었다. 아버지는 "형은 대학도 안가고 양복도 사준 적이 없어 사줄 수 없다."고 말했다. 마음에서 멀어져있던 형의 모습이 다가왔다. 미안함 때문에 더 이상 언급하지 않았다.

마음조이며 기죽었던 삶으로부터 해방될 수 있다고 생각할 수 있는 새로운 출발점에 서게 되었다. 어떻게 보면 다시 한번 동등하게 경쟁할 수 있는 기회를 잡은 것이다. 인생은 볶을 복이다. 차지하는 놈의 것이고 뺏는 놈의 것이다. 뒤처지면 뒤에서 놀아야 하고, 앞서면 앞에서 노는 것이 인생이고 삶이다. 이제 눈치 보지 않고, 쌀을 받지 않으며 당당하게 설 수 있다는 자신감이 생겼다. 거창한 출정식도 없었고, 종착역도 알지 못했지만 모든 것이 아름다웠다.

대학은 접근성이 좋은 데 있었다. 앞에는 웅장함과 화려함으로 소문난 건물과 대통령 선거유세를 했던 공원이 있었다. 주요경기를 하거나 대의원들이 대통령을 선출하기 위해 모였던 체육관도 있었다. 옆으로는 중심지로 통하는 도로와 인도가 있었고, 사시사철 시원한 공기와 푸르름을 제공하는 아름다운 산이 버티고 있었다. 내가 출발하고 있는 환경이 이 정도면 아방궁이나 다름없었다.

대학에는 신선하면서도 탁해진 복잡한 공기가 흐르고 있었다. 세파의 보호막이 될 수 있을 것이라는 믿음이 있어 신선했고, 바쁘게 움직이는 사람들이 품어내는 다급함은 마음을 복잡하게 만들었다. 캠퍼스 한 가운데를 지날때마다 세상의 중심에 서있다는 것을 알려주는 듯해서 가슴이 펴졌다. 주위에 있는 작은 연못과 분수를 지탱하기 위해 흘러들어와 흘러가고 있는 물줄기는 어딘가에서 왔다 어딘가로 사라지는 사람들의 운명을 이야기하고 있는 듯했다.

멀리 돌아서 이제야 서 있어야 할 곳에 선 느낌이 들었다. 그동안 세상에 묶여 발버둥치면서 벗어나려고 했던 몸서리와, 꼭꼭 숨겨놓고 내주지 않았던 나의 길을 찾아 헤맸던 간절함이 주르르 녹아내렸다. 자부심과 자신감을 해체하고 앗아 갔던 어지러운 기억들이 사라졌다. 짓누르고 있었던 과거를 한꺼번에 내려놓는 상쾌함이 들었다.

여기에 서있기 위해 아버지 가슴에 못을 박았고, 가족에서 부담을 주었다는 것을 생각하니 가슴이 아팠다. 그러나 화려한 족적을 남기지 않을지는 몰라도 적어도 자신이 그렸던 최상의 인생을 만들고 싶다는 마음만은 변함이 없었다. 그것은 순간적으로 생긴 발정이 아니라 오랫동안 키워 굳어진 용솟음이었다. 가족이 느꼈을지도 모르는 서운함을 대신하는 미안함이었고, 어려움에 굴하지 않기 위해 내안에 자리잡은 광기라는 생각이 들었다.

지금까지의 여정에서 나를 가장 고고하고 도도하게 만

든 기회였고 시기였다. 시대가 나를 안고 가는 느낌이 들었고, 순풍에 평온하게 항해하는 외롭지 않은 돛단배였다. 나는 가리지 않고 현실적이며 세속적 삶을 살찌우는 방향으로 내달렸고, 새롭게 다가오는 신문화에 빠져들었다. 이 곳에서 할 수 있는 것이나 이곳 사람들이 하는 것을 하나도 빠트리지 않고 하는 것이 목표였다.

제일 먼저 시작한 것이 미팅이었다. 유명한 여대에 다니는 학생들이었다. 자신감, 호기심, 조바심, 기대감, 설렘 등 복잡한 마음을 갖고 간 것도 아니었다. 무슨 옷을 입고 갈지, 무슨 이야기를 할지, 어떤 사람이 좋을지 등에는 관심이 없었다. 보통 대학생들이 하는 것이니 해야만 하는 것이며, 본인의 위치를 다지기 위한 의식에 불과했다.

이윽고 미팅 장소에 도착했다. 주최자는 여학생들이 오기 전에 자신이 갖고 있는 물건을 탁자 위에 놓으라고 했다. 여학생들의 선택을 받으면 파트너가 되는 방식이었다. 마음대로 고를 수 있는 그런 세계는 아니었다. 나는 가방, 책, 노트, 볼펜 등 밖에 없었다. 대학노트를 한 장 찢어 '비상'(飛翔)이라는 글귀를 쓰고 종이학을 접었다. 잘 생긴 학은 아니었지만 봐줄만 한 정도는 됐다.

여학생들이 들어서면서 겸연쩍은 인사를 나누고 책상 위의 물건을 고르는 시간이 됐다. 사람과 물건을 직접적으로 연결시키는 어떤 암시나 표시도 없었다. 그럼에도 불구하고 우리와 물건을 번갈아 뚫어지게 보고 있었다. 우리를 보는 그녀들을 보면서 스타일, 머리 모양, 피부, 생김새, 인상, 동작, 웃는 모습 등이 눈에 들어왔다.

배우자를 고르는 선도 아니었다. 좋은 사람을 골라내는 시합도 아니었다. 감각적으로 선호하는 물건을 고르면 됐다. 그녀들에게 선택의 자유가 주어졌다. 내가 선택하는 것은 나의 자유의지 행사이지만 선택받는 것은 상대방의 자유의지 행사이다. 그녀들이 행사하는 자유는 우리들이 자유를 접었기에 생긴 것이었다. 자유는 자유의 포기를 통해 얻는 것이다. 이전받은 자유와 이전한 자유가 똑같은 결과를 내는 것은 분명히 아니다.

그녀들이 좋은 물건을 선택했다고 해서 반드시 고르고 싶었던 사람을 선택한 것은 아니었다. 순간적으로 눈이 가는 학생이 있었다. 나를 보는 것인지 아닌지 판단이 안섰지만 이왕이면 눈길이 학에 머물기를 바랐다. 다행스럽게도 눈길이 갔던 그녀가 제일 먼저 고를 수 있는 선택권을 가졌다. 기회는 가장 넓게 온 것이었지만 확률은 가장 낮은 상황이었다. 그녀는 망설임 없이 학을 지나쳤다. 날아오거나 날아갈 기회가 사라지는 순간이었다.

각자 물건이 선택되면서 파트너가 결정됐다. 전혀 예기치 않은 학생이 학을 선택했다. 파트너가 이야기를 시작했다.

"왜 학을 놨어요?"

"어느 일본 작가가 쓴 소설에 학이 등장한 것이 떠올라 만들어 놨어요."

"소원이 이루어졌나요?"

"아직 구백 구십 구마리 남았어요."

그녀는 학을 날려 보냈다. 나를 날려 보낸 것인지, 꿈을 날려 보낸 것인지 의미를 알지 못했다. 마치 그녀는 학에 쓰여진 글자를 알고 있었던 것처럼 학을 날렸다. '비상'이라는 소원을 담은 학은 소원대로 날아갔기 때문에, 첫 미팅은 쓴 대로 바라는 대로 이루어졌다.

꿈은 날리는 것이 아니라 이루어지는 데 의미가 있고, 날개는 머무는 것이 아니라 나는 데 의미가 있는지도 모른다. 나는 이제 막 한 마리 학을 접었다. 앞으로 언제, 어디서, 어떻게 구백 구십 구마리를 접어갈지 궁금했다. 그리고 날지 못하거나 나를 떠나가는 학을 만들까봐 두렵기도 했다.

학이 운반하는 소원은 일방적으로 실현되는 것이 아니라 소원의 상대방도 움직여야 실현되는 그런 것이다. 상대방이 움직이지 않으면 움직이도록 하는 것이 지혜이고, 염원이고, 돈이고, 매력이고, 사기이고, 협박인지도 모른다. 기본적으로 소원은 기원하는 자의 것이지만, 이루어지게 하는 것은 소원을 틀어쥐고 있는 상대방의 몫이기도 하다.

그동안 마음을 억제하는 데 속박되는 데 익숙했던 나는 마음이 가는 대로 행동을 했다. 이탈을 염두에 둔 것은 아니었지만, 하고 싶은 것을 해보고 싶다는 마음으로 가득 찼다. 억제하지 않고 제지하지 않는 나를 통해 나를 보고 싶었다. 대학이라는 문을 통해서 움직이고 있는 나를 보고 싶었다. 여전히 문밖에서 서성이고 있는지 알고 싶었다.

나는 어린 시절 우리 마을에 와서 많은 것을 남겨놓고 갔던 대학생 선생님처럼 봉사활동이라는 것을 하게 됐다. 선생님의 마음을 알기 위한 시도도 있었지만, 그동안 시골을 떠나와 까맣게 잃어버린 시골 냄새가 그리웠기 때문이었다. 오랫동안 지워버려 잃어버린 고향의 향수를 느끼고 싶었다.

고속도로와 제3한강교 사이를 버스로 통학하면서 익혔던 말죽거리였다. 말죽거리에서 농사를 짓는 친구의 요청으로 이루어졌다. 논과 밭, 습지 등으로 덮여있던 강남이 개발되면서 아파트나 새 건물들이 많이 들어서고 있었다. 아직 말죽거리는 시골 냄새가 물신풍겼고 벼농사를 짓는 농사꾼이 살고 있었다.

우리는 벼를 베는 작업을 했다. 땅을 밟고 벼를 보는 순간, 눈으로 기억하고 있던 시골풍경과 마음에서 잊었던 고향이 생각났다. 누렇게 익은 벼가 황금빛으로 눈부시게 흔들거렸다. 황금색을 띤 벼의 흔들림이 아름다웠다. 알알이 맺힌 벼 이삭이 신선하게 다가왔다. 농사짓는 것이 죽도록 싫어서 떠났던 그 시절의 내가 벼를 마주하며 감탄을 하고 있었다.

몸으로 익혔던 낫질 솜씨가 나왔다. 매우 가볍게 경쾌한 리듬을 찾아가며 벼를 베었다. 그 시절 잘한다고 칭찬을 받거나 자신 있다고 한 적이 없었다. 가짜농부의 낫질은 쓱싹 쓱싹 가을을 베었고, 길을 안내하며 쓰러지는 벼를 따라 희열을 느끼며 앞으로 갔다. 자신을 위해 농사를 짓던 낫질과는 매우 달랐다.

오늘의 낫질은 분명 진짜 농부의 능숙한 손놀림과도 닮아 있었다. 의무와 봉사, 내 것과 남의 것, 해야 하는 것과 해주는 것의 차이였는지도 모른다. 현재의 내가 가짜 농부의 낫질에 감탄하고 있는 상황이 되었다. 가짜 농부의 마음과 진짜 농부의 마음이 확연하게 소통하는 가운데 벼 베기는 가볍고 즐겁게 마무리 되었다. 그렇게 하고 싶은 것 중에 또 하나가 지나갔다.

고교 시절 절친이었던 규신이는 결국 강한 반대로 음대를 포기하고 공대에 들어갔다. 우리는 당구도 치고 아버지가 마시던 술도 마셨다. 젊음이 있는 곳이나 음악이 흐르는 장소면 어디든 갔다. 사람이 개성을 갖고 자랑질을 하며 다니는 거리도 걸었다. 많은 것을 듣는 것이 그리고 다양한 곳을 걷는 것이 목적이고 의미였다.

자유로움을 어설프게 만끽하는 가운데서도 마음을 해방시키기 위해 무엇이든 했다. 돈으로부터의 자유, 해야할 것으로부터의 자유, 타인의 시선으로부터의 자유 등을 누리는 것이었다. 티켓을 갖지 않고 개찰구를 넘어 전철을 타기도 했다. 막차를 놓치면 지하철 입구에 앉아 기다렸다. 땅바닥에 자유롭게 앉는 친구와는 다르게, 나는 바닥에 앉지 못했다. 낮게 앉은 경험이 많았고, 올려다 보는 데 이골이 났기 때문이다.

규신이는 나의 행동을 이해하지 못했고, 이상하다고 생각하고 어디든 자기처럼 앉기를 바랐다.

"야 이리와, 앉아."

"아니야, 서 있는 것이 좋아."

여전히 나는 무엇인가가 마음과 행동을 짓누르고 있는 것으로부터 벗어나지 못했고, 현실의 삶을 자유롭게 살지 못하고 있었다. "야 일어나 가자." 라고 다그쳐도 친구는 앉아서 웃었다. 나는 그것이 부러웠다. '에라 모르겠다.'라고 철퍼덕 앉아버렸다.

과거와 현실의 짓누름을 엉덩이로 뭉개버렸다. 약간 찬기를 느꼈지만 곧 편안해졌다. 비록 앉는데 많은 망설임이 소요됐지만 또다른 평화로움이 있는 세계를 발견했다. 서있으면서 생겼던 평화로움이 진정으로 나를 해방시킨 것이 아니었다. 앉을까 말까를 망설이지 않고 '부러워하는 대로 행동하는 것'이 진정한 자유이고 해방이라는 것을 깨달았다. 세상 사람들과 동등해지고 싶은 마음은 있어도, 여전히 낮게 앉아 있었고 올려다 보는데 익숙했던 것에 자신을 가두고 있었던 것이다.

우리는 번화한 거리를 좋아했고, 많은 것이 많은 곳을 자주 들렀다. 스테이크가 나오는 레스토랑에 가서 시간을 죽이기도 했다. 조그만 칸막이로 사적 공간을 만들어 서로의 얼굴을 숨길 수 있게 해주는 매력이 있어 자주 갔다. 알지 못하는 여성이 품어내는 도넛 모양의 연기를 보면 깨주고 싶은 충동이 생기는 곳이어서 좋았다.

여느 때처럼 알코올에 찌든 채 규신이와 어깨동무를 하고 네온싸인이 비쳐주는 거리를 걸었다. 돈이 있어 간 것도 아니었다. 쇼핑을 하러 간 것도 아니었다. 오로지 걸어가고 싶다는 단순한 이유 하나만으로 간 길이었다. 만나야 할 사람과 만나지 말아야 할 사람을 구별할 필요와 의미가 없는 그런 발걸음이었다. 오늘이 있어 지금을 걷는 발걸음이었다.

그러던 중에 유난히 시선을 끄는 한 쌍이 시야에 들어왔다. 젊은 한국 여성과 일본말을 하는 듯한 중년 남성이 사이좋게 걸어가는 모습이었다. 양복에 운동화를 신은 일본인

남성과 글래머한 몸매에 세련된 옷 맵시를 한 한국 여성이었다. 매스미디어를 통해서 일본인의 '기생파티' 라는 말을 들은 적이 있었다. 부정적인 뉴스가 흘러나와 머릿속에 입력되었던 상황이 눈앞에서 벌어지고 있는 것 같았다. 이날만큼은 그냥 넘기고 싶지 않았다.

나는 젊은 한국 여성과 중년의 일본 남성이 명동거리를 환하게 웃으며 걸어가는 모습에 갑자기 화가 치밀었다. 알아들을 수 없는 일본어로 주고받는 것이 아니라 일방적으로 일본인이 하는 말에 여성이 "하이, 하이."라고만 대응했다. 순간적으로 입에서 "쪽발이!, 빵빵하네!"라는 거친 말이 튀어나오고 말았다. 둘을 싸잡아 비난하는 소리였다.

젊은 한국 여성과 중년의 일본 남성이 부적절한 행동을 할 것이라고 거칠게 단정해서 내린 비난이었다. 그들에게 전해졌을 비난의 소리는 아마도 미친 놈의 말로 들렸을지도 모르지만 좋은 영향을 주지 않았다는 것만은 확실했다. 편견에서 촉발된 비난이든 기생파티의 한 쌍이면서 받은 비난이든 불편한 현실을 만든 것은 사실이었다. 그들은 가던 길을 버리고 곧장 옆 골목으로 사라졌다. 거칠게 뱉어낸 말들은 오가는 사람의 발길에 매라도 맞듯이 체여 조각조각 깨져버리고 말았다.

반짝이는 불빛도 의식하지 않고 발길과 눈길이 가는 대로 갔다. 머릿속에는 일본이 어떤 나라인지가 궁금해졌다. 한국을 여행하는 일본인을 알고 싶었다. '일본, 일본인'이 클로즈업됐다. 식민지지배를 한 일본이라는 사실 밖에 모르고 있었기에, 중년 남자가 사라지면서 남긴 여운 때문에, '일본이 어떤 나라이고 일본인이 어떤 사람일까?' 라는 호기심이 발동했다.

현실에서 발생하는 불만 제거와 욕망 표출이라는 차원에서 시작한 새로운 생활은 애당초 생각과는 다른 방향으로 흘러갔다. 주어진 자유, 내부에서 솟구치는 불만, 높은 곳을 향하고 있는 욕망 등이 끌어주는 대로 가고 있었다. 마음이 정리되지 않은 상태로 무법천지처럼 보이는 사회로 눈을 돌렸다. 이치에 맞지 않거나 생각이 다르면, 거품 물고 비판했고, 마음에 들지 않거나 틀리면 상대와 관계없이 거친 말을 쏟아냈다.

과거와 과거의 나를 지우는 것을 게을리하지 않았다. 되도록이면 아프게 했던 일들과 불편한 기억들을 철저하게 잊으려 했다. 서울에서의 생활을 위축하게 만들었던 빈곤과 열등감, 높은 것에 대해 비굴해졌던 자격지심 등으로부터 자유롭게 해방되고 싶다는 이유만으로 도망을 쳤다. 정상으로 가는 해방구라고 단정하고 정면으로 받아들이지 않고 비켜가려고 했다.

나는 해방구라는 이름으로 하고 싶은 것을 했고, 말하고 싶은 것을 말하고 있었지만 젊은 초상이 초라해는 지는 것을 느꼈다. 그렇다고 여기에서 혼란스러운 젊은 초상을 지우거나 접을 생각은 여전히 조금도 없었다. 해방됐다고 즐기는 것이 해방되지 않은 것이라는 것을 알지 못하도록 시간과 틈을 주지 않았다. 자유를 찾았다고 거침없이 하는 언행들이 자유롭지 않다는 것을 알지 못하게 자유의 속살에 상처를 냈다. 해방과 자유라는 이름으로 포장된 생각, 행동, 말, 젊음 등이 남기는 것없이 소비되고 에너지를 잃어가고 있다는 것을 알지 못하고 마냥 앞으로 돌진했다.

13. 미래에서 온 여인

나에게도 우연히 사랑의 계절이 다가오고 있었다. 지나가는 산들바람처럼 불어오다가, 이내 뇌에 깊은 자국을 남기는 충격으로 다가왔다. 그러나 나는 사랑을 담아낼 마음의 준비가 되어 있지 않았다. 사랑은 좋아하는 마음이며 매우 맛있는 감정이라고 느끼고 있었다. 그리고 진짜 사랑인지를 어떻게 규정하고 어떻게 지켜내야 하는지를 알지못했다. 나에게 다가온 사랑은 정해진 시간과 계절 없이 무방비상태에서 오는 갑작스러운 손님이었다.

학과 친구였던 규형이는 오지랖이 넓어 같이 가다 보면 제대로 걸어가지 못했다. 사람과의 관계에 적극적이면서도 갈등이 생기는 것을 극도로 염려해 종종 거절이나 부정적인 행동을 하지 않는 친구였다. 이야기하기를 좋아하는 성격

탓도 있지만 지인을 만들려는 의도된 열정이 한몫을 했다. 가까이 있는 나를 무시하고 낯선 사람을 중시한다는 생각이 들었기 때문에, 빈도가 너무 잦았기 때문에 그냥 버리고 가버리는 경우도 종종 있었지만 오해로 화내는 일은 없었다.

규형이는 좋은 일이 있으니 친누나를 만나러 가자고 했다. 가면 맛있는 점심도 얻어 먹을 수 있다고 유혹을 했다. 친구 누나는 몇 번 집에 놀러갔기 때문에 익히 알고 있었지만 밖에서 만나는 것은 처음이었다. 쾌활하게 웃고 센스있는 누나였다. 좋은 인상을 갖고 있었고 오랜만이서 두 말없이 따라나섰다.

그러나 약속 시간이 지나도 누나는 오지 않았다. 대신에 요란하게 전화벨이 울리면서 규형이를 찾았다. 전화를 받고 돌아와 약간 불안한 모습으로 앉으면서도 아무말도 하지 않았다. 뭔가 잘못됐다는 생각이 들었다. 그러는 사이에 한 여성이 규형이 앞에 오더니 반갑게 인사를 했다. 알고 보니 누나와 같은 회사에 근무하는 여성이었다. 누나가 급한 일이 생겨 오지 못한다는 전언이었다.

그녀는 '영지'라고 소개했다. 간단하게 인사를 하는 사이에 나도 모르게 내 마음이 그녀에게로 흘러가고 있었다. 제어하거나 역류시키려고 하지 않았다. 비슷한 연령대로 보이면서도 세련된 옷차림과 언행, 이중으로 된 쌍꺼풀이 잘 자리잡은 눈, 오뚝한 콧대가 사정없이 눈에 들어왔다.

이목구비가 나무랄데 없이 수려했고, 웃는 얼굴이 인상적이었다. 근무복이면서도 잘 어울리는 모습은 큰 매력으로 다가왔다. 아름답게 보이는 것이 조명 탓이라고 치부하고 싶었지만 그렇지 않았다. 조명의 도움을 받은 것이 아니라 사실이 그랬다. 화려함을 추구하는 외모지상주의자인지는 모르지만 마음에 들었다.

대화하는 모습이나 이야기를 끌어가는 솜씨를 보니 사회인이라는 것을 인정하지 않을 수 없었다. 강한 경상도 사투리를 섞어 쓰면서도 완곡한 발음으로 단어의 강도를 조절하고 있는 모습이 돋보였다. 멋모르고 날뛰고 있는 철부지라는 색깔이 있었던 우리와는 결코 어울리지 않았다. 우중충하고 어리숙한 우리와는 확연하게 달랐다.

처음 보는 순간, 대학 생활에서부터 줄기차게 추구해온 상향의식이 발동했다. 동경의 대상이 되기에 딱 맞아 떨어지는 친구라고 낙인을 찍고 있었다. 사회인과 대학생이라는 차이가 있었지만 인식하려고 하지 않았다. 마음의 방향이 가는 대로 느끼는 대로 놓아버렸다. 동시대를 살고 있다는 기쁨이 생겼고, 동일세대라는 면에서도 다행스러웠다.

만약 그녀와 아는 사이로 지내고 싶다면 어떻게 하면 될까라는 궁리를 했지만 좋은 생각이 떠오르지 않았다. 사회인으로 추구하는 만남의 대상은 대학생이 아니라 어엿한 사회인일 것이라는 생각이 앞섰다. 우리에게 관심이 없을 것이라고 판단했음에도 불구하고 나의 동경 대상이라는 이유 때문에 마음과 행동은 갈팡질팡했다.

그녀는 누나에게 부탁받은 것을 친구에게 주고 사라졌다. 맛있는 점심을 먹을 것이라는 기대도 무너졌다. 그러나 마음은 매우 훈훈하게 흔들렸고, 마주친 상황이 지워지지 않았다. 나는 망설이지 않고 친구에게 물었다.

"아는 사이니?"

"응. 잘 알지!"

"왜... 소개해 줘?"

속마음을 알아차렸는지 재빨리 말을 내뱉었다. 그러나 규형이의 말이 의향을 떠보려고 하는 것인지 아니면 꿈도 꾸지 말라는 소린지 감이 안왔다. 어쨌든 귓속에서 규형이의 말이 맴돌았고, 입은 질문에 답을 내지 못하고 겉돌았다.

"너...맘에 드는구나!"

규형이는 이 상황을 끌어갔다. 여전히 판단이 서지 않았다. '소개해 줘?'라는 말을 믿지 않은 것은 그렇게 매력 있는 여성과 사귀고 싶다는 의욕을 갖지 않는 다는 것을 믿지 못했기 때문이다. 농담인지 아니면 진담인지 알 수 없어 여전히 침묵으로 일관했다. 침묵은 마음에 안착된 사실을 무언으로 알리는 심증이며 무동의 행위라는 것을 친구는 알고 있는 듯했다.

나는 친구가 그녀를 버리는 듯이 말한 '소개해줘?'라는 말이 마음에 들었다. 심증의 진위를 캐기 위해 승부를 걸었다.

"글쎄. 네가 사귀지 않는다면……"

나는 기어들어가는 소리로 말을 했지만, 그때 할 수 있는 가장 자신 있고 적극적인 답이었다. 실제로는 그것이 답이 아니었다. 나의 마음에는 이미 '내가 사귈께.'라는 말이 준비되어 있었던 것이다.

친구는 망설이지 않고 "알았어."라고 매우 흔쾌하게 말을 했다. 일단 결판이 나버렸다. 사귀는 사이가 아니라는 생각이 머릿속을 지배하면서 만날 수 있다는 기대감이 커졌다. 우리는 영지가 떠난 자리에서 영지의 운명을 정하고 있었다. 영지와의 만남은 그렇게 강렬한 여운을 남긴 채 새로운 단계로 옮겨갔다.

이후 규형이의 '알았어'라는 말을 똑바로 기억하고 있었지만 기회를 만들어주지 않았다. 자신의 속마음을 숨기고 있는 것은 아닌지라는 의구심이 생길정도였다. 무슨 결심을 했는지, 아니면 영지의 마음을 테스트 하고 싶었는지 합석하는 자리를 여러 번 가졌다. 우리는 네가 사귈 것인가 아니면 내가 사귈 것인가를 선택할 필요가 없었다. 몇 번의 만남을 통해 눈빛이 차곡차곡 쌓여 가면서 우리와 그녀의 입장이 선명해졌기 때문이다. 아마도 영지는 친구 사이에 회사 선배인 누나가 끼어있어 부담을 갖고 있었던 것이다.

웃고 있으면서도 냉정함을 잃지 않고 차분하게 말을 했다. 좀처럼 틈을 보이지 않는 상황이었지만 모처럼 기회를 만들어주었다. 갑자기 캠퍼스에 가보고 싶다고 했다. 나는 급하게 대응을 했다. 잘하면 단독으로 데이트를 할 수 있는 기회였다. 역시 친구와 같이 만나 캠퍼스 튜어를 하면서 바랐던 단독 데이트도 했다. 이후부터는 식사를 같이하는 사이가 됐고, 대학생 커플처럼 자연스럽게 다니게 되었다.

나는 서로 존댓말을 하는 상황이 거리를 두는 듯해서 그리고 좀더 다가가고 싶어 "말을 차츰 놓는 것이 어떼요?"라고 제안을 했다. 영지는 생각할 틈도 없이 "좋아!"라고 즉답으로 대응했다. 의외로 상황이 쉽게 풀렸다. 그 순간 말을 놓는 사이가 미래에 어떻게 전개될지를 알지 못했지만 가장 진지했고, 행복한 순간이었음은 분명했다.

"전화번호 줘."

"알았어."

펜을 들어 서슴없이 적어 주었다. 예쁜 글씨는 아니었지만 정성을 들여 쓴 글씨라는 것을 알아챌 수 있었다. 너무나 순조로운 진행에 좋으면서도 확인이 필요했다.

"진짜 네 전화번호야?"

"맨날 속고만 살았니?"

우리의 만남은 내가 유발시킨 '의심'과 그녀가 화려하게 종결지은 '확인'으로 속도를 냈다. 짧은 시간에 공식적인 이성 커플이 되었다. 앞으로 할 일은 이 상황을 잘 이어가는 것만 남았다. 만나고 나서 돌아가는 모습을 보면서 돌아오지 않을 것이라는 생각을 하지 않았다. 다시 돌아서 앞모습으로 올 것이라는 강한 믿음이 생겼다.

나의 이성친구로 영지가 된 이후 규형이는 속마음을 털어놓았다. 친구도 영지에게 마음이 있었지만 누나 회사 사람이었기에 쉽게 접근하지 못했고, 실패하면 누나의 면목이 서지 않을 것같아 속앓이를 하다 포기했다는 고백이었다. 친구 누나도 너무 좋은 후배이고 아까운 사람이어서 동생의 여자친구로 소개할 생각을 가지고 있었던 것이다.

이제야 '소개해 줘?', '알았어' 라는 말을 실행하는데 시간이 걸린 진의를 알게 되었다. 친구에게 '양보하면 어떻게 될까?' 라고 생각을 해봤다. 그 결정은 더 좋지 않은 결과를 낳을 것이라는 생각이 앞섰다. 우리 모두 그녀를 놓치고 말 것이라는 생각이 들었다. 멀리 오지 않았지만 현실을 과거로 돌려놓기엔 많은 것을 잃을 것 같아 질끈 눈을 감고 말았다.

친구는 눈을 감아도 친구이고 눈을 떠도 친구인 것이다.

이성은 눈감으면 사라지고 눈뜨며 봐주어야 하는 그런 사이이다. 친구는 가장 신뢰를 하여 이해해주고 기회를 주는 인생의 동지이기도 하다. 가장 가까이 있기때문에 가장 큰 적이자 경쟁자이기도 하다.

친구는 양면의 칼날과 같은 존재이다. 한순간에 날아가는 사이가 될 수 없고, 한순간에 목숨을 던져주는 사이가 될 수 있다. 오랫동안 우정을 데웠기 때문에 친구인 것이다. 이성은 한순간에 날아가고 한순간에 목숨을 던지는 사이이어서 순간에 충실해야 한다.

그럼에도 불구하고 나는 자신감이 없었다. 잘해줄 자신감은 있었지만 그런 수단을 갖고 있지 않았다. 언젠가는 그것을 만들어 실천하는 것 이외의 방법이 없었다. 너무 일찍 그녀를 알고 그런 기회가 온 것은 아닌가 라는 생각이 만나면서도 사라지지 않았다. 마치 미래에서 온 여인을 현실에서 만나고 있는 것 같았다. 해방공간에서 자유롭게 헤매며 길바닥에서 떨어트렸던 시간과 시선이 그녀에게로 옮겨갔다.

영지는 중학교 때 친구였던 '인희'가 다녔던 학교를 졸업했다. 재미있고 묘한 인연이었다. 인희의 존재를 물어보려고 하였지만 산통을 깨고 싶지 않아 묻었다. 그러나 혹시 여상에 들어가야 할 사정이 있었던 것은 아닌지 라는 걱정이 생겼다. 말 잘하고 자존심이 강하고 상향의식이 빼어난 영지가 대학을 선택하지 않은 것은 수수께끼였기 때문이다.

가정사를 깊숙이 파지는 않았지만 영지는 가족에 대해서 이야기를 했다. 아버지를 어린 시절에 잃었다. 어머니, 여덟 자매, 사내아이 막내 등으로 구성된 가족이었다. 아마도 중요했던 시절 가장의 역할이 부재하였기에 자유로운 선택을 하지 못했던 것이라고 추측을 했다. 그렇기에 현실을 생각하는 치밀함과 미래에 대한 욕심이 있었는지도 모른다.

영지는 마치 가슴속에 깊이 숨겨놓고 꾹 참고 있었던 비밀을 풀어내기라도 하듯이 캠퍼스데이트를 좋아했다. 대학에 깊이 빠져가는 것을 보면서 동경 대상은 내가 아니라 대학에 대한 환상일 수도 있다는 생각이 들었다. 어떤 생각을 갖고 있는지는 정확하게 가늠할 수 없었지만 만나면서 그늘과도 같은 어두운 면을 가끔 노출시켰다. 우리의 만남을 이어가기 위해서는 그늘을 찾아 밝혀내어 해결하는 것이 무엇보다도 중요하다는 생각이 들었다.

대학에 들어올 것을 강력하게 권유하는 가운데 시간은 흘러갔다. 어느 날 갑자기 영지는 라이터를 선물로 주었다. 검은 눈동자에서 피어나는 섬세하고 맑은 눈빛처럼 군더더기 없이 타오르는 불꽃을 내는 라이터였다. 디자인이나 색상도 마음에 들었고 손에 딱 달라붙었다. 생일도 아니었고 기념할만한 일도 없었다. 막연하게나마 잠재의식 속에 있었던 차이와 거리를 잠재우는 계기가 됐다.

우리는 교외로 데이트를 갔다. 군 복무를 하고 있는 형에게 면회를 가자고 제안을 했다. 흔쾌히 동의해서 아무 준비도 없이 무작정 기차를 탔다. 영지는 엉덩이에 달라붙지는 않았지만 가느다란 다리를 드러내는 청바지에다 가벼운 티셔쓰를 입었다. 있는 모습 그대로를 좋아했기 때문에 꾸며도, 꾸미지 않아도 상관이 없었다.

기차를 타면서 옆에 앉아 생기는 부딪침이나 그녀의 체취에 점점 익숙해져갔다. 창밖으로 달려가는 풍경을 보면서도 옆으로 보이는 영지의 콧날과 영롱한 눈을 보는 기쁨이 더 크게 다가왔다. 가끔은 의식적으로 시선을 보내기도 했다. 영지가 의식적으로 피하는 모습은 거절이 아니라 다른 곳을 보고도 같이 갈 것이라는 암시로 생각했다.

반대편에서 달려오는 기차 행렬이 지나면서 어렴풋이 나타나는 알지 못하는 얼굴들이 이유 없이 반가웠다. 서로 접점이 없는 역주행을 하는 기차를 보면서 같은 방향으로 주행하고 있는 그녀의 존재가 소중하게 느껴졌다. 우연한 만남이나 잠시 피어나는 인연이 아니라 오래 머물러 서로가 만들어내는 아름답고 질긴 인연이 되기를 바랐다.

친구에게 이끌려 갔던 엠티 장소와 그곳에 있었던 추억들이 달리는 속도에 스쳐지나갔다. 낭만을 찾으러 왔던 이곳에 진짜 낭만을 즐기러 왔다는 사실을 적어도 그때나 지금이나 서있는 나무나 불고 있는 강바람은 알고 있는 듯했다.

어느덧 역에 도착을 했다. 처음와 본 곳이어서 지형 감각을 잃었다. 물어물어 형이 근무하는 부대를 찾아갔다.

영지는 내가 형을 만나는 동안에 '부대앞 가게에 있겠다.'는 것이었다. 어색한 분위기를 모면하거나 아직 식구에게 공개되고 싶지 않다는 정해지지 않은 미래를 위한 포석이라고 해석되었다. 약간은 뻘쭘해진 상태로 영지를 보며 부대로 향했다.

"별일 없니?"

"응, 친구하고 왔어."

"어디에 있니?"

"앞 가게 안에 있어."

형은 감을 잡은 것 같았다. 부대 생활을 하면서 만든 배를 주고 "집에 가서 유리 박스에 넣어."라고 하며, 약간의 용돈을 손에 쥐어줬다. 그리고는 데이트하기 좋은 곳을 이야기해주었다.

우리는 알려 준 대로 소양강을 탐방하러 갔다. 이제부터 본격적으로 옆에 있는 청춘을 탐방할 시간이 되었다. 스쳐지나가는 바람에 흔들리는 풀과 풀이 틈새를 이용해 서로 엉키듯이 우리의 마음과 몸도 엉키고 있었다. 산과 강이 보이는 아름다운 자태를 보면서 우리는 서로의 모습을 가끔씩 확인하고 있었다. 멋들어진 한 쌍은 아닐지는 몰라도 이 순간만은 천생연분인 것처럼 호흡을 자연스럽게 주고받았다.

이윽고 저녁노을과 어둠이 소양강 위로 깔리기 시작했다. 시야가 점점 좁혀지고 있었다. 아름답게 맞았던 산천들이 하나둘 숲속으로 사라져갔다. 거대한 어둠이 내리깔리고 있는 낯선 땅이 그렇게 낯설지 않았고 오히려 친숙해졌다. 자리를 뜨거나 움직이고 싶지 않았다. 같이 걷고 마주치는 것에 열중했기에 돌아가는 열차 시간은 아예 의식하지 않았고, 개의치도 않았다. 점점 어둠에 빠져드는 순간 급하게 소리쳤다.

"돌아가야지?"

"그래."

버스를 타고 기차역에 도착했다. 기차 시간을 확인해보니 이미 막차는 떠나버렸다. 예상에 없던 사건이 벌어졌다. 둘만이 남게 됐다는 사실보다는 서울에 갈 수 없다는 사실이 더욱 긴장하게 만들었다.

"영지야?"

"응.?"

"어떻게?"

"뭘?...."

영지는 대수롭지 않은 듯 대답을 했다. 우선 저녁을 먹기 위해 식당을 찾아 들어갔다. 식당에 써있는 메뉴만으로 이 시간을 보내기에는 뭔가가 부족해보였다. 술에 취해있는 아버지의 모습을 보며 술을 멀리했었지만 왠지 그것이 필요하다는 생각이 들었다. 아버지도 이런 절박한 사정이나 상황에서 술을 마셨을지도 모른다는 생각에 갑자기 이해가 됐다.

나에게는 돌아갈 수 없는 상황, 둘만이 있는 이 자리, 당당하게 대응하고 있는 영지, 무엇인가 가까워질 수 있다는 막연한 기대감 등 모든 것이 술을 부르는 이유가 되고 있었다. 나와 영지 사이에 술이 끼면 어떻게 될까를 염려하기보다는 무조건 술이 필요했다.

여기에서 머물기로 결정할 필요도 없이 머물게 되어버렸다. 술기운이 오른 몸과 말짱한 정신으로 당당하게 숙소를 잡았다. 들어서자마자 '좋아해'라고 말하고 싶었지만 조그만 방안에서 오는 긴장감은 말문을 막았다. 해본 적이 없는 말이어서 입속에서 곧 사라지고 말았다. 눈동자는 볼 것도 없는 천장을 봤고, 몸뚱이는 어정쩡한 자세로 서 있었다.

방안을 한 바퀴 돌아보면서 영지가 시선에 들어왔다. 접혀있는 이불 위에 옷을 입은 채로 기대었다 바로 누워버렸다. 영지는 당당하게 들어왔지만 머뭇거리며 바라보다 앉았다.

약간 긴장을 했다. 그러나 두려움이나 경계를 하는 그런 긴장은 아니었다.

경색되어 어색해진 분위기를 전환하기 위한 것이었는지, 자신을 염두에 두고 하는 질문이었는지, 둘이서 벌일 일에 앞서 확인하는 질문이었는지 알지 못했지만 말을 걸어왔다.

"어떤 여자가 좋으니?"

"엄마와 닮지 않은 여자."

나는 뱉고 나서 그것이 답이 아니라고 느꼈지만 이미 늦어버렸다. '영지'라고 했어야 맞는 답이었다. 이상하다는 듯이 영지는 말을 이어갔다.

"엄마, 싫어하니?"

"아니."

"그런데, 왜?"

"엄마는 지켜주지 않아도 잘 살아."

"그러면 좋지 않아?"

"아니, 나는 지켜주길 바라는 여자가 좋아, 지켜줄게."

"............"

억척같이 가정을 지켜온 어머니에게 미안했지만 '엄마같은 여자를 좋아한다.'고 말할 수 없었다. 많은 어려움에도 불구하고 혼자 당당하게 감당해온 인생과 삶이 안타까웠기 때문이었다. 여자라는 신분으로 돌아가지 못했던 이유를 충분히 알았기에 여자이기를 포기했던 어머니의 삶이 가엽어 보였기 때문이다.

나는 영지가 부인이 됐든 여자로 있든 남아 있는다면, 책임을 지는 남자가 되겠다는 말을 하고 싶었다. 영지는 "너는 뭐가 될거니?"라고 하며 다시 질문을 이어갔다. 말을 듣자마자 초등학교부터 대학까지 오면서 겪었던 온갖 것들이 떠올랐다. 마음속에 깊이 간직했던 마음을 끄집어냈다.

"죽을 때까지 일하고 봉급을 꼬박꼬박 갔다주는 사람."

"무슨 꿈이 그래?"

나는 사력을 다해 진심을 말했지만 이해했는지 안했는지 잘 몰랐다. 잠시 후 빙그레 웃으며 옷을 입은 채로 옆에 누웠다. 움직일 수가 없었고, 움직이면 안되었다. 우리는 아무도 움직이지 않았다. 나는 찢어질 정도로 눈을 돌려 누워있는 영지를 봤다. 조그맣게 올라와 있는 봉우리가 크게 보였지만 넘을 수 없는 산이었다. 흔들림이 없는 다리는 건널 수 없을 정도로 멀리 있어 보였다. 영지의 눈빛이 나를 향해 똑바로 보고 있었지만 '보고만 있어.'라는 무언의 반응이 몸과 마음을 잡았다.

나는 영지가 평소에도 가끔 비춰내고 있는 그늘의 내용을 알고 싶었다.

"제일하고 싶은 것이 뭐니?"

"글쎄... 자유를 찾는 것..."

"자유롭지 않니?"

"아니, 필연적이야!"

"무엇으로부터의 자유인데?"

"선택을 방해하는 것으로부터의 자유랄까?"

나는 영지의 말을 들으면서 자유가 사라졌던 내 삶과 자유롭게 선택하지 못했던 과거가 지나갔다. 영지도 나와 같은 삶을 살았는지도 모른다는 생각이 들었다. 돈으로부터의 자유, 마음이 가는 대로 선택할 수 있는 자유, 강제로부터 해방될 수 있는 자유, 땅바닥에 앉을 수 있는 자유 그런 것이었다. 내가 영지를 위해 할 수 있는 것은 영지가 자유를 찾을 수 있는 힘을 가져야 한다는 것이었다.

나와 영지는 '자유'를 속박받은 생활에 있었다는 공통점을 갖고 있었다. 말을 이어갔다. 나는 영지에게 다시 물었다.

"너는 어떤 사람이니?"

"니가 보는 그대로야."

"지금처럼 옆에 있을 사람으로 보이는데?"

"그래?"

"......."

"너는 어떤 사람이 좋으니?"

"필요할 때 옆에 있는 사람!"

"그럼 나아냐?"

필요하면 언제 어디에 있든 갈 수 있고, 어떤 상황이든 감내할 수 있다는 확신이 있었다. 자신이 바라는 것이 아니라 영지가 바라는 것에 대해서 최선을 다할 수 있다는 자신감도 있었다.

나는 '자유'를 갈구하는 여인으로 다가온 영지를 얻었다. 영지는 나를 살게 하는 존재였고, 버티게 하는 이유가 됐다. 분명히 좋아하고, 사랑하고, 행복해서 그리운 사람이었다. 버거운 시대를 극복할 수 있는 좋은 계기와 동기가 됐다.

좋아한다는 것은 마음을 상대방에게 조건 없이 넘기고 싶은 것이다. 사랑한다는 것은 몸을 열고 싶은 것이다. 행복하다는 것은 동행하고 싶은 것이다. 그립다는 것은 혼을 가져오고 싶은 것이다. 나는 그런 상태에 있다는 자신을 알고 있었다.

영지는 가까이 있을 때나 멀리 있을 때나 나의 시간과 공간을 지배하고 얼게 하였다. 그러나 잘 보이려고 하면 할수록 마음은 엉클어졌다. 다가가면 갈수록 그녀의 자유를 지켜주기에는 너무 약하다는 생각이 들었다. 영지가 자유롭도록 놓아주어 얻는 자유와 내가 노력해서 얻게 하는 자유는 같았지만 같지가 않았다. 영지는 자유가 그리운 여자였다.

영지에게서 잊을 수 없는 아름다움을 찾았기 때문에 오히려 영지에게 알리지 않은 비밀을 가질 수 밖에 없었다. 더욱이 좋아하는 것을 제외하고는 그녀와 시련을 나눌 수도 없었고, 같이 질 수 있는 짐도 아니었다. 언제나처럼 온전히 혼자서 감당해야 했고, 더욱이 나의 나약함과 가족이 처한 모습을 보여줄 자신감도 없었다.

나는 좋아하는 사람을 앞에 두고 모든 것을 거는데, 모든 것을 알리는데 망설이는 자신을 보면서, 여기까지 끌어왔던 상향의식이라는 칼날을 좀더 강하고 날카롭게 하지 않으면 영원히 영지와 자신을 놓칠 것이라는 압박감에 휩싸였다. 서로가 '자유'를 통해 새로운 단계로 성장할 수 있는 기회를 가져야 한다는 절실함도 있었다. 그러나 그녀와 내가 어떤 선택을 하더라도 잊을 수 없을 것이라는 사실만은 확실하게 알았다.

나는 떠나는 시점이나 그 결과에 대해서 알고 싶지 않았다. 소중한 사람이고 좋아하기 때문이었다. 그러나 그녀가 바라는 자유를 위해 놓아주어야 한다는 명제는 내가 자유를 줄 수 없다는 명제로 귀착되고 있었다. 그녀가 바라는 자유를 얻기 위해서는 그녀가 아니라 나에게 절대적인 시간이 필요했기 때문이다.

나는 무작정 백지 위에 마음을 그리기 시작했다. 많은 것을 그리고 싶었지만 손과 마음은 따로따로 놀았다. 앞에 놓인 나의 길, 영지가 앞으로 가야할 길, 모두가 행복이라는 열차를 타기 위한 조건들.....다양한 생각들이 백지 위에서 두서없이 나뒹굴었다. 매듭을 짓지 않으면 안된다는 생각과 매듭을 지어서는 안된다는 생각이 겹쳤다. 엉클어져 있는 그림을 보면서 우물쭈물했고, 애매한 편지를 쓰고 말았다.

"사랑!, 사랑∞, 사랑,"

오는 바람 막을 수 없고 가는 바람 잡을 수 없는 것이 자연의 이치이다. 오는 사람 막을 수 없고 가는 사람 막을 수 없는 것이 인간의 이치이다. 헤어질 수 있는 가능성을 가진 만남이라면, 다시는 서로 우연이라도 만나지 않기를 바라는 마음도 있었다. 타인으로 돌아가든, 아는 사이로 남아있든 정상에서 둘이 서있기를 바랐다.

이후 나는 오히려 성숙하고 세련되게 대응하는 영지에게 많이 의지했다. 의지하는 것은 부채를 지는 것이고 나약해지는 것이다. 관용적이며 이해하는 폭넓은 마음으로 유쾌하게 다가오는데 강한 믿음이 생겼다. 현실에서 영지가 의미있게 갈구했던 '자유'를 찾는 사회인이 아니라 내가 마련할 자유를 찾아오는 미래의 여인으로 다가오기를 바랐다.

14. 아버지의 눈물

아버지는 아버지였다. 가정의 중심에 있기에 기둥이었고, 밥상머리 예절에서 항상 상위에 존재하여 범접할 수 없는 존재였다. 가정의 분위기와 운명을 좌우한다는 점에서 가장이었다. 한가닥 한가닥의 언행이 우리의 도덕과 기준이 된다는 점에서 예의범절의 교본이었다. 나는 나쁜 일을 했던, 싸움을 했던, 술을 먹었던, 전쟁을 했던 것과 관계없이 꽃으로 과거를 참회하며 꽃남자로 불리길 좋아했던 우리 아버지로서 족했다.

아버지는 어디에서나 삶을 살아가는데 힘겨운 싸움을 하고 있다는 점에서 변함이 없었다. 술을 좋아하는 사람들과 어울리면서 하루하루를 보내는 모습이 얼굴의 주름처럼 뚜렷하게 길이 나있었다. 과거에 벌어진 전쟁이라는 상처에 눌려 간헐적 과대기억증에서 여전히 빠져나오질 못했다. 동시에 과거를 잊고 새로운 현실을 구축해가는 데 익숙하지 않았고 적응하는 데 한계가 있었다. 망각을 초래하고 의식이 흐릿한 세계에 들어가는 데 익숙했다.

청년 시절에는 시대가 아버지를 저주한 것이 분명했다. 그러나 지금의 상황은 아버지가 시대를 저주하고 있었고 복수를 하는 듯했다. 자신의 붕괴를 초래한 시대를 기억하지 않고, 기억 속에서 없애는 것이 저항이었고 힐링이었다. 적어도 자신을 통으로 앗아간 과거를 버리려 하였듯이 현실과 미래를 잊으려 하는 것이, 자신을 둘러싸고 있는 시대에 적응하지 않는 흠집을 내는 것이, 통쾌한 보복으로 생각했던 것 같았다.

아버지의 그런 행위는 삶에서 몸으로 익혀 벌이는 전쟁이었고 투쟁이었다. 자신을 망치고 있는 것이었지만 인지하지 못했다. 더구나 주위에 있는 그 누구도 이해해주거나 알아주는 사람이 없었다. 그런 무의식과 무인식은 시골에서 그랬듯이 서울에서도 어머니와의 관계를 악화시키는 원인으로 작동했다. 날이 가면 갈수록 숫자만큼이나 말다툼이 빈번해졌고, 큰 소리만큼이나 불안도 커졌다.

어머니는 여전히 생활을 끌어가기 위해 투쟁하는 또순이 역할을 했고 싸우는 악역을 담당했다. 그런 점에서 악한 선인이었다. 아버지는 조용하게 현실 문제를 회피하며 싸우지 않는 역을 담당했다. 그런 점에서 선한 악인이었다. 살아가고 있는 현실에서 과거의 기억을 털기 위해서, 마셔버린 기억을 토해내기 위해서 술에 젖어있는 아버지가 틀렸고, 아버지를 질타하며 살려고 발버둥치는 어머니가 항상 옳았다.

누구도 병을 앓고 있다는 사실을 알지 못했기 때문에 아버지는 비난과 불신의 중심에 있었다. 가족들은 술에 취해 있는 모습이 몸에 배인 습관이나 방탕으로 알았기에 이해하거나 위로해 주지 않았다.

애국이라는 이름으로 아버지를 끌고 갔던 국가나 지도자는 '전쟁에서 살아 남았다.'는 이유 하나만으로 받았던 상처를 방치했다. 신체적 상처만이 상처로 인식했고, 정신적 상처는 보호 대상으로 인식하지 못했다. 그렇게 시대와의 외로운 싸움을 혼자서 이어가는 가운데 또다른 단계로 전이됐다.

아버지는 회사생활이나 벌였던 사업을 관성적으로 생긴 습관으로 이어갔을 뿐이었다. 성공이나 발전이라는 관점에서 많이 벗어나게 대응한 이유였다. 일생동안 과거의 기억에 매달려 사는 과정에서 과도한 술이라는 비현실적이며 무의식적인 처방에 의지하며 과거의 기억을 털어내려고 했지만 몸과 마음의 기력만 황폐해졌다. 아버지는 맑은 정신을 갖고 있는 것도 용서되지 않는다는 듯이 극도로 신체를 괴롭혔고, 마음에 상처를 입혔다. 결국 그런 것들이 삶의 일부로 자리잡은 사실조차도 인식하지 않게 되었다.

우리는 아버지의 현실적 삶이 무너져가는 것을 보면서도 아무런 대책이나 해법을 내놓지 못했다. 시간과 상황은 아버지를 더욱 좁고 높은 낭떨어지로 몰고 갔다. 삶의 운명과 생명이 점점 불리한 쪽으로 끌려갔다. 시간은 결코 아버지 편도 아니었고 우리의 편도 아니었다. 아버지의 삶을 좀먹듯이 우리의 삶도 점점 숨막히게 했다. 가장이라는 무거운 책임을 완전하게 놓는 시점이 다가오고 있었다.

나는 단순하게 아버지를 망가트리고 있는 것이 '술'이라는 생각에 술에 대한 증오심을 가졌고 혐오했다. 술 취한 동네 아저씨들을 보면 가정과 자신을 망치고 있는 폭군으로 인식했다. 술은 악마가 되기 위해 삼키는 저주받은 음료에 불과했다. 아버지는 술을 통해 과거의 기억과 현실에서 벌어지고 있는 것들로부터 멀어져 혼자만의 세계에 살고 있었다.

그것으로 아버지의 삶은 성공적이었는지 모른다. 잊기 위한 시대와 세상이 되었고, 자신을 잊고 말았으니 말이다. 제대 이후부터 매일 동행해왔던 술과 더불어 몸의 불균형이 찾아왔다. 넘기 힘든 위기가 신체로부터 엄숙하게 다가왔다. 아버지는 힘이 들어도 "병원에 가자."라는 말도 하지 않았다. 버텨보려고 살아보려고도 하지 않았다.

의사의 권유로 병원에 입원해서 진찰을 받게 되었다. 의사는 간경화라는 진단을 내렸다. 술을 많이 먹어 간이 굳어 버려 제 기능을 하지 못하고 있다는 것이었다. 우리는 막연하게 '술병이 났다!'고 인식하여 아버지를 원망했다. 몸 상태는 심각한 정도가 아니라 목숨이 경각에 달려있는 위급한 상황이었다.

아버지는 입원을 하면서 다니던 직장을 그만두었다. 그러나 경제적으로는 입원하고 있을 만한 여력이 안되었다. 앞으로 벌어질 일에 대해서 감당할 수 없다는 사실을 잘 알았다. 형은 군에 있어 연락만을 했지 구체적으로 상의할 수 없었다. 어머니는 생계를 위해 가게를 꾸려갔다. 이 상황에 오롯이 대처할 수 있는 사람은 나밖에 없었다. 얄궂고 처참한 상황이었다. 너무 무거워 감당할 수 없었다. 그러나 도저히 빠져나가거나 도망칠 수 있는 처지도 아니었다.

병원에서는 일단 치료에 들어갔다. "수술해도 회복이 될 것인지 아닌지 알 수 없다."고 했다. "현재 몸으로는 상태가 악화되어 수술할 수 없다."고 했다. 더욱이 현실적인 암초는 수술이든 치료든 돈이 없는 상황이었다. 병원에서 호출할 때마다 치료비와 함께 메모에 적어준 '약을 사오라.'고 했다. 병원에 없는 약들이었다.

시간이 지나면서 퇴원과 입원을 반복적으로 했다. 돈은 돈대로 들었고 버티는 데 한계에 부딪치고 말았다. 회복도 치료도 기약할 수 없는 위기에 몰렸다. 이웃이나 지인들에게 도움을 청할 수 있는 상황이 이미 넘은 지 오래되었다. 이제 남은 것은 다섯 식구의 생계를 지탱하고 있는 가게 딸린 집뿐이었다.

상태가 호전되지 않아 "수술해도 낫는다는 확신이 없다."고 의사는 재차 수술에 회의적인 의견을 내었다. 집의 사정과 환자의 상황도 모두 알고 있었기에 퇴원이 정답이었지만 '퇴원해라.'는 말도 하지 못했다. 우리도 '퇴원하자.'는 결정을 내리거나 그렇다고 병원에 '더 있어 보자.'는 말도 못했다.

아버지의 생명이 낭떨어지 절벽에 걸려 있었다. 아버지는 죽음이라는 생명줄 놓는 사선에 서 있었고, 우리는 파탄이라는 삶을 놓는 경계선에 서 있었다. 도망칠 수 없는 급박하고 위험한 순간이 코앞으로 다가와 있었다. 한 발짝만 옮겨도 빨려가 떨어질 수 있는 그런 곳에 있었다. 실바람에 흔들려도 잡은 손을 놓칠 수 있는 상황에 놓였다.

절체절명의 위기에서 나는 성숙하고 능숙하게 일 처리를 잘해서 정신적으로 많이 의지했던 영지와 상의를 하고 싶었지만 할 수가 없었다. 몇 번이고 전화기를 들었다 놓았다 했을 뿐이었다. 아버지를 잃어가듯이 '영지를 잃어버리지는 않을까?'라는 염려도 작용했고, 온전히 내가 감내해야 할 일이라고 생각했기 때문이기도 했다.

또다시 병원에 입원하러 가는 길에서 아버지는 고개를 저으며 "편히 있다 가겠다."고 했다. 상황이 어렵다는 것을 알았다. 피를 토하고 피주사를 맞고 참담한 상황을 너무도 많이 경험했기 때문이다. 그러나 희망을 살리기보다는 자식으로서 책임을 다하기 위해서 다시 병원으로 가는 길을 멈추지 않았다.

입원을 하자마자 배에 차있던 피가 입으로 뿜어나오며 온 바닥을 빨갛게 물들였다. 그렇게 낭자하고 잔인한 색을 본 적이 없었다. 그렇게 두렵고 공포스러운 광경을 본 적이 없었다. 빨리 치워버리고 싶었지만 손이 떨려 엄두가 나지 않았다. 침대에서 땅바닥으로 흘러내려 사라지고 있는 생명이 발밑으로 다가와 죽어가는 것을 보고 정신 줄을 놓고 말았다.

생사의 경계에 있는 아버지 목숨을 두고 거래를 해야하는 상황이 되고 말았다. 어떻게 할 것인지를 결정하는 시간이 다가온 것이다. 죽는 한이 있더라도 수술을 한번 해볼 것인가, 아니며 이대로 퇴원을 해 마지막 남은 집이라도 건질 것인가 하는 문제였다.

생명 포기와 생계 수단의 보존이라는 절박한 선택은 의외로 쉽게 내려졌다. 사촌형은 냉정하고 단호하게 "퇴원하자."고 했다. 어머니와 나는 아무 말도 하지 못했다. 수술이라도 하자는 말도 못했고, "퇴원하자."는 말에도 답을 하지 못했다.

퇴원하는 것은 죽음을 기다리는 것을 의미했다. 더 이상 생명이 이어지지 않는다는 사망선고였다. 목숨은 하늘이 정해준다고 하지만 아버지의 목숨을 우리가 결정하고 있었다. 오랜 기간 알지 못하는 악마와의 싸움으로부터 해방되고자 하는 아버지의 간절함, 수술해도 희망이 없다는 절망감, 집이라는 삶의 터전을 잃을 것이라는 공포감 등 그런 것들이 생명을 맞바꾸는 조건으로 작용했다. 아버지의 죽음과 우리의 삶의 무게가 저울질되어 가려졌다.

집으로 돌아온 후 죽음의 문턱을 넘었다는 듯이 몰라보게 건강해졌다. 생활 리듬이 돌아와 혈색도 좋아 보였다. 약간의 황달기가 있었지만 거동하고 보는 데 문제가 없었다. 의구심이 들었지만, 한편으로는 열심히 기도한 어머니의 간절함 때문이라는 생각도 들었다. 근력이나 힘은 없었으면서도 가족들과 대화를 하는 시간이 많아졌다.

병에 대한 심각성을 알면서도 지금처럼 회복한 것에 감사했다. 병원에 있을 때보다 좋아진 것을 보면서 의사에 대한 불신은 상대적으로 불거졌다. 병원에서 처방을 받기 위해 담당했던 의사를 만나서 상황을 이야기했더니 '기적'이라고 했다. 기적이 일어났다. 좀더 이 상황을 이어갔으면 하는 바람이 앞섰다.

아버지는 나약해진 신체만큼이나 과거에 대한 과대기억증이 약해지고 있었다. 회상에 젖어 지난 일들에 대해서 이야기를 하며 아버지는 눈물을 흘렸다. 아마도 마지막 순간으로 치닫고 있는 운명의 결말을 알고 있는 듯했다. 숙명적으로 다가왔던 이념싸움과 전쟁이라는 시대에 얽혀 많은 목숨을 빼앗는 처형자의 한 가운데 있었던 것을 가장 안타까워했다. 이제야 지금까지 아버지를 괴롭혀 왔던 것은 술병이 아니라 '전쟁병'이었다는 것을 알았다.

아버지가 흘렸던 눈물은 또다시 그런 상황이 닥쳐 거부할 수 없다 할지라도 적어도 가족은 꼭 자신의 손으로 지키는 것만은 할 것이라는 통한의 반성이었고 회한이었다. 고통 속에서 많은 시간과 세월을 보내는 가운데서도 헤매고 있는 가족에 대한 미안함이 있었다는 것을 알았다. 나도 눈물이 났다. 그동안 '아버지가 옳지 않았다.'는 것만을 새기고 속으로 미워했던 시간이 후회스러웠다. 어떤 변명으로도 해명되지 않았고, 너무 늦은 반성이었다.

아버지의 기적과 바람은 한 달 만에 끝을 보이고 말았다.

병원에서 발생했던 상황이 재연되었다. 원망했던 의사의 말이 떠올랐다. 병원으로 다시 가자는 말을 아무도 하지 않았다. 병원을 떠나오면서 죽음에 이를 것이라는 사실을 잘 인지하고 있었기 때문이다. 올 것이 오고 있는 것이었다. 군대에 있던 형이 급하게 오고 시골 친척이 올라왔다.

아버지는 가늘고 깊은 숨을 쉬었다. 매우 급박하면서도 시간을 끄는 숨이었다. 나쁜 것을 모두 빨아들이고 있는 것 같은 호흡이었다. 세상과의 연결고리를 끊으려는 짧고도 긴 숨이기도 했다. 살겠다는 의지를 가진 것이 아니었고, 생을 마감하겠다는 호흡이었다. 한참만에야 들이쉰 숨을 거칠게 내쉬었다. 이 세상에서 하는 마지막 삶의 소리였다. 어버지는 그렇게 혹독했던 과거와 고달팠던 현실로부터 해방됐다. 동시에 들꽃의 향기에 의지하며 이어오던 생과 참회가 막을 내리고 말았다.

나는 아버지가 앓았던 전쟁병이 아버지의 삶을 망쳤다고 확신했다. 아버지의 죽음은 한 사람의 죽음이었지만 몹시 괴롭혔던 동시대의 사망을 함의했다. 좌우 이념과 한국전쟁이라는 과거의 기억이 죽은 것이었고, 간헐적 과대기억증에 걸려 뇌속에서 춤추었던 아버지의 기억이 사라진 것을 의미했다.

'전쟁에서 살아 남았다.'는 이유만으로 깊은 상처로 평생을 앓게 하고 아버지를 방치한 국가, 사회, 가족의 책임이 멈춘 것이었다. 결코 잊어서는 안됐고, 졌어야 할 책임의 회피와 방관에 대한 죄를 묻지 못하는 상황이 된 것이었다. 아버지는 그렇게 국가로부터, 사회로부터, 가족으로부터 외면을 당하고 혼자서 시대와 인생을 감당해야했던 것이다.

전쟁을 하면서 '희생됐다.'는 이유로 훈장을 추서했고, 유족에게 특혜를 주었던 사자 우선적 보훈행위를 탓하고 싶지는 않았다. 마땅한 대우였고 받아야 할 대가였기 때문이다. 그러나 '살아 남았다.'는 이유만으로 전쟁에서 얻은 상처가 아물어 정상적으로 살 것이라고 내깔겨둔 무책임과 안일함은 크게 틀렸다는 생각이 들었다.

아버지는 국가로부터 '살아 남았다.'는 현실적 현상에 매여 전쟁의 상처로 얼룩지고 망가진 채 버림받았다. 의사는 '술을 먹어 간이 망가졌다.'는 현실적 현상에 기초해서 술병으로 진단하여 근본적 상처를 묻어버렸다. 우리는 불안한 가정의 '가장으로 무기력하다.'는 현실적 현상만으로 인식하는 우를 범했고 아파한 실체를 알지 못한 채 방치하고 말았다.

나는 전쟁병으로 인한 죽음에서 피어나는 냉랭한 한기에 눈물이 얼어붙어 울지 못했다. 일곱 식구에서 이제 여섯 식구로 줄어들었다. 아버지가 빠진 넓고 깊은 자국은 휜하게 보였고, 다른 잇몸과 이빨을 약하게 만들었다. 그것으로 세상과의 힘 겨루기를 해야했다. 남겨진 공백을 무엇으로 어떻게 메울 것인지 아무도 몰랐다. 다만 채워야 한다는 것을 느꼈고, 지켜내야 한다는 생각이 머릿속을 빼곡하게 채웠다.

아버지가 남긴 것은 쓰러져가는 모습도 아니었고 무섭게 다가왔던 죽음도 아니었다. 그동안 전쟁병으로 아버지와 우리를 괴롭혔던 부정적인 현실들이었다. '부부싸움을 하지 말고, 술을 먹지 말고, 노름하지 말고, 평생 놀지 말고, 슬프게 하지 말고' 등과 같은 생각들이었다. '하자'는 것보다는 '하지 말자'는 것이 크게 각인됐다. 그러나 아버지의 삶을 통해서 비춰진 유언 가운데는 '전쟁을 하지 말자'는 사실이 누락되었다.

이후 어머니는 많이 흔들렸다. 형은 군대에 있어 가끔 집에 왔다 사라졌다. 나는 정상이라고 생각했던 대학생이라는 사실 하나만을 믿고 여전히 세파에 흔들렸다. 바로 밑에 있는 동생은 버는 족족 집으로 퍼 날랐다. 밑이 빠진 독이라는 것을 알면서도 부었다. 우리는 흩어지고 떠나면서도 잊지 않는 숙명적 공동체 속에 있지만 앞에서 기다리고 있는 위협에 여전히 노출되고 있었다.

어머니의 모습은 더욱 초라해졌으면서도 가족의 운명과 생계를 유지하기 위해, 오로지 책임을 다하기 위해 힘을 끌어모아 사용했다. 아버지가 먼 산을 보았듯이 구릉지 같은 작은 산을 마음속에 만들어 놓고 눈과 마음을 의지하고 있는 것 같았다. 인생이라는 여정에서 따라다녔던 걱정거리 때문에 전전긍긍했던 모습에서 걱정 하나를 덜었지만 대신에 허전함이 깊숙이 파고들었다.

아버지의 흔들림은 많은 전조현상에 대응하다보니 익숙해져 마음의 각오를 하고 있었다. 그러나 어머니의 혼돈은 우리가족에게 직접적으로 타격을 주고 있었다. 나는 예전에 다녔던 교회가 생각났다. 어머니에게 이웃에 있는 교회에 다닐 것을 추천했다. 활자가 큰 찬송가와 성경책을 사서 교회를 다니기 시작했다.

낮에 가게를 꾸려가야 했기에 새벽기도에 참석했다. 목사님의 말과 기도에 감사하는 마음을 갖게 되면서 교회에 많이 의지하게 됐다. 새벽기도 시간에 맞춰 다녀오고 하루를 시작하는 리듬도 생겼다. 활기가 있었고, 새롭게 알게 된 신도들과의 교류도 활발해졌다. 목사님과 신도들은 집에 와서 기도를 했고, 축복해주었다. 어머니는 중요한 대화상대가 생겨 생기를 찾았고 더불어 신앙심도 깊어지고 있는 것 같았다.

참으로 다행스러웠다. 그렇게 교회에 열심히 다닐 줄은 몰랐다. 주머니를 털어 아낌없이 헌금을 내는 것을 보고 놀랐다. 돈을 보면 벌벌 떨었던 짠순이가 변했다. 돈이 든 봉투를 헌금으로 하고 즐거워했다. 나도 해보지 못한 경험을 어머니는 즐기고 있었다. 건축헌금도 매달 냈다. 생활의 일부가 된 교회 활동에 만족했다.

나는 신앙을 갖고 있었지만 자신도 모르게 생겨난 의문과 불신에 발걸음을 중지했었다. 이전의 교회와 활동에 대해서 많은 불만을 가졌었다. 간증이라고 하면서 떠들썩하게 요동치는 환경에 적응하지 못했고, 부흥회 활동에 이질감을 가졌었다. 가르침 대로 헌금은 가장 실질적인 정성이고 나눔이라고 하면서도 나누지 않는 것 같았다. 어느 순간 유도하는 행태와 쓰임새에 대해서 거부감을 가졌다. 교회를 갈때마다 다닐지 말지를 망설이게 한 이유이기도 했다.

그러나 가끔은 어머니의 교회 활동에 동행을 하기도 했다. 부정적으로 인식하고 있다고 해서 신앙심을 갖고 열심히 교회를 다니며 헌금과 건축헌금을 하는 활동에 제동을 걸 생각은 전혀 하지 않았다. 다만 교회에 금전적으로 공헌하기를 강하게 요구하는 시도와 활동에는 여전히 거부감이 생겼고, 적응하지 못했다.

하나님과 싸우거나 성서의 내용과 가르침을 갖고 논쟁할 필요도 없었다. 목회자의 가르침에 저항하거나 신도와의 마찰을 유발할 이유도 없었다. 교회는 어머니의 안식처가 되어 마음을 두는 곳으로 충분했다. 기도를 하기 위해서 방문하는 목사님이 오면 인사를 하면 됐다. 교회에서 활동하면 좋겠다는 말에 답을 미루고 안가면 됐다.

어머니는 어느 날 교회 활동의 어려움을 토로했다. 교회에서 이루어지는 대화나 설교 중에 빠지지 않는 말씀은 나눔이고 봉사라고 말하면서 헌금으로 귀결되어 스트레스를 받는다는 것이었다. 형편을 넘어서 있는 힘을 다해 봉사를 했지만 만족하지 못하고 점점 더 하라는 소리로 들린다는 고백이었다. 교회를 통해서 안위와 평안을 찾았던 어머니가 다시 흔들리는 것이 두려웠다.

나는 성서를 보면서 기도해보는 것이 어떤지를 타진했다. 어머니는 시간이 날 때마다 옛날 할머니가 '춘향전'을 읽던 그 리듬과 목소리로 성서를 읽기 시작했고, 줄을 그어가며 읽었다. 교회에서 하던 새벽기도는 가게 문을 열기 전 방에서 했다. 그러나 교회를 다니면서 얻었던 기쁨이나 편안함을 얻지 못했다.

어느 날 결심을 했는지 어머니는 성당에 간다고 했다. 마음 편하게 다닐 수 있다는 지인의 소개로 가게 되었다. 자신의 선택이었기에 제지나 반대를 할 이유가 없었다. 몇 달이 지난 다음에 무엇이 편한지를 물어보았다. '자유로운 마음' 때문이라고 말했다. 나는 마음이 변하지 않기를, 다시 맺은 믿음과 신앙과의 인연이 길어지기를 바랐다.

내가 신앙을 갖고도 믿는데 망설인 것은 근본적으로 '올바른 종교적 삶은 어떤 것일까?'라는 질문에 대한 답을 내리지 못했기 때문이다. 종교계에서는 목사를 목사님, 신부를 신부님, 중을 스님이라고 불렀다. '님'자를 붙이는 데는 이유가 있다고 생각했다. 범민이나 속세를 사는 사람과는 다르기 때문이다. 존경받는 존재이고 남다른 사명감을 갖고 실천하는 분들이라는 의미가 분명 함의되어 있다고 생각했다.

성직자는 직업인이라기보다는 사명감을 가진 목자라는 주장이 더욱 그런 생각을 들게 했다. 권력을 잡기 위한 것이 아니라 섬기는 데 목적이 있고, 지배하는 것이 아니라 봉사하는 데 있으며, 명령하는 것이 아니라 인도하는 것을 소명으로 하기 때문이다. 높은 곳에 있는 것이 아니라 낮은 곳에 있어 쓰임을 당하는 것이지 위에서 누리는 지위에 있는 것이 아니기 때문이다.

성직자의 이름으로 활동하는 주체는 인도되는 자를 독점하거나 파벌을 만들거나 분열시키거나 구별해서는 안되는 입장에 있다고 생각했다. 왜곡하지 않은 가르침에 기초해서 설득하고 솔선수범하는 존재이고, 청빈을 생명으로 하고 참을 수행하는 사자이기도 하다. 돈을 쌓아 소유하는 것이 아니라 나눠주기 위해 쌓는 것이기 때문이다.

더욱이 기도하는 장소는 대궐이나 궁전과 같이 화려해서는 안되고, 지나치게 커서는 안된다는 생각을 했다. 성직자는 화려한 장소에 머물러 있으면 안되기 때문이다. 기도장소는 사회 약자가 모이거나 거처하거나 쉬는데 존재이유가 있는 지도 모르기 때문이다. 자신을 위해 교회를 세우는 것이 아니라 타인을 위해 세워야 한다. 과시하는 데 목적이 있는 것이 아니라 섬기기 위해 언제든지 내주어야 하는 소명이 있기 때문이다.

그런 것들을 실천할 수 없기 때문에 나는 성직자가 될 수 없고, 그들을 경외하는 낮은 자리에 있는 이유였다. 교회와 부딪칠 때마다 중학교 시절 목사 선생님이 떠올랐다. 쉬는 날이나 저녁에 목회 활동을 하였고, 평일에는 학생을 가르쳤다. 구김살 없이 학생들과 운동장에서 제기차기 시합이나 축구시합을 하면서 왜곡하지 않은 땀을 뻘뻘 흘렸다. 삶에 대해서 진솔하게 말해주면서도 자신이 믿는 신에 대해서 말을 해본 적이 없었다. 오로지 행동으로 보여주는 그런 분이었다.

아버지는 죽음이라는 마지막 수단을 통해서 전쟁병으로부터 벗어나 해방을 맞았다. 남아 있는 우리 가족은 아버지의 해방으로 다시 질곡에 빠지면서도 각자의 자리에서 생활을 이어갔다. 어머니는 생계를 위해 새벽부터 저녁 늦게까지 가게를 운영하며 틈이 나면 졸면서도 믿음이라는 세계를 통해서 자신의 전쟁을 풀어갔다. 형은 군대라는 세계에서 아버지가 수행한 진짜 전쟁 덕분에 전쟁을 모면하는 행운을 얻었다.

과감하게 맞지 않는다고 취업으로 전환하여 집에 도움을 주는 동생, 중학교에 들어가서 복싱선수를 하겠다고 날뛰는 막내 남동생, 풀려버린 우리의 눈동자를 선한 눈빛으로 잡고 있는 초등학교에 다니는 여동생, 젊음과 욕망이라는 열차를 타고 시대와 한판 논쟁을 벌이고 있는 나 등이 동행하고 있다. 우리는 가족이라는 끈을 놓지 않고 상처를 보듬고 앞으로 나가야만 피어나는 삶을 껴안고 걸었다.

15. 민주 유희의 몰락

나는 본질과 형체를 알 수 없는 시대라는 적과 싸우면서 선과 악이라는 이분법으로 선택한 목표를 향해 어설프게 돌진하고 있었다. 시대가 연속적으로 부여하는 현상에 휘둘려 자신을 위한 시간과 노력을 하지 못하는 방향으로 움직였다. 아버지 자신의 의지와는 상관없이 부과되어 대적하게 만들어 희생시켰던 시대와는 또 다른 모습으로 둔갑한 시대가 거창하게 나를 감싸며 휘둘렀다.

내가 서있는 곳에는 '민주화'라는 시대성이 거대한 물결로 몰아쳤다. 초기 민주화는 군부타도라는 명분으로 추진되었다. 군부독재가 판을 치고 정권을 창출하고 유지하기 위해 군사권력을 이용했기때문이다. 헌법개정을 통해 장기집권 체제를 만들었고, 민주질서에 기초해서 국민이 뽑는 국가지도자가 아니라 끼리끼리 체육관에 모여 뽑는 상황으로 변했기때문이다.

그런 가운데 민주화는 하지 못하도록 금지하고 감시하는 것을 거부하고 새로운 사회를 만들겠다는 목표를 갖고 포괄적 민주화라는 차원으로 진행되어 깊이와 강도를 더해갔다. 자유로운 투표를 통해 지도자를 선택하고, 독재자와 독재정치를 추방하고, 머리를 마음대로 기르고, 의지대로 표현하고 말할 수 있고, 붉은 서적을 읽을 수 있으며, 권력에 대해서 저항하거나 비판할 수 있는 사회를 구축하겠다는 운동이었다. 민주화는 그런 것에 대한 자유화를 함의하였고, 민주화 운동은 자유화를 확보하기 위한 집단적 행동으로 표현되었다.

궁극적으로는 국민이 주인이 되고 민주 세력이 국가를 이끌어가는 그런 정치개혁과 사회변혁을 목적으로 했다. 그러나 국가의 이름으로 둔갑한 독재자는 국가수호라는 차원에서 민주화를 억압하였기 때문에 다양한 측면과 계층에서 충돌이 불가피해졌다. 법과 제도로 억압을 정당화했고, 자유로운 생각과 행동을 위기라고 규정하여 저지했다.

나는 고교에서 강제적으로 받았던 교련을 대학에 들어오면서도 받아야 됐다. 그것도 모자라 병영훈련소라는 곳에 입소해야 하는 필수 교육과정의 일부로 만들었다. 독재체제의 특징인 강제된 제도하에서 선택이 박탈당했다. 자유와 민주라는 이름으로 거부하면, 학점을 인정받지 못하고 졸업이 안되는 기괴한 상황이 발생한 것이다.

훈련소입소 규칙에 따라 머리카락까지도 통제하고 감시하는 엉터리 제도에 따라야 했다. 자유를 상징했던 장발을 훈련한다는 명분으로 난도질하고 말았다. 분명히 강압적 복종을 요구하고, 강제적 충성을 요구하는 부정적인 간섭이었다. 입소를 거부하는 행동이 속출했지만 국가의 권력과 국방의 의무라는 명분에 눌려 들어가야만 했다.

깎으면서 낙하하는 머리카락에는 마치 몸에 지니고 있던 자유와 권리가 떨어지는 느낌이 들었다. 민주화가 잘리고 생명을 잃어 나뒹굴고 있었다. 뭉치로 잘려져 쌓여가는 머리칼 더미는 작은 민주화의 무덤으로 보였다. 자유화와 민주화는 그렇게 머리카락과 함께 죽음을 맞고 있었다.

반강제적으로 입소한 훈련소에서는 군복과 군화로 치장을 한 예비군인으로 행동하도록 요구받았다. 훈련하는 과정에서 분출하는 군홧발 소리, 쇳소리 같은 함성, 무감각하게 울부짖는 '충성'이라는 구호 등은 국가를 사랑하고 있는 결심 같은 의지와는 거리가 있다는 생각이 들었다.

생사를 가르게 하는 상징으로서의 총은 그 자체로도 겁을 주기에 충분했다. 총과 국가는 잘 연결되지 않았고, 오히려 총과 군부독재가 연결되고 있었다. 연속적으로 강타하는 무모한 명령과 지배행위는 불합리한 순종과 질서에 대한 강제적 동화로 인식되고 말았다. 위정자들이 애국을 빙자해서 권력을 사유화하고 국민을 팔아먹는 매민(賣民)행위라고밖에 보이지 않았다.

다행스럽게 마음의 상처를 받고 무사히 퇴소하여 학교로 돌아왔다. 아무런 보람을 느낄 수가 없었고, 감동도 눈물도 없었으며 불쾌했다. 오로지 아버지가 생사를 넘나들었던 경험을 했고 형이 복무하고 있는 군대가 어떤 곳이라는 것을 확실하게 알게 해주었을 뿐이었다. 그동안 말로만 듣던 군대 사회가 좋은 곳이 아니라는 생각이 자리를 잡는 데 도움을 주었다. 불신과 두려움으로 가득찬 가운데 친구나 선배가 입대를 하고 있어 나에게도 그런 운명이 다가오고 있다는 것을 알았다.

군대의 맛을 보면서 독재라는 개념이 더욱 피부에 다가왔다. 독재가 무엇인지는 군복을 입은 자들의 생각과 언동을 통해서 잘 인식하고 있었다. 군인 출신이 권력을 독점해서 국가와 국민을 통제하고 지배하는 것으로 다가왔다. 군부와 결탁한 소수가 권력기관을 통해 국민을 비합리적이며 강제적으로 지배하여 많은 것을 독식하는 독점적 정권이라고 규정했다.

민주화는 독단적 정권을 막기 위해 벌이는 신성한 움직임으로 이해되었다. 민주화의 열기로 사회와 대학가에는 군부독재와 민주세력, 지배와 저항, 강제와 자유, 권력과 민주, 차별과 평등, 부자와 빈자, 신분과 출세, 기성세대와 변혁세대, 강요사회와 선택사회 등과 같은 상반된 개념들이 충돌하는 혼돈시대가 도래했다.

아버지를 괴롭혔던 이념투쟁과 전쟁이라는 '시대'라는 놈이 이제는 민주화라는 '시대'로 재생되어 나를 괴롭히고 있었다. 아버지나 나도 만나지 않아도 되는 놈이었고, 질끈 눈만 감고 가면 되는 그런 것들이었으며, 오거나 오지 않거나 무감각하게 피하면 되는 것들이었다. 정면으로 맞이하는 과정에서 많은 상처를 입고 말았다.

그러나 현실에서는 시대라는 놈에 대한 인식과 해석이 각자의 입장에서 일방적으로 전해지거나 일률적으로 주장되는 상황이 벌어졌다. 시대성으로서 민주화의 실체에 대한 옳고 그름의 논의나 논쟁도 없이 큰 목소리로 갈라진 파벌에 의해 민주화의 이름으로, 정의라는 이름으로 횡포가 자행되고 있다는 느낌이 들었다.

군부독재는 애국이라는 이름으로 결집한 애국 세력을 구축하여 앞으로 주행하고 있었다. 다른 한편으로는 민주화라는 이름으로 조직된 민주 세력이 역주행하면서 부딪치고 있어 피할 수 없는 치킨게임으로 치달았다. 독재 세력과 민주 세력이 정면으로 충돌하여 만들어내는 파장은 점점 확산되었다. 청춘 남녀가 성격이 맞지 않아서 벌이는 이별 소동과 같은 애정 싸움이 아니었다. 바닷가에서 출렁이며 다가오다 파르르 사라지는 파도의 일시적 쓰러짐도 아니었다. 야들야들한 몸뚱이를 날카로운 얼음 칼로 찢어놓은 그런 부딪침이었다.

독재와 민주의 파고는 정당성이 있었는지 없었는지 알 수 없는 암살사건으로 극에 달했다. 십이육사건, 암살사건, 피격사건, 궁정동사건 등으로 불렸다. 내막은 민주화에 대한 열망으로 독재자를 처단했다는 설과 권력 암투 과정에서 밀리는 상황이 되자 충동적으로 일으킨 범행이라는 설도 있었다. 살인 사건을 오래전부터 준비해왔다는 설과 정권의 핵개발을 둘러싼 강대국의 국정개입이라는 설도 있었다. 진의와는 관계없이 독재화와 민주화를 증폭시키는 기폭제로 작용하여 모두를 혼란에 빠뜨렸다.

군부 권력은 무너지고 있는 국가를 다시 세우겠다고 강하게 압박을 했다. 그런 움직임에 대해서 더이상 그렇게 할 수 없다는 의지를 가진 민주 세력과 젊은이들은 강하게 반발했다. 직접적인 피해나 악영향에 대한 반감보다는 군부 권력이 들어서 강하게 지배하고 통제하는 권력 행사가 반복될 것이라는 독식적 역사의 재현에 대한 반감이었고 저항이었다. 압박과 반발은 대학을 강타했고, 시민을 불안하게 했으며, 국민을 볼모로 삼았다.

집회 무대를 오르는 연사나 그것을 듣고 있던 청중은 '민주화, 독재, 자유, 타도, 물러가라, 선구자, 투쟁, 싸우자, 마스크, 돌, 각목, 과격한 행동, 최루탄, 전경, 깃발' 등과 연관된 주장과 울부짖음에 싸였다. 자유, 민주화, 선구자 등과 같은 개념을 제외하면 오로지 부정적인 언어와 행동으로 점철된 언행이었고, 움직임이었다.

교내에서는 아침부터 저녁까지 머리를 흔들어 놓는 독재타도라는 절규가 공기속을 암울하게 채웠다. 스크럼을 짜고 마스크를 쓰고 운동가를 불렀으며, 확성기를 들고 걸어가며 했던 소리도 역시 '물러가라.'는 울부짐이었다. 독재자는 물러가라는 소리였다. 밀고 당기는 몸싸움과 욕설이 난무했고, 격하게 충돌할 때는 돌과 각목이 동원되었다.

군부가 권력을 장악하고 민주화와 자유화를 통제하는 상황이 극단적으로 진행되면서 교내외의 집회가 급속도로 과격해지고 확대됐다. 더불어 사회인들도 나서면서 변화를 정당화하는 힘으로 작용했고 운동을 활성화시키는 촉매로 기능했다. 시민들이 참여하고 넥타이 부대들이 동조하면서 분위기는 더욱 고조됐다. 드디어 디데이가 왔다.

서울에 있는 대학과 지방대학이 함께 움직였다. 정치 운동과는 관계없던 학생들도 서울역으로 모이기 시작했다. 학교를 출발해서 차로만 다니던 대로 한가운데를 거침없이 활보했다. 알지 못하는 남의 어깨에 기대어 행진을 했다. 누군지는 모르지만 옆에 있으면 동지가 됐고, 같은 방향으로 걸어간다는 이유로 동행인이 됐다. 이 시대를 좀 먹고 있다는 부당함과 지배하고 통제하는 독재권력에 대해서 반대집회를 하고 민주화를 주창했다.

이미 많은 학생들이 집결지에 도착해 하늘과 땅을 점령했다. 저마다 깃발을 들고 마스크를 쓰고 동일한 구호를 외쳤다. 너무도 오랫동안 불러온 구호이어서 입만 열면 자동으로 터져나왔다. 독재 세력의 중심이 되어 악의 축으로 서있던 두 사람만 물러나면 민주화가 오고 자유와 평화가 온다는 소리였다.

긴 행렬이 서울역을 떠나 숭례문을 지나 광화문으로 향했다. 거리에는 최루탄이 터지면서 하얀 안개처럼 독가스가 자욱하게 깔렸다. 그 속에는 서로 다른 일상을 살아가고, 서로 다른 희망을 가지고 있는 평범한 사람이 섞여서 사이좋게 눈물과 콧물을 흘렸다. 알든 모르든 관계없이 그 자리에 있다는 이유에서, 이 시대에 우연히 있다는 사실만으로 흘리는 눈물이었다. 대열에 있는 사람이나 도로에 있는 사람이나 모두 맛봐야 하는 허가받은 공적 독가스였다.

버스는 손님을 기다리지 않았고 가게는 사람을 들이지 않았다. 길옆에서 박수를 치던 시민들도 뛰어나와 스크럼을 짜고 보행을 맞추기 시작했다. 삶의 소리가 아니라 물러나라는 구호였다. 아버지가 치른 전쟁은 아니었지만 이 시대에 내가 치르는 전쟁의 모습이었다. 질서가 무질서를 만들었고, 무질서가 질서를 만드는 그런 전쟁이었다.

옛조선총독부 건물이 있었던 광화문에 도착했다. 이미 청와대 근방에는 군경이 겹겹이 경계를 섰다. 밀려드는 학생들을 향해 최루탄이 무자비하게 발사됐다. 물대포가 동원되면서 다치는 상황이 속출했다. 스크럼을 짜고 있던 대열이 무너져 종로경찰서 방향으로 방향을 틀었지만 이미 곳곳이 아수라장이 되어 있었다.

완전무장한 군경들이 잡으려 달려들었다. 잡히면 감방을 가거나 아니면 전방 군대로 보내져야 하는 불편한 사실에 직면해야 했다. 데이트를 하며 익힌 좁은 골목길을 향해 도둑놈처럼 도망갔다. 다급해져 할 수 없이 평소에 잘 들렸던 다방에 몸을 던지고 들어갔다. 그곳에는 안면이 있던 몇몇 학생들이 들어와 있었다.

다방주인은 나를 보며 여유롭게 웃으며 '쉬었다 가!'라고 물과 먹을 것을 내어줬다. 반갑게 맞아주는 상황에 당황하여 서성이던 나를 보고 말했다.

"괜찮아요, 민주 학생?"

"아... 예."

졸지에 내가 진짜 민주화운동을 하는 '민주 학생'이 되고 말았다. 강한 신념보다는 시대 흐름에 동조해서 하는 것이어서 쑥스러웠다. 억울한 듯했고 자랑스러운 듯한 그런 분위기가 연출되면서 그 자리가 어색해졌다. 생명을 걸거나 인생의 업으로 삼아 핏대를 높여하는 것은 아니었기 때문이다.

민주학생이라는 말에 '나는 과연 지금 무엇을 바라고 있는가?' 라는 질문을 하면서 약속된 장소인 학교로 패잔병과 같은 처지가 되어 도망치듯 돌아왔다. 학생들이 삼삼오오 몰려들었고, 정문에는 대학인사들이 나와 학생들을 맞이했다. 이미 자정을 넘기는 시간이었기에 도서관이 쉼터로 준비되었고, 빵과 음료수가 있었다. 많은 학생들이 흥분된 민주화 대장정의 호흡을 거칠게 내쉬었다.

비상사태가 선포됐고, 지하철 출구나 학교 입구에는 전경들이 깔려 검문을 했다. 검문하는 눈초리를 보며 광화문에서 벌어진 사건들이 머리를 스쳐갔다. 검문하는 자와 검문받는 자라는 입장 차이는 있었지만, 눈을 마주치는 순간 젊다는 접점이 생기면서 서로 웃어넘기는 경우도 있었다. 학생과 전경의 대치, 민주와 독재의 대치, 권력과 자유의 대치가 한 시대를 흔들어 놓는 가운데 우리들만이 소통하는 작은 격려였고 이해였다.

이미 대학은 공부하는 곳이 아니라 운동을 하는 곳으로 변하면서 정상적으로 운영되지 않았다. 시대의 주인공처럼 나대는 민주투사로 자처하는 운동권 학생들이 판을 장악했다. 물 만난 물고기처럼 활보했고, 분위기를 좌지우지했다. 그들 중에는 학습권이나 교수권에 대해서 책임을 말하는 자가 없었다. 학교측도, 교수들도, 학생들도 침묵했다. 민주화와 군부독재 타도를 외치면 정당성이 확보됐고, 적어도 대학 안에서는 활보할 수 있는 독점적 지위가 부여됐다.

각종 고시에 합격한 학생보다는 민주화를 외치는 학생이 스타로 탄생했다. 도서관에서 열심히 책을 보는 학생들이 주인공이 아니었다. 열심히 가르치고 연구하는 교수가 주인공이 아니었다. 아침부터 저녁까지 학생들 앞에서 민주화를 목이 터져라 외치고 독재자를 비판하는 학생이나 교수가 주인공이었다. 저항하다 잡혀 형무소에 갔다 오는 것이 훈장이 되는 대학으로 변했다.

민주화의 불꽃은 점점 민주화도 함께 태워버리는 불덩어리가 되었고, 대학은 화로가 되고 말았다. 그것이 정상이라면 정상이라고 할 수 있는 시대였다. 그것이 비정상이라면 비정상이라고 할 수 있는 시대였다. 민주화의 이름으로 화풀이를 했고, 폭력을 행사했고, 사회불만을 쏟아냈다. 민주화가 누락되면 존재하고 있는 모든 것들의 정당성이 결여됐다고 인식하여 비판하는 그런 대학이었고, 운동이었다.

전통적으로 대학이 주창해온 낭만이 사라졌고, 자유가 시들어졌고, 지식이 곤두박질쳤다. 한번쯤 눈감아 주거나 인정하는 특권도 사라져갔다. 민주화는 낭만, 자유, 지식 등을 갈구하는 것이 아니라 충돌, 저항, 비판 등으로 가득찬 분위기를 끌어가는 최고의 명분이 되었다. 싸움을 부추기는 촉매제 역할을 했다. 이른바 삼팔육 세대가 판을 치면서 대학에서뿐 아니라 시대의 주인공이 됐고, 아이콘이 됐고 영웅이 됐다.

그럼에도 불구하고 언젠가는 그런 언행과 움직임이 정상적인 역사로 환생되어 새로운 시대와 희망이 되기를 기대했다. 좋은 소리는 좋은 메아리로 돌아올 가능성이 있다. 나쁘거나 부정적인 소리는 역시 좋지 않은 메아리로 돌아올 가능성이 높다. 나는 그런 이치를 잊은 채 민주화의 이름으로 부정적이거나 악에 받친 소리가 선만을 데리고 오는 메아리가 될 것이라고 기대하는 잘못을 저질렀다는 생각이 들었다.

많은 학생들은 민주화운동을 하면서도 불투명한 미래와

불안한 현실에 놓여 떨었다. 민주화는 역설적으로 자유로이 움직이지 못하게 하는 또다른 억제력으로 작용했다. 민주화 행태에 대한 비판을 용인하지 않았고, 천편일률적인 방향으로 가기를 강조했고, 고집했다. 마음대로 권력을 휘두르지 말라고 하면서도 마음대로 민주 권력을 휘두르는 모습으로 다가왔다.

민주라는 이름으로 일사불란하게 움직이게 하여 선택권을 박탈하고, 통일되게 표현하도록 자유를 억압하는 것으로 인식됐다. 군부 세력이 강하게 요구한 '하지말라.', '해라.', '따라와라.' 등과 같은 강압을 민주 세력이 역이용하고 있었다. 선택권을 박탈하고 누락시켜 주인의식을 잃게 하는 공통점을 갖고 있었다. 변화와 개혁을 강조하면서 내부적 변화와 개혁을 방관하는 실수를 했다. 나만 옳고 어쨌든 너는 틀린다는 아집에 빠져버렸다.

나는 민주화에 대한 정의를 하지 못했지만 '선택이 없는 강요'와 '나만이 옳다는 아집'에 대해서 화가 났다. 군부 세력에 대해서 화가 났듯이 민주화를 주창한 동세대에도 화가 났다. 그 속에 포함된 나 자신에게도 염증을 느끼고 있었다. 강하게 추진되면 될수록 진정한 의미를 가진 민주화운동이라기보다는 민주화를 빌미로 다른 권위와 권력을 창출하겠다는 독식적 민주화운동으로 둔갑해버린 측면이 있다는 것을 부정할 수 없었다. 또다른 기득권을 창출하고 유지하는 데 사용되는 희생양이 될 것 같다는 답답함에 숨이 멈추는 것 같았다.

결국 무너져가는 대학을 보면서, 기우뚱거리는 사회를 보면서, 한 참 핏대가 오른 권력자를 보면서, 편향된 민주화를 외치는 동세대를 보면서, 가야 할 방향을 잃고 시대에 동조하다 많은 것을 잃어가고 있는 자신을 보면서 새롭게 전환하기 위한 선택을 하였다. 그 순간에는 권력자의 편에 서서 무장을 하고 감시와 탄압을 하는 군인이 된다는 사실을 잊은 채 입대를 결심했다.

입대를 결정하면서 마음과 몸이 이완되었고 자유롭게 움직일 수 있는 시간적 여유가 생겼다. 그동안 멋모르고 따라다녔던 민주화운동을 잊기 위한 빌미로 여행을 선택했다. 뒤죽박죽되어버린 여정으로부터 벗어나고 싶었다. 소원해진 영지를 불러내어 갈까도 생각해봤지만 그녀가 찾고 있는 '자유'에 대한 부담 때문에 마음이 편하지 않았다. 아무도 나타나지 않고 시비도 걸지 않는 산과 바다가 그리웠다.

가을이 되면 논에서 피를 뽑던 시절, 관광버스가 질주하며 갔던 고향의 명산을 향해 출발했다. 입구에 들어서자 아름들이 천년송들이 속편하게 맞이했다. 그 가운데는 벼슬을 받은 우아한 노송도 있었다. 마치 살려면 이렇게 살아남아야 한다는 것을 암시라도 하듯이, 도도하고 거만하게 내려다봤다. 눈길을 빼앗는 힘이 있어 그대로 시선을 놓아버렸다.

산속에는 이리저리 눈치를 보며 뛰어다니는 다람쥐와 나무 사이에 숨어 기저귀는 새들도 있었다. 다람쥐의 움직임과 새소리가 살아있다는 증거가 됨에는 분명했지만 기쁨인지 절규인지 알지 못했다. 내가 민주화라는 이름으로 절실하게 냈던 절규가 아니라 편하다는 소리이기를 바랐다.

돌을 밟고 바위를 돌아가면서 인생길은 평평한 도로가 아니라 울퉁불퉁한 길이라는 것을 잊고 있었다는 생각이 들었다. 나는 그동안 남이 잘 뚫어놓은 길을 자신의 길인양 걸었던 것이다. 직선으로 난 길이 가야할 길이라고 생각했다. 멋이 있는 길이며, 맛이 있을 것이라고 기대한 길이었지만 알고 보니 타인의 길을 걷고 있었다.

나는 정상을 향해 걸었다. 아름다울 것이라는 기대로 오르는 길이어서 희망적이었다. 정상에 올라 마음껏 숨을 들이쉬는 순간, 아름다움이나 멋을 가진 산이 아니라 두려움을 느끼는 산으로 다가왔다. 엄습해오는 기운에 눌려 얼떨결에 큰 바위에 철퍼덕 앉아버렸다. 정상(頂上)은 아름다운 곳이 아니라 무서운 곳이었다. 누구나 오르고 싶어 치열하게 경쟁하는 정상은 결코 아름다움만을 주는 곳이 아니었다.

잠시 정신을 차리고 천천히 두려움으로 펼쳐졌던 풍경을

자세히 살펴봤다. 그제야 곳곳에 숨어있던 아름다움이 하나하나 모습을 드러냈다. 하나하나가 모여 만들어내는 아름다움은 누구도 감당할 수 없는 거대한 두려움이 된다는 생각이 들었다. 아름다움의 극치는 두려움이었고, 두려움은 하나의 총합으로 형성된 아름다움의 다른 이름 그 자체였다.

아름다움이 두려움이라는 모순된 개념을 가슴에 담고 하산을 시작했다. 기쁨과 충격으로 무거워진 마음은 발길을 더욱 쳐지고 느려지게 했다. 오는 길만큼이나 내려가는 길도 쉽지 않았다. 잘 올라와야 잘 내려가는 것이 인생이다. 험한 곳을 오르면 험한 곳을 내려가야 한다. 아마도 내 인생은 연속적으로 험한 길이었기에 정상에 오르거나 내려올 때도 험해질 것 같았다.

산이 선물해준 아름다움과 두려움을 갖고 바다로 향했다. 사람들이 오지 않는 오지와 같은 섬으로 향했다. 즐거운 발걸음으로 배에 올랐다. 서서히 출발하면서 육지와의 이별을 고하는 고동 소리가 위협적이었다. 떠나가는 나를 잡지 말라는 소리였다. 육지로부터 멀어지면서 배 위에 서있는 모습만으로도 행복했다. 속도를 내면서 벌어지는 뱃머리의 흔들림과 미친 듯이 다가와 사라지는 높은 파도는 나의 삶을 말하고 있었다.

배의 놀림에 수없이 깨지면서도 원래의 형체로 돌아가는

바다의 끈질긴 회귀본능은 아름다움으로 다가왔지만 잡아도 됐고 놓쳐도 됐다. 억지로 희망을 찾을 필요도 없었다. 의식적으로 오는 그런 행운과 행복을 기대하지 않았다. 시야에 아른거리며 들어오는 바다와 떠나가는 바다도 있었다. 앞으로 가는 나도 있었고, 줄행랑치는 나도 있었다.

자연은 우리가 예상하는 대로 장난질을 하지 않는다. 잘 보면 잘 보는 대로 아름답고 잘 못보면 잘못 보는 대로 두렵다. 멀리 보면 멀리 보는 대로, 가까이에서 보면 보는 대로 아름답기도 하고 두렵기도 하다. 자연의 문제가 아니라 그것을 보고 있는 우리의 문제이다. 좋은 시선으로 봐야 좋은 것이 보인다. 나쁜 것을 보면, 결국 나쁜 것만 보게 되는 것이다.

내가 주장했던 민주화와 남이 주장했던 민주화를 잊기 위한 여정은 그렇게 막을 내렸다. 열정을 갖고 바랐던 민주화의 길은 의미가 있었지만 나에게는 남는 것이 없었다. 민주화는 분명 내 것이 아니었다. 누군가에게 왜곡된 힘을 주는 그런 것이었고 나는 광대에 불과했던 것이다. 다만 진정한 민주화와 그것의 실현을 외치는 과정에서 순수함을 갖고 움직였던 동일세대가 있어 훈훈했다. 그것만은 잊지 않고 기억하고 싶었다.

16. 올가미의 미소

나는 영지를 황야에 던져놓은 심정으로 남겨놓았다. 눈을 가리고 길들여진 사냥꾼인 독수리에게 던진 것이 아니었다. 그것은 영지에게 자유를 주는 것으로, 나라는 올가미에 가둬놓지 않도록 하기 위한 가장 좋은 결정이고 행위라고 확신했기 때문이다. 사랑하는 사람은 가둬놓는 것이 아니라 사랑으로 담아내야 하는 사람이라는 무언의 자각이 머릿속을 파고 들었다. 나는 한 사람을 좋아하면서도 감당하는데 버거움을 가진 설익은 한 남자 친구에 불과했다.

군대라는 새로운 세계에 들어가고 있었다. 어머니는 입대하기 위해 떠나는 나를 보며, 형에게 말했던 것처럼 "살아서 돌아와!"라고 간절하게 말했다. 무슨 의미인지는 알았지만 그 깊이를 헤아리지 못했다. 입영통지서를 들고 집합지 근처에 숙소를 정했다.

간단하게 군대의 맛을 봤기에, 민주화라는 소용돌이로부터 벗어나고 싶다는 생각이 강하게 들어서 그런지 낯설거나 거부감이 들지 않았다. 다만 아버지가 상처받았던 군대라는 점에서 그리고 살아서 돌아와야 한다는 어머니의 말에 약간 긴장했다.

입대를 위해 모인 장소에는 어린 시절 친구들의 모습이 몇 명보였다. 초등학교시절 잘 나갔던 홍표를 만났다. 옆에 있는 여자 친구처럼 보이는 여성의 옷자락을 정돈해주며 인사를 시켰다. 자세히 보니 통통한 볼살이 과거를 회상하게 했다. 당시 홍표와 짝이었던 부자집 딸 희자라는 것을 금방 알아봤다. 희자인가를 물었다. 겸연쩍게 웃으며 고개를 끄덕였다. 세월이 흔들어 놓아도 한 곳에 오래 머무는 마음이 있다는 뿌듯함이 있어 좋았다.

오랫동안 기억 속에서 사라졌던 '경미'소식을 물어봤다. 아직도 시골에서 생활하고 있는지 어떻게 변했는지 궁금했다. 홍표는"서울에 있는 대학에 들어갔어."라고 말했다. 서울에서 하숙하고 있었으며, 지금은 연락이 되지 않는다고 말했다. 첫사랑의 환상이 지나가고 있었다. 첫사랑은 그리워하는 것이지 만나는 것이 아니라는 편견이 어긋나기를 바라며 훈련소로 들어갔다.

훈련소 생활이 시작됐다. 그곳은 이성적으로 생각하고 합리적으로 대하는 곳이 아니었다. 군기라는 이름으로 내려지는 명령과 계급으로 움직이는 불완전한 사회였다. 무더운 여름만큼이나 훈련은 열기를 내고 있었다. 비가 오나 안오나 쳇바퀴처럼 반복되는 하루하루가 지나갔다. 쉬거나 말거나 그래도 국방부 시계는 제대날짜를 향해 돌아간다는 말이 상식의 말살에 뚜껑 열리는 머리를 식혀주었다.

많은 우여곡절 끝에 훈련을 마치는 마지막 날이 됐다. 빨리 끝났으면 하는 조바심과 끝나가고 있다는 안도감이 쏟아지는 빗물에 쓸려갔다. 빡세게 돌아가는 훈련과 흘렸던 땀으로 몸의 질서가 선명하게 만들어지고 있었다. 이 고개만 넘으면 훈련소로 복귀해서 샤워를 하고 밥을 먹고 자고 나면, 여기를 떠날 수 있다는 가장 실현 가능한 예상을 하고 있었다.

예상은 간단하게 비켜갔다. 귀대하는 도중 고개 중간쯤에 다다랐을 때, 조교는 갑자기 소리쳤다. "중대 동작 그만, 제군들 기가 빠졌다, 토끼띰 준비."라는 천둥같은 불호령이 떨어졌다. 모두가 당황했지만 일사분란하게 총을 들고 토끼뜀을 시작했다. 가파른 언덕길이어서 넘어지고 쓰러져 몸과 얼굴은 만신창이가 됐다. 내리치는 빗소리와 절규하는 구호, 넘어지는 아우성이 뒤섞여 아수라장이 됐다.

이게 무슨 날벼락인가 하면서 기어올라갔다. 몸과 마음이 난장판이 되어서야 겨우 능선에 다다랐다. "제군들, 전체 동작 그만." 모두 움직임을 멈췄고, 동시에 숨을 죽이고 있었다. 이쯤되면 토끼뜀을 해제해 주겠지라고 기대를 했다. 이어서 공기를 가르는 소리가 떨어졌다.

"반동준비, 군가는 어머님 은혜, 하나둘……"

"어머님 은혜는 하늘 같아서……"

노래가 설익은 군인들의 마음을 헤집어 놓았고, 묘한 감정이 마음을 장악했다. 모두 길바닥에 앉아버렸다. 콧물과 빗물이 엉키면서 눈물고개가 되고 말았다. 훈련받느라 수고했으니 고향과 같은 어머니 품으로 돌아가 위로를 받으라는 뜻인듯했다.

"빌어먹을……"

나는 성격이 잘 맞지 않는다는 생각을 잊고 어머님 은혜라는 노래를 부르며 새삼스럽게 뒤를 돌아봤다. 어머니는 눈물이고 힐링이었다. 어머니는 감동이고 기적이었다. 인생에서 어머니와 내가 가장 밀착된 시기였는지도 모른다.

훈련이 끝나고 잠시 머물다 가면서도 많은 여운을 남겼다. 이제 무의식적 동지가 된 모두가 정해진 길을 찾아 떠났다. 소리치고 엄포를 주던 조교나 교관들은 다시 돌아올 수 없는 곳이라고 위로를 하며 작별 인사를 했다. 바로 떠나지 못해 불안해 하는 훈련병을 다독였다. 그 중엔 나와 홍표도 끼어 있었다. 팔리지 않은 상태가 불안했지만, 훈련 없이 꼬박꼬박 챙겨 주는 밥시간과 휴식시간을 즐겼다.

그러던 중 드디어 자대가 결정이 난 모양이었다. 떠날 준비를 하라는 명령이 하달되었다. 전출 신고를 하면서 이름을 들어보니 놀랍게도 집 근처에 있는 교육부대였다. 교육생에게 전문교육을 하고 다시 다른 부대로 전출시키는 곳으로 알려진 곳이었다. 훈련을 받고 다른 곳으로 가는 줄 알았지만, 가까운 곳이기에 그대로 배치를 받았으면 하는 바람도 있었다.

다른 곳으로 배치될 것이라고 낙담하면서 무거운 마음으로 부대를 향했다. 그런데 상황이 묘해졌다. 교육대로 가는 병사들이 소수였기때문에 그곳이 자대가 될 수 있다는 희망이 생겼다. 군장을 들고 열차에 올랐다. 말로만 듣던 군용열차를 타고 부대로 향했다. 자리를 잡고 시커멓게 터버린 동료의 얼굴을 보니 사람이 아니라 군인이었다. 눈을 감았다. 덜커덩거리며 부딪치는 바퀴 소리가 앞으로의 행보를 예고라고 하듯이 질주했다.

역에 도착하니 한 사병이 나와 부대로 안내했다. 부대에 도착하는 순간 위병소에서 신고식이 시작됐다. 그 순간 자대라는 확신이 섰다. 훈련소에서 뻰질나게 했던 똥개 기잡는 선착순달리기와 토끼 뜀박질도 곁들여졌고, 피티체조로 마무리된 신고식이었지만 즐겁게 했다.

며칠이 지나자 임무가 부여됐다. 대학생들을 훈련시키는 교육조교였다. 아직도 사회에서는 민주화 열기가 폭발하여 식지 않고 있었다. 불과 몇 달 전에 내가 했던 민주화운동이 지속되고 있었다. 입소한 대학생들이 훈련을 거부하고 민주화운동을 할 것이라는 상황에 대비한 방어훈련도 겸했다. 제압하는 소리가 길바닥에 깊숙이 박히는 가운데 내가 들어와 민주화를 외치며 울부짖었던 소리가 들려오는 듯했다.

시대성과 싸우며 방황했던 자신의 모습이 떠올랐다. 민주화의 이름으로 진압대를 공격했던 내가 민주화의 이름으로 공격해오는 학생들을 저지하는 입장에 서게 됐다. 매서운 눈초리로 저주했던 내가 다시 저주받는 처지가 된 것이다. 아버지가 겪었던 좌우이념 대립과 전쟁이라는 극단적인 생사에 직면한 것은 아니었지만, 이 시대로 새롭게 소환된 독재와 민주라는 적대적 싸움으로부터 대학에서나 군대에서나 벗어나지 못했다.

아버지 시대를 지배했던 좌우대립과 전쟁은 이제 국가권력을 둘러싼 독재와 민주화, 민족통일을 둘러싼 친북성향과 우파성향으로 변신해서 재생됐다. 아버지가 주인공이었던 시대가 가고, 내가 주인공이 된 시대가 온 것이다. 청춘을 앗아간 전쟁이 끝나면서 깊은 상처를 받아 헤맸던 '아버지'가 사라졌다. 다음은 청춘을 소비하고 있는 민주화와 남북통일이 완성되면 사라져야 할 세대는 바로 '나' 라는 생각이 들었다.

강압적인 시대성에 대해서 거창하게 논하거나 반대를 하거나, 청춘에 동반되는 낭만을 이야기할 수 있는 군대 생활은 분명 아니었다. 대학 생활을 하면서 배어있던 고고한 자세와 저항 의식도 사라졌다. 아주 낮은 자세에서 포복하며 고개를 떨구는 생활이었다. 내심에 자리 잡았던 사회적 정의에 대한 열정과 열망이 숙면에 들고 말았다.

부여받은 사격 조교의 임무를 수행하면서 긴장을 했다. 모두가 읊어대는 충성을 하기보다는 국방의 의무를 수행했다. 살상용으로 인식되었던 총에 대한 두려움은 총소리를 들으면서 더욱 실감했다. 살상용 총을 다루는 임무였기에 규율과 위계질서가 매우 엄격했다. 군에서 엄격하다는 의미는 어기면 얼차려, 외박중지, 구타, 영창 등을 의미했다.

사념과 사생활이 엄격하게 보호되거나 존중되는 곳은 아니었다. 고참이 법이고 질서였다. 어느 토요일 오후였다. 휴식을 취하거나 외박이나 면회 등이 이루어지면서 내무반은 조용했고 한산해졌다. 가져왔던 조그만 책이 눈에 들어와 무심코 꺼내서 봤다. 내무반에서는 바로 위 고참과 동기들

뿐이었다. 좋은 하루를 보냈다는 만족감을 갖고 점호가 끝나 잠자리에 들었다.

그 순간 옆에 있던 고참이 벌떡 일어나더니 따라오라고 했다. 갑작스러운 행동에 불안해졌다. 오늘 벌어졌던 일들이 파노라마처럼 흘러갔다. 잘못한 짓을 했는지 생각해 봤지만 떠오르지 않았다. 이윽고 창고에 도착하자마자 급소를 맞아 픽 쓰러지고 말았다. 숨이 쉬어지지 않았다. 숨을 쉬는 것이 그렇게 어려운 것인지 처음 알았다. 그리고는 기억이 없었다. 한참만에 눈을 떠보니 온몸에 물이 뿌려져 있었다.

기진맥진한 상태로 일어났다. 내무반에서 책을 본 것이 화근이 됐다. 위계질서와 계급이라는 이름으로 자행된 군대식의 판결이었고 벌칙이었다. 아무에게도 말하지 못하고, 둘만이 간직하며 지켜지는 무질서가 질서로 자리 잡는 상황이었다. 이런 고참이 있는 한 군대 생활이 어려워질 것 같다는 직감이 들었다. 그러나 상처가 추가되었을 뿐 다른 방법은 없었다.

같은 부대에는 대학에서 만난 친구의 친구로 알았던 지인이 몇 명이 있었다. 그들은 암암리에 돌봐주기도 하고 위기로부터 구해주기도 했다. 그러나 군대는 군인이 사는 곳이지 일반 사람이 사는 곳이 아니었다. 사람의 혼이 빠지고 다른 혼으로 채워진 군인이 사는 곳이었다. 그런 점에서 나는 아직 군인이라기보다는 적응하지 못하고 있는 비군인이었는지도 모른다.

아주 뜨거운 맛을 알고 나서 일상생활이 불쾌했고 주위가 무서워졌다. 고참과의 대화도, 웃어주는 모습도 가증스러웠다. 위하는 말들이 허구와 거짓으로 다가왔다. 되도록 부딪치지 않으려고 했고 대화가 단절되도록 노력했다. 그러던 중 우연히 경계 근무를 같이 섰던 병장이 제대를 앞두고 후임병이 필요하다는 말을 했다. 좌고우면하지 않고 데려가 달라고 했다.

그런 일이 언제 있었던가 할 정도로 시간이 흘러갔다. 어느 날 선임하사로부터 하루만 회계업무를 해달라는 전언이 왔다. 아마도 업무능력을 파악하려는 것이라고 여겼다. 전자계산기로 업무를 해왔던 병장 대신에 능숙했던 주산으로 계산을 해주었다. 조교 세계를 뜨기 위한, 구타한 선임을 떠나기 위한 절박한 주판 튀기기였다. 내가 내는 주판알 소리는 이 자리에 있게 해달라는 소리였고, 선임의 구타를 털어내는 소리였다. 다행스럽게 병장이 제대를 하면서 회계업무를 맡게 되어 무질서 고참을 떠나게 되었다.

나는 회계업무를 하면서 입소한 대학생들의 의견을 듣는 간담회도 준비했다. 학생들이 훈련하는데 필요한 요구사항이나 소감을 듣는 자리였다. 학생대표들을 위해 다과회를 준비하면 되는 일이었다. 어느 날 평소와는 다르게 이것저것 준비하라는 명령이 내려왔다. 목록을 보니 평소와는 달랐다. 직감적으로 중요한 인물이 뜰 것 같다는 예감이 들었다.

공식적으로 알려진 것은 없었지만 VIP아들이 입소할 것이라는 소문이 암암리에 돌았다. 정확한 정보도 없었지만 정해진 메뉴얼에 따라 대응을 하면서도 긴장을 했다. 드디어 들어오는 날이었다. 그러나 상황이 다르게 돌아갔다. 준비했던 다과회는 열리지 않았다. 이후 입소했다는 소리나 입소하지 않았다는 소리도 없이 잠잠해졌다.

여기는 사람이 사는 곳이 아니라 군인이 사는 사회였다. 명령과 규칙에 따르면 됐고, 사실상 어깨에 놓인 계급에 따라 질서를 지키며 움직이는 계급군인으로서 살아가면 되는 사회였다. 군인으로서 근무하는 것이 애국이고 충성이었다. 복무할 기간이 만료되면 모든 것을 접으면 접혀지는 곳이었다. 사람 같은 군인을 기대하거나 인간의 이치가 통용되기를 기대하는 그런 곳이 아니었다. 몸과 마음이 머뭇거리는 사이에 지나가면 되는 통과역일 뿐이었다.

어머니로부터 "살아서 돌아와!"라는 말을 듣고 실천한 지도 일 년 정도가 흘렀다. 복무를 하고 있던 형은 변함없이 잘 적응했다. 빳빳하게 다려입은 군복을 입고 반짝반짝 빛이

나는 군화를 신고 면화를 한번 왔다. 전령업무를 맡아 인근 부대에 왔다가 잠시 들른 것이었다. 집 근처에 오면 계절 따라 찾아드는 꽃처럼 기쁜 얼굴을 하고 들렀다.

제대를 앞둔 형이 몸이 안좋아서 미루어졌다는 소식을 들어 불안해 하고 있었다. 집이 가까웠기 때문에 면회를 오는 일이 없었지만 면회를 왔다는 연락이었다. 위병소에 가보니 아는 사람은 없었다. 안을 다시 둘러보았다. 어떤 여성이 앞으로 걸어왔다. 그녀는 형의 여자 친구라고 소개를 했고, 춘천에 산다고 했다. 체구는 작았지만 야무지고 당차게 보였다. 보자마자 안심이 되는 그런 사람이었다.

제대를 앞두고 '아프다.'는 연락을 했고, "내게 가보라."고 해서 왔다는 것이었다. 상황이 심각하다는 것을 알았다. 그러나 나도 군인이어서 자유롭게 대응할 수 있는 상황이 아니었다. 우선 형에게 면회를 가야할 것 같다는 생각을 했다. 멀리서 온 형의 여자친구이어서 그냥 보낼 수가 없었다.

"저희 집에 가보겠습니까?"

"네, 괜찮으면 가고 싶었요."

상황과 관계를 잘 알지 못했지만 집으로 안내를 했다. 가족과 처음 만나는 사이였음에도 불구하고 오랜 기간 알아온 사람처럼 낯설지 않았고 정감있게 다가왔다. 어머니도 만족하여 금방 좋아했다. 나는 형의 여자친구가 아니라 결혼한

형수처럼 느껴져 예비형수라고 불렀다. 정이 많고 전적으로 형과 가족을 위해 손발 벗고 나서줄 수 있는 사람처럼 여겼다.

임시 휴가를 얻어 입원해 있던 군병원에 면회를 갔다. 상황을 물어보니 형은 "무슨 병인지 모른다."고 했고, "종종 머리가 아프고 소화가 안되며 살이 빠진다."고 말했다. 상황의 정도를 알고 싶었지만 휴일이라 군의관을 만나지 못했다. "걱정하지 말라."고 하는 말에 어떤 대응도 하지 못했지만 안심은 되었다.

형은 대화 중에 부대에서 있었던 사건을 털어놓았다. 예비형수로부터 생일선물로 받은 시계를 고참이 억지로 빌려달라고 하고 나서 돌려주지 않아, 몇 번 돌려 줄 것을 강하게 요구했지만 거절했을 뿐 아니라 의도적으로 괴롭혔다는 것이다. 부당한 구타와 기압이 지속적으로 행해졌고, 얼이 빠지는 지시와 명령에 복종할 것을 강하게 요구했다는 것이다. 연속적인 구타에 형의 참을성은 한계에 도달했고, 극도로 흥분하여 총부리를 고참머리에 갔다 대면서 그것이 빌미가 되어 영창을 갔다 왔다는 것이다. 이후 거기에서 끝나지 않고 심하게 구타를 당해 머리가 터지는 사고를 입었다는 것이다. 이후부터 머리가 어지럽고 몸의 균형이 깨져 제대가 미루어졌다는 고백이었다.

군병원에 입원해 있으면서 어떤 치료를 어떻게 받았는지 알 수 없었다. 여전히 병명을 알지 못했다. 다만 머리가 종종 아팠고, 소화가 잘 안된다는 이유로 그에 해당되는 치료를 받고 있다는 전언을 들었다. 병원 생활이 길어지면서 자주 면회를 갔던 예비형수의 면회도 뜸해졌다.

군대에 있는 나, 직장에 다니는 동생, 어린 동생, 어머니 등이 우리가 갖고 있는 인적 풀이었다. 군에 있어 자유롭지 않다는 이유는 변명이었을 뿐, 위기로부터 형을 구할 수 있는 방도가 아니었다. 멀리 떨어져 있어 치료상황과 상태를 파악하기 어려웠다. 다만 형이 아프다는 상황이 머릿속을 채워 걱정만이 늘어났다.

입대하던 날 어머니가 절실하게 "살아서 돌아와!"라고 했던 말이 머리를 강타했다. 혹시나 잘못되는 것은 아닌가라는 걱정이 생기면서 잠시 전율을 느꼈다. 어머니의 말은 '죽지 말고 돌아오라'는 말이 아니라 '아무 탈없이 잘 미치고 돌아오라'는 의미였다. 죽음을 전제로 한 것이 아니었다. 생사를 가름하는 상황을 예상한 것이 아니었다. 그러나 불행하게도 지금 이 순간은 어머니의 말이 극단적으로 흘러가지 않기를 간절히 바라는 상황이 되고 말았다.

어떻게 판단했는지 알 수 없었지만 군의관은 제대를 허락했다. 집으로 돌아온후 대학병원에 입원을 했다. 진단을 하고 검사를 해도 여전히 병명이 나오지 않았다. 다만 헛구역질을 했기때문에 위장 중심의 치료와 약처방으로 마무리 하곤했다. 가족들은 정성으로 돌봤다. 덕분에 완치되지는 않았지만 등산도 하고 군입대이전에 계획했던 배우데뷔를 준비했다. 휴가를 내서 만나보면, 건강해 보여 안심이 됐다.

발걸음이 뜸했던 예비형수에게도 편지를 했다. 제대하고 집에 와 병원을 다녀 많이 회복됐다는 전언을 넣었다. 놓치기엔 아까운 몇 안되는 우리 편이라는 생각이 들었기 때문이다. 우리 집 사정을 잘 이해했고, 사교성도 뛰어났다. 짧은 시간에 우리가 좋아하게 된 사람이어서 인연을 이어가기를 간절하게 바랐다. 편지를 받자마자 달려왔다. 아버지 죽음으로 침체됐고, 형의 걱정으로 위축된 집에 새로운 기운을 넣는 수호신이 됐다.

이후부터 아프면 병원에 갔고 다시 위장 관련 치료를 받고 약을 복용하는 생활이 반복됐다. 여러 대학병원에서 진단을 받았지만 여전히 병명은 오리무중이었다. 그러나 체중이 줄었고 기력이 점점 약해지는 현상이 벌어졌다. 마지막이라고 생각하고 가보지 않았던 다른 대학병원에서 종합진단을 했다.

진달 결과가 나오는 날 떨리는 마음으로 병원에 갔다. 의사는 심각한 모습으로 촬영한 사진을 가져왔다. 그리고는

"왜 이제 왔느냐."고 야단치는 말을 했다. 그동안 여기저기에서 진단받았던 내용을 말했지만 이미 상황은 늦었다는 말만 했다. 결과는 심각하게 진행된 뇌종량이라는 판단이었다. 생전 처음 듣는 병명이었다. 의사는 매우 어려운 상황이라고 다시 강조를 했다.

마음속에는 또다시 아버지와 같은 어려운 운명이 다가오고 있는 것은 아닌가 라는 불안감이 생겼다. 어두운 죽음의 그림자가 다가오는 듯한 불길한 예감이 들었다. 그동안 수없이 찾아다녔던 병원 의사들의 진단과 처방이 원망스러웠고, 그들에 대한 불신이 솟구쳤다. 병원을 믿을 수 없었고, 의사를 믿을 수 없었다. 증오심이 극에 달했고 화가 치밀었다.

수술 문제를 상의했지만 의사는 고개를 절래절래 흔들고 말을 하지 않았다. 많은 병원과 의사를 만났는데 이런 결과를 얻은 것에 대한 허탈감이 몰려왔다. 없는 상황에서 갔다 바친 돈이 얼만데 이제야 병명을 말하는 것일까라는 생각에 절망을 하고 말았다. '돌파리 의사놈들!, 돈만 처먹는 돈 벌레 같은 병원들!'이라고 진심으로 욕을 했고 저주를 퍼부었다.

원인이 무엇인가를 정확하게 말을 하지 않아 알 수 없었지만, 형이 군대에 있을 때 구타를 당한 이후 '머리가 아팠다.'는 말이 생각났다. 혹시 군대에서 벌어진 것이 원인이 된 것은 아닐까라는 의심이 강하게 들었다. 의학적인 판단은 아니었지만 합리적인 의심이 가는 부분이었다. 나는 다시 '거지 같은 군대!, 죽일놈의 그 세끼!' 라고 또다시 심한 원망과 저주를 퍼부었다.

수없이 다녔던 병원과 진찰을 해주었던 의사, 군인이 사는 군대, 군인을 진단하고 치유하는 군대병원과 군의관, 무질서한 고참 모두가 증오의 대상이 되었다. 그러나 어쩔 수 없는 이 상황에 더욱 비참해졌다. 누구에게 하소연하고 누구에게 도움을 청할 것인가를 알지 못했다. 고스란히 우리가족과 형이 감당해야 할 몫이 되고 말았다.

'소화기능에 문제가 있다.'는 군병원이나 대학병원의 진단은 또다시 현실적 현상에 집착한 나머지 생겨난 오류였다. 틀린 진단은 아니었던 것은 분명했지만 현실적 현상에 숨겨진 근본 원인을 놓친 것 또한 사실이었다. 아버지의 근본적 상처가 무시되었듯이 이제 형의 근본적 상처가 무시되어 죽음의 문턱에 서는 운명이 되고 말았다.

우리에게 '시대라는 놈은 전부 적'이라고 단정을 하고 할머니가 이야기했던 '시대라는 놈'에 대해서 저주를 했다. 그것으로 화풀이가 되지 않았다. 운명은 운명이었다. 우리 가족과 형은 불운을 비켜갈 운명이나 행운을 갖고 있지 못한 모양이었다.

"우리 가족은 왜 이리 엉망이야!"

형을 둘러싼 부당한 시대에 대한 강한 불만과 나의 무능력에 좌절을 하고 말았다. 또다시 죽음을 기다려야 하는 처참한 상황에 떨어졌다. 죽음을 앞둔 모습을 그대로 보고만 있어야 하는 운명이었다. 어머니는 충격을 받아 반실성한 모습으로 하루하루를 보냈다. 예비형수도 다시 온 것을 후회했는지, 이 상황을 원망하고 있는지, 불쌍하게 생각했는지 눈물을 흘리는 말만했다.

상황이 어려워지면서 모두가 갈피를 잡지 못했다. 그동안 해준 것에 대해서 너무도 미안하고 몸둘바를 몰라서 예비형수에게 편지를 썼다. '형을 떠나지 말라고, 우리를 버리지 말라고, 잊지 말라고.' 하고 싶었지만 그럴 수는 없었다. 앞날이 창창한데 태풍 앞에 놓여 언제 꺼질지도 모르는 촛불을 보고만 있으라고 할 수 없었다. '그냥 꿈이라고 생각하세요.' 라고 썼다. 가장 신선하게 정을 붙였던, 격하게 우리편을 들어주었던 그런 분이었다. 너무 아쉽고 보내기 어려운 사람이었다.

나는 마지막 휴가를 나와 형을 봤다. 깡마르고 앞을 보지 못했고, 말도 하지 못했다. 겨우 청력만 유지하고 있었고 숨만 쉬었다. 그래도 방안에서 소변을 보지 않고, 죽기 직전까지 화장실을 찾았다. 몸을 부추기며 화장실로 가는 도중에 내 손을 살짝 꼬집었다. 눈물이 확 쏟아졌다.

너무나 아픈 꼬집음이었다. 잡다가 긁힌 것이었는지, 마음속에 담은 표현이었는지, 원망이었는지, 구해달라는 신호였는지, 나는 아직도 모른다. 분명한 것은 무엇인가를 말하고 싶었던 그런 움직임에는 틀림이 없었다. 다음에 형을 만나면 꼭 물어볼 것이라고 다짐했다. 그때 그것이 무엇이었는지를 물어볼 것이다. 그리고 '미안했다.'고 사과를 하든지, '잘못했다.'고 빌던지, '고맙다.'고 하든지 무엇인가 변명이라도 해야 할 것 같았다.

나는 형의 죽음이 너무 억울해 울지 못했다. 우리 집은 군대라는 매개를 통해 아버지와 형을 잃었다. 아무런 보상도 없었고 보살핌도 받지 못했다. 아버지는 '전쟁'으로 인한 상처로 평생 남의 정신으로 흔들거리며 살았다. 전쟁에 할퀸 자국을 치유하지 못하고 헤매다 목숨을 잃었다. 형은 군대라는 이름으로 둔갑한 '계급'으로 생명의 위협을 받고 주저앉았다.

"시대란 무엇일까?"

"국가란 무엇일까?"

"전쟁이란 무엇일까?"

"군대란 무엇일까?"

"계급이란 무엇일까?"

나는 아버지와 형의 운명을 보면서 시대, 국가, 군대 라는 형이상학적 개념에 애착을 갖거나 소중하다는 인식을 하지 못했다. 전쟁, 계급이라는 형이하학전 개념에 증오심을 가졌다.

적어도 국가는 헌법과 법률에 근거해서 데려가 써먹었으면, 있던 그대로 돌려줘야 할 책임이 있다. '건강한 모습'으로 데려갔으면, '건강한 모습'으로 돌려보내 자신의 미래를 살도록 해야 한다. 상처를 받았으며 완치해주어야 하고, 기능을 잃었다면 부전 현상으로 벌어질 부정적인 영향까지 치유와 보상을 해야한다. 그것이 국가가 지켜야 할 국민에 대한 최소한의 법적 사명이고 책임이고, 법을 따르는 국민이 가질 권리라고 생각했다.

우리 집에서 가장 중요한 위치에 있었던 아버지와 형이 최소한의 권리도 받지 못했고, 국가가 최소한의 사명이나 책임을 외면하는 상황에서 죽음에 이르렀다고 생각했다. 우리 가족을 둘러싼 시대에 대한 거부감과, 국가와 군대에 대한 불신이 강하게 생겼다.

나는 군대에 있는 자신에게 물었다.

"너는 군대에서 살아남을 수 있겠니?",

"험악한 이 시대에서 생존할 수 있겠니?"

"아무것도 돌봐주지 않고 방치하는 이 나라에서 살 수 있겠니?"

어머니가 형이나 나에게 간절하게 했던 '살아서 돌아와'라는 말은 빈말이 아니었다. 지나가는 말이 아니었다. 아버지의 운명을 통해 얻은 진정한 바람이었던 것이다.

우리 가족은 여덟 식구에서 다섯 식구로 줄어들었다. 아버지와 형은 올가미에 걸려 잡히고 말았다. 우리 가족은 잘 알지 못하도록 놓여 있는 올가미의 미소에 한눈을 질끈 감고 윙크를 하고 있었다. 더 이상 불어닥칠 흔들림과 상처는 있어서는 안되며, 없을 것이라고 믿고 싶었기 때문이다. 앞으로 나는 친하지 않은 시대를 넘기 위해 얼마나 많은 정성과 노력이 필요한지를 알지 못했지만 준비해야만 했다.

제 4 부

17. 인생 역전의 공식

여전히 의문스러운 인연으로 맺어지고 있는 시대라는 놈은 한순간이라도 편하게 놓아주지 않은 채 상처를 낼 틈새만을 노리고 있었다. 이쯤되면 해방을 시켜주거나 내편이 되어줄만도 한 것은 아닌가라는 기대와 불만이 솟구쳤다. 시대는 누구에겐 수호자로, 누구에겐 방해자로 나타난다. 그것을 내 편으로 만드는 것이 권력, 힘, 돈, 지식, 인맥, 학벌, 능력 등이라고 한다면 시대는 내편이 아닌 것 같았다.

어머니가 "살아서 돌아와!"라고 한 말에 대한 약속을 다행스럽게 지켰다. 이제 제대를 하고 복학을 앞두었다. 당장 등록금이 문제가 됐다. 신문광고를 보니 여의도에 있는 오퍼상에서 사원을 모집했다. 여의도라는 지역이어서 그런지 몰라도 신뢰가 갔고, 마음에 들었다. 사무실은 매우 번화하고 볼거리와 먹거리가 풍부하며 방송국이 밀집한 지역에 있었다.

대기업에 다니다 독립했다는 사장은 유순했고, 전무라는 사람은 욕심이 있어 보였다. 사무과장은 사장의 친척이었고, 영업과장은 전무의 친척이었다. 수수하고 새침해 보이면서 화장을 짙게 하고, 짧은 다리였지만 달라붙은 옷을 입어 각선미를 강조한 여사무원이 있고, 새롭게 채용된 다섯 명이 전부였다.

일본에서 유행하거나 히트한 상품을 수입해 한국에서 판매하기 위해 설립한 오퍼상으로 출범한지 한 달정도 됐다. 사업의 방향을 잡았으면서도 구체적인 아이템이나 세세한 전략, 영업방법이 결정되지 않았다. 당장 회사를 유지하기 위한 비용을 만들어내는 것이 중요해졌다. 약간 불안한 출발이었다. 그러나 뼈를 묻을 정도로 오래 다닐 생각이 없었기 때문에 자신의 목표를 달성하는데 차질이 없었으면 했다.

사원에 대한 처우는 불공평했다. 월급이 아니라 하는 만큼 배당금을 주는 메리트시스템이었다. 사원들에게 기본급을 주고 판매금액의 10%를 주는 급여체계였다. 나의 신분은 아침에 출근해서 저녁까지 상품을 파는 영업사원이었다. 회사는 운영비에 충당하기 위해 임시 아이템으로 일본제품이 아닌 국내제품을 선정해서 판매하도록 했다. 이런 사실을 알고 나서 회사에 다닐지 아니면 말지를 고민하는 사원도 생겼다.

나는 필요한 돈을 모으기 위한 일시적 경제활동이어서 많은 기대를 갖지 않았지만 '돈을 벌수 있을까?' 라는 의구심이 들기도 했다. 출근과 동시에 판매계획을 이야기하고 퇴근할 때 활동내용을 담은 보고서를 제출하도록 했다. 회사에서는 계획되거나 기존의 가래처도 없었고 구체적인 판매전략도 없었다. 사원들이 알아서 판매하는 것에 의존하는 전략이었다.

처음 판매품으로 선정된 제품은 건강음료와 마시는 차였다. 건강음료의 샘플과 그것을 넣고 다닐 가방이 배급됐다. 그날 점심과 교통비를 포함한 활동비가 지급됐다. 사자처럼 광야에서 먹잇감을 찾는 것과 다름이 없었다. 보이는 사람이나 보이지 않은 사람 모두가 수요자였고, 고객이 될 수 있는 무차별 팔이방식이었다.

이 넓은 세상에 이렇게 많은 사람이 고객이 될 수 있다는 점에서 기회는 기회였다. 그러나 알고 보면, 건강음료 수요자를 찾는 것은 맨땅에 머리를 박는 것과 같이 고통이 동반되는 것이었다. 사무실을 나와도 반기는 데는 없었다. 가야 할 곳은 많아도 딱히 기다리는 데는 없었다. 아무리 전략을

짜봐도 답을 내기가 어려웠다. 이런 방식으로 운영해서 사원들이 얼마나 남아 있을 것인지, 회사는 얼마나 존속할 수 있을지 의문이 갔다.

영업 경험이 있는 몇몇 동료들은 '영업이 어렵고 비전이 없다.'고 사표도 제출하지 않고 즉시 그만두었다. 어떤 동료는 출근해서 활동비와 기본급을 챙기면서 적극적으로 일을 하지 않고 이직할 회사를 찾았다. 기본급만 받고 사라지거나 회사에 이용만 당한다고 불만을 품고 판매금을 통째로 받아 먹튀하는 사람도 나타났다.

현실감과 생동감이 있었지만 코피가 터지도록 고민하고 계산해야 하는 사회생활이었다. 사람 간의 약속과 질서가 무너지고 있는 것을 보았다. 사회라는 현실이 피부로 다가와 정신이 들기도 했지만 무서워졌다. 등록금만 벌기 위해 잠시 다닐 것이라고 생각한 자신과 가장 적은 보수를 주고 사원을 고용해서 회사를 운영하겠다고 생각한 사장 중에서 누가 더 정당하고 부당한 것인지 판가름하기 어려웠다.

나는 차가운 현실이라는 벽에 부딪쳐 다른 선택을 할 수 있는 시간과 상황이 아니었다. 잠시 활동하다 목적을 달성하고 사라지면 된다는 생각으로 머물렀다. 출근할 때면, 이른 가을 감나무에 걸려 이제 막 붉어진 홍시를 기다리는 느낌이 들었다. 홍시는 때가 되면 떨어질 것이라는 기대라도 있지만, 우리 고객은 알 수 없는 곳에서 기다리고 있어 찾아가야만 했다.

사장과 전무의 운영방침에 반발해서 그만두었던, 먹튀를 했던 사람들의 마음이 이해가 됐다. 살아남기 어렵다고 사라진 동료들의 판단이 옳은 측면이 있었다. 처음 들어온 동료 중에서 남아 있는 사원은 혼자뿐이었고, 나머지는 다시 보충된 사원들이었다. 짧은 시간에 선배가 되었지만 의미가 없는 그런 위치였고 아무도 알아주지 않는 자리였다.

우연히 건강음료를 샀던 고객으로부터 연락이 왔다. 각종 이벤트를 주최하면서 생필품 등 다양한 상품을 판매하는 사람이었다. 고객들이 쉽게 접근할 수 있는 상품 업자를 모아 교회행사나 시민활동 행사에서 판매하게 하고 리베이트를 챙기는 사업을 하는 사람이었다. 각종 행사에 참여해서 건강음료를 판매해달라는 제안이었다.

깊은 숲속에 들어가도록 하고 길을 잃고 헤매도 대응해주지 않는 회사와는 차이가 있고, 더욱이 안정적으로 구매자를 확보할 수 있어 참가하기로 했다. 행사가 다양했고 큰 도시를 순차적으로 돌면서 진행하기 때문에 구매자도 항상 새로운 고객이었다. 전국적으로 판매가 가능한 시스템으로 자리잡아 갔고, 행사가 확장되면서 새로운 사원을 투입하는 상황이 될 정도로 단기간에 자리를 잡았다. 회사에서도 예기치 않았던 새로운 영업모델로 정착했고, 쇼핑몰에도 개점하여 점포를 거느릴 정도가 됐다.

어느덧 복학할 시기가 다가왔다. 애당초 목표가 달성되어 회사에 정식으로 사표를 냈다. 그 순간 비정하고 무한경쟁이 벌어지고 있는 현실사회로부터 해방되는 기분이었다. 회사를 운영하는 사람과 회사를 이용하는 사람 간의 싸움은 전쟁과도 같았다. 다른 한편으로는 앞으로 겪게 될 사회의 참상을 본 것같아 암울해졌다.

갈팡질팡했던 오퍼상에서의 경험은 그동안 숨어있던 강한 출세욕을 자극했다. 출세욕은 과정도 생략하고 발판도 없이 도약해야 하는 생뚱맞은 시도인지도 모른다. 그러나 앞길을 열기 위한 열정이고, 자신을 지키기 위해 실현해야 하는 과제였다. 출세의 내용을 정하지 못한 채 출세욕을 태워야 할 대학으로 다시 돌아왔다.

짙게 깔렸던 시대의 잔상으로서 민주화에 대한 열기가 여전히 젊은이들의 마음을 진정시키지 못했다. 흥분하고 있는 학생들은 고고한 모습의 권력층과 지식층이 다각적이며 무차별적으로 쏟아내는 정체불명의 민주화 파편에 맞고 찔리는 농간을 당하고 상처를 입는 듯했다. 젊은 시절 한때 정의와 민주를 찾기 위해 불태우는 열정이었다고 치부하기엔 뼈아픈 경험이었다.

한번 경험했기에 바람에 흔들리지 않으려고 독하게 마음 먹었다. 삶의 의미와 목적을 생각하지 않고 무조건적으로 시대에 편승해 소비했던 시간을 시대의 탓으로 돌렸던 지난 대학 생활에 종지부를 찍고 싶었다. 가장 빠르고 짧은 직선거리로 현재의 처지로부터 탈출할 수 있는 지름길을 찾아 해방될 수 있는 선택을 하지 않으면 안됐다.

남이 혼란하면 그것은 나에게 기회가 되는 것을 의미한다. 나는 이전에 자신을 난폭하게 흔들어 남에게 기회를 주었다. 이번에는 내 차례였다. 남이 난폭하게 시간과 기회를 소비하는 동안에 시간과 기회를 내 것으로 하면 되는 그런 것이었다. 단숨에 시대와 장애를 넘어 새로운 운명을 만들어 낼 수 있는 방법은 딱 두 가지로 좁혀졌다.

하나는 개천에서 용나게 하는 고시에 합격해서 한꺼번에 신분을 상승시키는 것이다. 짧은 시간에 승부를 볼 수 있는 가능성이 있다는 매력이 있었다. 다른 하나는 긴 호흡을 통해서 신분을 바꾸는 방법이었다. 학문을 해서 한 분야의 전문가가 되어 자신을 살리고 기회가 되면 사회에 보탬이 될 수 있는 기침 좀 하는 지식인이 되는 것이었다. 나는 고시 관련 책들을 보면서 여기에 미래의 답이 있을 것이라고 생각했다.

이제 승부를 걸때가 온 것이다. 아침 첫차와 저녁 막차를 차지하고 학교에서 생활하는 도서관파로 살아가는 삶을 시작했다. 생명이 잠들고 있는 조용한 새벽은 어둠 속에서 움직이는 몸과 내딛는 발걸음이 신선해서 좋았다. 왁자지껄하게 하루를 흔들며 수많은 사연들을 깡그리 숨죽여 묻어버리는 저녁은 어둠을 혼자 독차지해서 좋았다. 스르르 미끄러지듯 달려가는 지하철에 지치기 위해 탔던 사람들이나 일을 마치고 지쳐서 탔던 사람들이 소중하게 보였다. 언젠가는 이 지하철이 좋은 삶으로 옮겨주는 상향 열차가 되기를 바랐다.

일등등교를 하는 것은 예나 지금이나 마찬가지였다. 드르륵 도서관 철문이 열리는 소리를 들어야 했고, 닫혀있던 공간에 제일 먼저 발자국을 남겨야 직성이 풀렸다. 아무도 알아주지 않았지만 안달나는 하루가 되지 않기 위해서는 그렇게 해야 했다.

도서관 제일 구석진 창가에는 자칭 지정석이 생겼다. 누구나 탐을 내는 자리였지만 언제부턴가 아무도 앉지 않는 암암리에 인정받아 고정석이 된 내자리였다. 도서관파로 우연히 알게 된 몇몇 경쟁하는 친구들이 지켜주면서 생긴 자리였다. 도서관에 있으면서 서로 얼굴을 익히는 가운데 친구로 인식하게 된 성분을 모르는 타과 학생들이었다.

도서관파로 인연을 맺어 어느샌가 오지 않으면 걱정이 되는 사이가 됐다. 아침을 함께 시작하고 저녁을 마무리하는 일상을 보내면서 많은 것을 터놓는 친구로 서로 서있었다. 점심이 되면 뒷산 정기 좋은 자리를 찾아 점심을 먹었다. 식권증을 달래기 위해 언덕에 앉아 아늑하게 감싸고 있는 대학정원에 오가는 청춘들을 난도질하기도 했다.

감상 시간이 끝나면 다시 도서관으로 향했다. 컨디션에 따라 졸거나 집중하거나 하는 시간이 불규칙적으로 찾아왔다. 저녁은 도시락에 라면을 말아 먹으면 해결됐다. 인생을 말아먹지 않기 위해서 말아먹고 또 말아먹었다. 급하게 말아먹은 것이 거북하면 저녁노을이 질 때였다. 교정을 한바퀴 돌아야할 시간이다.

오래된 전통을 대변이라도 하듯이 대리석으로 된 인문관은 정자세를 하고 있어 똑바로 걷고 앉아야 한다는 느낌을 주었다. 낮이나 밤이나, 사람이 있거나 없거나, 보거나 말거나 홀로 서 있는 동상을 볼 때면 나를 매우 닮아 있는 것 같아 정이 갔다.

아래를 내려다보면 소문난 고급호텔이 빨리 와보라는 듯이 심장을 부추겼다. 옆으로는 과거 아버지가 서울에 올라와 도움을 받았던 거부들이 사는 저택들이 살려면 나같이 살아보라는 듯이 눈을 빨아들였다. 마지막으로 눈길이 머무는 곳은 우리들의 출세경쟁 만큼이나 치열하게 원조 싸움을 벌이고 있는 음식점이었다.

의무도 없는 시찰이 끝나면, 다시 자리를 잡았다. 밤이 깊어지고 듬성듬성 자리가 비게 되면 집으로 가야 할 시간이 오고 있다는 것을 눈이 알려주었다. 눈의 신호에 따라 몸도 같이 움직였다. 빠져나가는 경쟁자를 보면서 희열을 느낄 때가 되면 이제 일어나야 할 시간이다. 깊어가는 밤의 속도만큼이나 귀가하려는 마음도 덩달아 바빠졌다.

마지막 지하철을 타노라면 모두가 세상을 보지 않으려는 듯 눈을 감았다. 물끄러미 마주치는 시선은 서로에게 의미가 없었다. 마주쳐도 됐고 안마주쳐도 됐다. 만나본 적이 없는 인연들이었다. 어디서 무엇을 하고 누구인지 모르지만 우연히 이 시간에 동행하는 사람들이어서, 늦게 귀가한다는 이유 하나만으로 봐주면 되는 그런 사이였다.

스스로 묶어버린 생활이었지만 의미를 찾고 있는 시간이었고, 앞으로 나가보려는 꿈틀거림이어서 좋았다. 자신이 그려낼 수 있는 그림인지를 묻지도 않고 그리고 있었고, 세우지도 않은 시간표에 따라 규칙적으로 움직였다. 그러나 인생을 건 싸움이었기에, 시대를 넘어야 하는 투쟁이었기에 잘 그려야 했고, 잘 움직여야했다. 사회 리듬과 신체 리듬을 인식하는 것은 분명히 사치였고, 인간적 본능보다는 출세적 본능에 충실한 생활이었다.

도서관파로 불리는 친구들과는 일상뿐 아니라 휴일도 같이 보냈다. 토요일이 되면 점심을 먹고 공중목욕탕으로 갔다. 그동안 쌓였던 떼를 밀고 이곳저곳 숨어있는 몸체를 확인했다. 물장구를 치는 사이는 아니었지만 매주 보았기에 서로의 알몸에 익숙해졌다. 연애하는 것도 아니고 좋아하는 것도 아닌 그런 관계였기에 눈빛으로 읽을 필요도 몸놀림을 알 필요도 없었다.

목욕을 하고 나면 두세 편을 상영하는 싸구려 극장으로 향했다. 아주 오래된 영화가 상영됐고 가끔 말초신경을 자극하는 영화도 있어 심심하지 않았다. 세상에서 가장 편한 휴식을 취하는 시간이었다. 영화를 봐도 됐고 안봐도 됐다. 잠을 자도 됐고 안자도 됐다. 웃어야 할 대목에 웃지 않아도 됐고, 장면에 관계없이 표현해도 좋았다.

영화가 끝나고 나면 학교 주위 허름한 집에서 여동생과 같이 사는 친구 집으로 갔다. 솜씨좋은 친구 어머니가 보내준 고추장 맛이 일품이었다. 고추장과 돼지고기, 양파를 넣어 만든 돼지 볶음을 먹으며 토요일이 마무리됐고, 일주일이 갔다. 우리의 청춘은 그렇게 무모한 듯이, 의미가 있는 듯이 흘러갔다.

도서관파는 경쟁자로서 친구로서 청춘시대를 동행하고 있었다. 뗄 수 없기도 하고 있기도 한 모습으로 연결되고 있었다. 언제든지 만날 수 있었고, 언제든지 헤어질 수 있는 가을 나무의 낙엽과도 같았다. 떨어져도 됐고, 흔들거려도 됐다. 나뭇가지에 붙어 간당간당 흔들리면 서로 격려해주면 됐고, 떨어지면 같이 떨어진 채로 누워있으면 됐다.

다람쥐 쳇바퀴 돌아가듯 순환하는 생활은 계절의 변화와 관계없이 반복됐다. 문턱을 넘으면 넘는 대로 걸리면 걸리는 대로 움직였다. 어느 여름날 무더위가 기습을 했다. 에어콘의 고장으로 땀을 흘렸다. 하늘을 보니 두께를 가늠할 수 없을 정도의 먹구름이 짙게 꼈다. 비가 내릴 것 같은 날씨였지만 좀처럼 쏟아지지 않았다. 먹구름과 비내리기를 원하는 우리와의 날카로운 신경전이 시작됐다. 발정기 맞는 수놈들이 욕정을 풀기 위해 밀치고 땡기는 것 같은 팽팽한 긴장감이었다.

나는 도서관 안에서 하늘을 향해 '내려 비야, 내려라.'라고 속삭였다. 그러나 하늘은 움직일 생각을 하지 않았다. '빌어먹을 비... 더위와 비는 상극인데 왜 서로 눈치를 보는 거야!' 라고 성깔있는 목소리를 날렸다.

한참만에야 클라이막스가 다가오는 전조현상이 보였다. 그러나 굵은 빗방울이 한방울 두방울 감질나게 낙하해서 땅속으로 꼬꾸라졌다. 뚝뚝 떨어지는 소리와 함께 천둥과 번개가 내리쳤다. 폭풍전야와 같은 긴장감이 돌았지만 여전히 소나기는 내리지 않았다.

“오려면 시원하게 오던지, 줄려면 확 주던지, 에라……”

애타게 기다려도 오지 않는 사람과 기다려도 오지 않는 비는 그렇게 닮아 있었다. 경쾌한 빗소리를 기다렸다. 기다리다 지쳐 눈을 다시 책으로 돌렸다. 그 순간 소나기가 땅바닥과 유리창을 내리치기 시작했다. 앉아서 볼 수 있는 광경이 아니었다. 도서관 밖으로 뛰어나갔다. 쫙쫙 내리치는 소나기는 화가 나 있었다. 땅바닥에 나뒹굴면서도 얼굴이 깨져나가도 아랑곳하지 않고 뛰어내렸다. 시원하게 내리치는 물줄기 사이가 점점 좁아져 빈틈이 없었다.

친구와 나는 서로 밀치다가 이내 빗속으로 뛰어들었다. 흠뻑 젖은 몸이 무거웠지만 마음은 가벼워졌다. 더웠던 몸을 식히고 나니 찬 기운이 감쌌다. 그러는 순간 뒤에서 뜨거운 기운이 오는 것을 느꼈다. 뒤를 돌아보는 순간 이 광경을 뚫어지게 보고 있는 여학생이 눈에 들어왔다. 소나기를 보는지 우리를 보는지 알 길이 없었지만 매우 인상적이었다.

살아가면서 순간적으로 가슴에 박히는 사람이 있다. 의도적으로 세기기도 하고 와서 세겨지기도 한다. 그녀는 생각할 틈도 없이 와서 박히고 말았다. 빠지지도 않을 것 같은 박힘이었다. 처음에 보았던 영지의 느낌과는 또 다른 모습으로 다가왔다. 그러나 자신의 싸움터에 부르고 싶지 않았고,

적당한 거리를 두고 싶은 그런 설렘이어서, 그대로 서있는 모습이어서 좋았다.

소나기를 맞으려 왔다가 눈빛을 맞아버렸다. 잠시 스쳐지나가는 눈빛이어야 했고, 여운을 남기지 않는 그런 것이어야 했다. 시대에 흔들리다 준비하지 못해 우물쭈물하다 어처구니없이 잃어간 영지를 재생시킬 수는 없었다. 지나가는 아픔과 여운을 찾거나 잡고 싶지 않았고, 새로운 설렘을 찾아서 가고 싶지 않았다.

갖고 싶은 꽃은 꺾어 손에 넣어야 아름다운 것이다. 보고 싶은 꽃은 꺾지 않고 봐야 아름답다. 꺾느냐 보느냐는 꽃에 달린 것이 아니라 보는 자의 마음에 달린 것이다. 내가 꽃을 꺾을 수 있는 시점은 시대와의 싸움을 잘 할 수 있는 나로 독립하는 날이라는 생각이 들었다. 보고 싶은 꽃으로 충분했다.

그녀도 이른바 도서관파였다. 끈기 있게 공부를 했고, 인기도 많다는 것도 알았다. 대시하는 남학생들이 많았고 거절한 사연도 종종 들렸다. 소나기가 왔던 날 이후 가끔 눈빛만을 마주치는 사이였지 친밀할 정도로 알지 못했다. 잘 아는 친구로, 서로 좋아하는 이성으로 발전할 가능성도 염두에 두지 않았다. 자주 마주치는 것이 차츰 자연스러워졌고, 무덤덤하게 바라보지만 놓치고 싶지 않은 그런 눈빛을 교환하는 사이였다.

그녀와 관련된 가십이 도서관에 날아다니고 있었다. 청춘이기에 가능한 신경전이고 혼란함이었기 때문에 미워할 수 없었다. 청춘은 열정으로 시작해서 처절한 싸움을 해야 낫는 병이기도 하고, 피하고 도전하지 않으면 지나가지 않는다. 누구나 겪지만 누구나 이기는 싸움을 하지 못하는 그런 것이다.

누구나 넘기지만 술술 넘어가지 않는다. 움츠리고 위축되고 앓아야 맛이 나는 것이다. 나지 않는 길이라도 걸어야 하고, 처녀비행이라도 날아야 한다. 날뛰고 미쳐야 멋있고, 결론이 잘나지 않아야 좋다. 그렇기에 청춘은 짧고 아름다운 것인지도 모른다. 청춘이 다시 돌아오지 않고 용서되는 이유이다.

우리는 팽팽한 기싸움도 신경전도 하지 않았다. 직접적인 대화도 한 적도 없었다. 서로의 존재에 대해서 겸연쩍은 눈빛으로 교환했을 뿐이었다. 옆자리를 안게 되면 긴장감이 돌기는 했지만 이내 안정되었다. 마음으로는 애인 이상으로 잘 알고 있었지만 실제로 아는 것은 아무것도 없었다. 도서관파로 서로 인식하고 있는 수준이면 충분했다.

우연히 졸업작품 전시회가 열린다는 현수막이 눈에 들어왔다. 그 학생의 졸업작품전시회였다. 전시장에 조용히 가고 싶었다. 전시장에 들어서자 큰 작품이 눈을 끌었다. 누구의 작품이라는 것을 금방 알 수 있었다. 그 여학생의 자화상이었다. 학생들의 이목을 끌었던 얼굴을 자신의 눈 속에 그려 넣은 자화상이었다. 눈속에 있는 자화상의 눈과 인사를 나누고 꽃을 놓고 나왔다.

나는 마지막 여름 방학이 지나가는 시점에 있었다. 중학교 시절 선생님과 했던 약속이 생각났다. 선생님과 십 년 후 광복절날 팔각정에서 만나자는 약속이었다. 당시 알았던 인희의 소식도 알고 싶었기에 기대와 설렘으로 도로를 따라 정상을 향했다. 길가에 서있는 잎사귀의 팔랑거림은 기대감을 높여 주었다.

도착해서 보니 팔각정 주위에는 할아버지와 할머니들만 두루두루 앉아 있었다. 혹시나 내 기억이 잘못됐는가 하고 의심했다. 지난 세월에 많이 변해서 알아보지 못하고 있는 것은 아닌지 오가는 사람의 얼굴을 뚫어지게 봤다. 이윽고 멀리서 익숙했던 모습으로 걸어오는 선생님을 확인했다. 머리카락도 까맣고 피부도 탄탄해 보였다.

"무엇하노?"

"졸업반입니다."

"어느 대학이노, 서울대학이제?"

그 사이에 하나둘 익은 얼굴들이 나타났다. 그러나 당시 분위기를 주름잡았던 채승이도, 인희도 오지 않았다. 보기를 기대했던 친구는 오지 않았다. 기억에서 사라졌던 친구들만 나타났다. 이것이 인생살이라는 생각이 들었다. 우리는 또다시 10년 후를 기약하고 헤어졌다.

그러나 나의 마음과 현실은 이미 무거워져 행방을 잃고 주저앉았다. 팔각정을 내려오면서 선생님의 '서울대' 발언에 얻어맞은 아픔 때문이었다. 우물쭈물대고 있었다는 소리로 들렸다. 너무 숨죽여왔고, 기가 죽어 너무 위축되어 왔다는 사실을 깨우쳐주고 있었다.

아마도 둥지에 떠나지 않고 날지 않으려 했다는 칼침과 같은 충고였던 것 같았다. 날지 않는 새는 둥지에 머물러야 한다. 머무는 데는 날개가 필요 없다. 날개는 날아가는 데 의미가 있지 머무는 데 의미가 있는 것이 아니기 때문이다. 날개가 있는지 없는지, 날 수 있는지 없는지 점검해야 할 상황이었다. 지금까지 내가 가진 날개는 둥지에 있기를 선호했지 모험을 하려는 날개가 아니었다.

18. 집으로 가는 길

나는 날아야 할 곳을 찾지 못하고 헤맸다. 날고 있는 수단이 어설펐고, 계획도 잘 진행되지 않았다. 그 상황에서 어디로 날지 어디로 착륙할지도 몰랐다. 방황은 방황하는 데 의미가 있다. 방황이 정신을 차리면 본래의 성질을 잃어 시시해진다. 나는 시시해진 방황 속에서 마음 깊이 강하게 작용해 방향을 끌어왔던 상향의식의 본질이 무엇인가라는 생각에 빠졌다. 내가 가지고 있는 상향의식은 과거를 잊게 하고, 현실을 건너뛰어 미래를 중시하는 그런 것이었다.

어린 시절 어머니와 밭을 매면서 빨리 끝내기 위해 풀뿌리를 뽑지 않고 뜯었던 기억이 떠올랐다. 이미 그때부터 무의식적으로 상향의식을 강하게 갖고 있었다. 그것이 현실적 현상에 내포되어 있는 나의 결함이라는 사실을 알지 못했다. 졸업을 앞두고 상향의식에 의해 잘못 발현된 현실적 현상에 대한 오류가 있었던 것은 아닌가라고 생각했다.

이젠 제대로 된 결정, 제대로 된 과정, 제대로 된 결과를 통해서 세워지는 '집'으로 가야할 시간이 되었다. 절제된 상향의식에 기초해서 현실적 현상에 숨어있는 실체를 끄집어내야 했다. 그 실체를 통해 진로를 결정하는 것이 옳다고 여겼다. 내가 선택했던 고시라는 집과 내가 선택하지 못했던 학문이라는 집에 숨어있는 실체를 찾고 싶었다.

미래의 방향을 결정하는 갈림길에서 가장 무겁게 압박해온 것은 대학을 떠나 배움을 중지하고 고시를 하고 싶다는 사실과 대학에 남아 배움을 지속하고 싶다는 사실이었다. 그동안 삶의 이유가 됐고, 동경의 대상을 찾아주는 근거지였으며, 정상으로 가는 길을 찾는 데 힘이 돼주었던 배움터를 떠날 것인가 말 것인가를 선택해야 했다.

고시라는 집에 숨어있었던 것은 맹목적 출세였다. 학문이라는 집에 숨어있었던 것은 삶의 가치였다. '배움을 중지하고 살 수 있을까?'라는 질문이 생겼다. 배움을 중지하는 선택은 과거에 경험했던 어두운 세계로 가는 길이라는 두려움이 생겼다. 배움의 마지막 정점을 여기에서 찍을 수 없었다. 정상(頂上)이 아니라 정상(正常)으로서 가는 길을 찾아 긴 호흡을 하고 싶었다.

출세욕에 빠져 선택에서 버림받았던 학문의 여정을 고민했다. 학문이라는 현실적 현상에 숨어있는 삶의 가치를 추구하고, 그것을 통해 정상(正常)으로 가는 것이 올바른 선택이 될 수 있다는 확신이 생겼다. 정상적인 미래와 삶을 위해 긴 호흡을 할 수 있는 길을 밟아야 했다. 대학원에 들어가 학문이라는 것을 통해 긴 호흡을 하며 인생을 개척하기도 결정했다.

현실적 현상에 대한 오진일 수 있다는 생각이 들면서도 버릴 수 없었다. 곧장 교수님에게 상담을 했다. "대학원에 진학하고 싶다."고 했지만 고시공부를 하고 있는 것을 알고 있었던 교수님은 단호하게 거절했다. "고시 공부를 하려면 대학원에 들어오지 마!"라는 것이었다. 납득할 수 있는 조언이었다. 나는 '도피처를 선택하고 있는 것은 아닐까?'라고 의심하고 의심했다.

답은 이미 나와 있었지만 다시 한번 진로를 심각하게 생각했다. 그동안 무의식적으로 작용했던 상향의식이 아니라 진짜 미래를 위해 전념할 수 있고, 내가 평생동안 하기에 부합되는 것이 학문인가라는 과제에 깊이 빠져들었다. '대학원에 왜?, 학문은 왜?' 라는 질문에 정리된 답이 필요했다.

교수님은 내게 물었다.

"왜 대학원에 오려고 하지?"

"아직 답을 내지 못했습니다."

"답을 찾지 못하면 중도에서 하차해."

옳은 답인지 아닌지 알 수 없었지만, 정확하게 정리되지 않았지만 그 순간 가슴에 담고 있는 사실을 있는 그대로 질러버렸다.

"진짜 공부를 하고 싶어요."

"진짜 학문이라는 것을 해볼 생각이란 말인가?"

"예. 그렇습니다."

'진짜 학문'이란 말을 듣고 그것이 찾고 있던 답이라는 것을 확신했다. 그러나 나는 다시 나에게 질문을 하지 않을 수 없었다. 진짜 학문이 무엇인가를 규정할 필요가 있었다. 지금 당장해야 하는 것은 진짜 학문이 담고 있는 의미를 찾아내는 것이다.

교수님에게 다시 질문을 했다.

"진짜 학문이 무엇입니까?"

"베버의 '학문의 길'이라는 책을 읽어봐."

진짜 학문은 무엇일까라는 의문을 갖고 돌아오면서도 자신이 가고자 하는 길이 정상적인 정점으로 갈 수 있을 것이란 확신은 없었다. 말로만 듣고 생각 속에만 존재했던 학문이라는 둥지를 그려보았다. 둥지를 찾아가기 위한 선제조건은 진짜 학문에 대해 답을 내는 것이었다.

교수님은 자신이 생각하는 진짜 학문에 대한 답을 갖고 있었지만 말을 하지 않고 책을 추천해 준 데에는 의미가 있는 것 같았다. 아무도 답을 내줄 수 있는 것이 아니기 때문에 스스로 찾아야 한다는 조언이자 숙제를 던져준 것이었다. 진짜 학문이 무엇인가에 대한 보편적인 답은 없다. 다 옳을 수도 있고 다 오류일 수도 있다.

투쟁하듯 시간을 쪼개며 연구를 했던, 침을 튀겨가면 열변을 토했던, 하늘을 찌를 듯이 굽히지 않았던, 강의할 때면 한 다발의 책을 들고 왔던, 자부심 많은 교수님의 모습을 미래상으로 그려보았다. 짜릿했지만 고개를 저었다.

"불가능, 있을 수 없는 일!."

그러나 교수님처럼 되기보다는 '문제에 대해서 자신만의 답을 내는 것이 학문을 하는 이유면 되지 않을까?'라는 생각이 들었다. 진짜 학문이란 문제에 대해서 '답을 내는 것'이라고 일단 급한대로 정하고, 학문하는 방법에 대한 고찰에 들어갔다.

답을 내는 것이 미래의 운명을 결정하는 학문을 하는 이유가 될 수 있다는 생각이 들었다. 어설프지만 새로운 출발을 하는데 필요한 명분과 목표가 명백해졌다. 정상(正常)으로 가기 위한 발판으로 삼으려 했던 것들이 다시 원점으로 돌아왔다. 너무 멀리 돌아서 찾아온 길이었지만 다시 찾았다는 점에서 다행스러웠다.

그러나 사회진입을 목전에 두고 점점 현실과는 괴리가 있는 결정을 한 것에 대해 가족에게 미안했다. 나는 독립을 해서 자신만의 길을 만들어 가는 것이 옳다고 보였다. 비록 이 선택이 잘못되어 좋지 않은 결과로 매듭이 지어져도 결코 후회하지 않을 것이라는 다짐을 했다.

"거지가 돼도 좋으니 학문을 하자, 잘 될거야!"

자신 있는 것은 아침 일찍부터 저녁 늦게까지 의자에 앉아 버틸 수 있는 엉덩이와 고집뿐이었다. 옳은 선택만을 하지 못했지만, 참을 인(忍)과 성실할 성(誠)자를 가지고 선택을 해왔다. 곧게 뻗어있는 직선을 좋아하는 성격이었기 때문에 하나의 길을 가는 데는 문제가 없을 것이라고 생각했다.

답을 내는 것을 평생의 업으로 삼는다는 심정으로 대학원에 진학했다. 전공을 무엇으로 할 것인가 하는 선택이 남았다. 진짜 학문이라는 화두를 던졌던 교수님이 지도교수가 됐다. 곧바로 베버(M. Weber)의 종교의식을 정통으로 연구한 박사 논문을 읽었다.

답을 찾는 것과 학문하는 방법에 초점을 두고 탐독을 했지만 명쾌한 답을 찾지 못했다. 현실적 현상에 기초한 가설을 검증하는 논문이었다. 현상으로 제기된 문제에 대해서 찬부를 내리는, 가치판단을 하는 연구였다는 생각이 들었다. 그리고 가설을 구성하고 있는 언어에 함축된 의미를 둘러싼 해석논쟁이 주였다. "그래서?"라는 질문이 생겼다.

나에게 확고하게 자리잡은 사실은 '진짜 학문은 현실적 현상에 숨어있는 실체를 찾아 답을 내는 것'이었다. 나는 다시 원점으로 돌아와 현실적 현상에 내재된 실체를 끌어내어 명확하게 답을 내는 연구자와 학문을 한 롤모델을 찾는데 몰두했다.

대학원수업은 타 대학의 대학원생과 조인트수업을 하는 방식으로 진행됐다. 종종 색다른 연구와 강의를 들을 수 있게 됐다. 특히 베버와 학문적으로 대칭하고 있다고 생각한 마르크스(K, Marx)와 그의 사상에 관심이 갔고 열중했다. 군부가 지배하고 있는 상황이어서 이른바 빨간 서적이라고 불리는 마르크스의 책을 구하기 어려웠다.

판금이 되어 암암리에 나돌고 있었던 '자본론'(Capitalism), '잉여가치론'(Theories of Surplus Value), '공산당선언'(The Communist Manifesto) 등을 몰래 구입해서 읽었다. 얼마 후 책을 판매했던 사람과 회사가 검열에 걸렸다는 라디오방송을 들었다. 약간 겁이 났지만 읽어갔다. 마르크스가 주장하고 있는 논지, 내용, 목적 등에 전적으로 동의한 것은 아니었지만, 문제에 대한 답, 학문하는 방법 등이 매우 섬세하고 짜임새가 있었고, 명쾌한 논리전개와 해결방법에 매료됐다.

제시했던 계급, 혁명, 프롤레타리아, 부르주아, 공산주의 사회 등의 개념들이 아주 명쾌하고도 실천적인 개념으로 정의됐고, 매우 역동적으로 기능하는 결과를 도출하는 방향으로 진행되어 잘 무장된 사상이라고 생각했다. 사상에 대해서 동조하기보다는 문제제기, 논리의 전개, 종착점 등이 뚜렷하다는 데 크게 동조하고 가치를 두었다.

자본주의라는 현실적 현상에 숨어있는 실체를 들어내어 미래사회로 가는 과정과 수단, 목적을 명확하게 제시했다. 즉 자본주의라는 현실적 현상에 숨어있는 실체로서 계급을 찾아 병폐와 모순을 해결하는 답으로 공산주의를 제시한 것이라는 생각에 눈이 번쩍 뜨였다. 잘은 몰랐지만 이 학문이 내가 찾고 있던 답을 내는 학문이라는 확신이 들었다. 문제에 답을 내고, 학문하는 방법을 잘 담아낸 모델이라는 생각에 깊이 빠져들었다.

논리와 이념, 방향, 답 등에는 전전으로 동의하지 않았지만, 진짜 학문을 했다는 것을 인정할 수밖에 없었다. 마르크스가 추구한 학문처럼, 학문은 현실적 현상에 숨어있는 실체를 찾아 답을 내야 해라고 몇 번이고 몇 번이고 반복했다. 교수님이 알아주던 안알아주던, 맞던 안맞던 상관이 없었다. 앞으로 해야 할 학문이 있다면 답을 내는 학문 그것이면 족했다.

이후부터는 마르크스 저작에 깊이 파고 들었다. 그 중에서도 '소외론'(The Theory of Alienation)이 눈에 들어왔다. 자본주의 생산과정에 숨어있는 실체로서 노동자 소외에 초점을 둔 연구였다.

마르크스의 주장은 자본주의 생산과정에 참여한 노동자는 소외된다는 논리였다. 결과적으로 자본주의에서는 필연적으로 소외가 발생한다는 논지였다. 따라서 자본주의에서 발생되는 불평등에 의해 계급이 구성되어 계급운동이 일어나 자본주의 생산체제를 무너트리고 새로운 사회를 만들어야 소외가 해결된다는 논리라고 이해를 했다.

그 논리에 착안해 역으로 자본주의라는 현실적 현상에 숨어있는 실체로서 자본가를 통해 그것을 해결하는 작업을 해보기로 했다. 소외의 대상이었던 노동자가 스스로 해결하는 기존의 논리에서 해결하는 것이 아니라 자본주의를 움직이는 자본가를 통해서 소외를 해결하는 방안을 제시하는 것이다.

기존이론에서 주장했던 노동자에 의한 소외극복이 아니라 '자본가에 의한 소외극복'을 연구주제로 설정했다. 발전과 성장을 주도하고 있는 최고의 이론과 체제를 가진 자본주의를 활성화하고 자본주의적 생산과정을 해체하지 않고 소외를 해결하는 방법을 찾는 작업이었다.

기본적으로 소외는 자본주의적 생산과정과 분배과정에서의 불평등에 의해서 초래되는 것이다. 결과적으로는 노동자를 소외로부터 해방시키기 위해서 계급을 구성하여 대자적 운동을 하고, 계급혁명을 통해 자본가계급과 지지 세력인 국가, 자본체제를 말살시키는 최전선에 있는 주체로 규정됐다.

노동자만이 사는 평화롭고 평등한 새로운 공산사회를 구축하여 누리는 주인공으로 규정했다. 그러나 그 과정에서 노동자는 있고 자본가는 사라지는 운명이라는 전제를 하고 있다. 그것은 노동자는 소외되면 안되고 자본가는 소외되어도 된다는 논리로 귀결되는 모순이 있다는 생각이 들었다.

근대사에서 보면, 노동자가 중심이 되어 국제노동으로 추진했던 '제1차인터네셔널'을 비롯해 다양한 계급 운동이 결과적으로 노동자가 중심이 되는 진정한 평등사회를 만들지 못했다. 진정한 노동자계급이 진정한 평등사회를 구축할 수 있다는 신화가 깨졌다. 성장과 발전이 둔화되어 소외와 불평등으로부터 탈출하는 데 실패했다.

더욱이 계급에 기초한 이념은 전쟁을 동반할 수밖에 없다는 사실이 역사를 통해서 밝혀졌다. 그 과정에서 성장과 발전을 통해서 물적으로 정신적으로 인류에게 기여한 자본주의가 우수하다는 사실이 점점 확산되고 있었다. 인류는 여전히 성장과 발전을 지속시켜야 윤택해진다는 명제를 부정하지 못했다.

따라서 국가, 자본, 자본주의, 노동자와 자본가의 소외해소, 성장과 발전을 유지할 수 있는 새로운 자본주의 모델을 구축할 필요가 있다. 가장 단순하게 표현하면, 자본주의 각 단계에서 존재하고 발생하는 불평등을 합리적 평등으로 전환하는 이론이 필요한 것이다. 즉 자본, 생산수단, 생산과정, 생산물 등에서의 합리적 평등화를 구축하는 논리와 방법을 제시하는 문제로 귀착되는 것이라고 할 수 있다.

특히 인류가 예상하지 못할 만큼 발전하고 있는 기술과 과학에 의한 기계화와 자동화, 정보화, 다양한 네트워크화 등이 급속도로 진행되어 자본주의 생산과정과 체제를 바꿨다. 다른 한편으로는 의도적으로 자본의 사적 공동소유를 촉진시키는 새로운 소유개념과 법적 체계가 형성되고 있었다. 기술과 과학에 의한 완전 자동화와 자본의 사적 공동소유는 자본주의 생산과정과 분배과정에서 발생하는 모순을 제거할 수 있는 중요한 방법이 될 수 있다는 확신이 생겼다.

그것은 자본주의가 갖고 있는 모순을 해결하고 진전시키는 새로운 네오자본주의(Neo Capitalism)가 될 수 있고, 자본주의 생산과정과 분배과정을 완전히 다른 방향으로 끌고 갈 가능성이 있다는 데 가치가 있다고 판단되었다. 결과적으로는 노동자와 자본가의 구분과 차이에 의한 적대관계를 청산하고 합리적 공존 관계를 발생시켜 새로운 사회를 구축할 것으로 보였다.

새로운 세계에서는 자본가와 노동자의 구분이 의미가 없을 것이다. 왜냐하면, 자본에 대한 사적 공유가 이루어지고 생산과정에서 참여한 노동자의 평등이 점점 진행되기 때문이다. 자본주의 모순에 의해 발생한 계급 간의 전쟁은 무의미할 것이다. 모두가 자본가와 노동자의 성격을 동시에 가질 수 있는 새로운 사회와 세계가 될 수 있기 때문이다.

자본주의 모순을 극복하는 새로운 생산체제와 사회체제가 만들어지면, 소외가 사라지는 물적인 무소외 사회가 될 것으로 예측했다. 물적인 소외에서 벗어나기 때문에 오히려 정신적 소외가 발생할 수 있을 가능성이 높을 것으로 보였다. 나는 연구를 그런 새로운 세계를 구체적으로 제시하는데 목적을 두고 시작했다.

이런 생각을 가지고 교수님에게 마르크스 논리에 기초한 '자본가에 의한 소외극복'을 연구테마로 하고 싶다고 알렸다. 교수님은 본인이 연구한 베버의 사상에 대해서 연구하기를 기대했었는지 살짝 놀랬다. "그러면 지도교수가 되기 어려운데."라고 했다. 베버의 신봉자였던 교수님은 연구주제에 대해서 맘에 들어하지 않았다.

마르크스 사상에 대해서 연구한 권위자를 찾아 선정한 주제에 대해서 의견을 들었다. '좋은 아이디어!'라고 하면서도 '타 대학 학생이기에 지속적으로 지도하기 어렵다.'는 것이었다. 베버를 연구하는 교수님의 난해한 입장과 타 대학 교수의 입장을 이해는 했지만 앞이 어두어졌다. 이 시대도 운동권의 성서로 알려진 마르크스이론에 대한 검열과 제한을 가하고 있었다. 여기에서 연구가 가능할 것인가라는 의문이 강하게 들었다.

대학원을 선택하면서 진행되었던 정상으로 가는 길이 다시 깊은 위기에 봉착했다. 그동안 앞으로 달려온 것이 좋아질 것이라는 전제하에 추진해왔건만, 또다시 시작과 끝이 보이지 않은 길 위에 서게 되었다. 스스로 자신을 돌아보게 되었다. 지금까지 과거의 기억을 지우기 위해 노력했고, 현실에 만족하지 못하고 점프를 하며, 보이지 않는 미래로 곧장 질주하는 병적인 상향의식이 재발한 것은 아닌지 의심이 갔다.

나는 지금까지 과거에 대한 기억 상실을 유도하면서 현실을 무시했고, 미래를 억지로 만들어 왔는지도 모른다. 분에 넘치는 미래상에 편견을 갖고 경사되어 의식적이며 의도적으로 지향하는 상향의식병에 아직도 걸려 헤매고 있는지도 모른다. 아버지가 삶과 죽음을 넘나드는 과정에서 얻은 전쟁병처럼 나도 나에게만 발생한 병을 앓고 있는지도 모른다.

다양한 요인과 환경에 의해서 결정된 사회적 계층이나 계급적 순서를 뒤집으려는 상승 이동의 무모한 시도가 있었다. 자기 분수에 맞게 살기보다는 무리를 해서 변신을 하겠다는 강한 의지가 작동한 것이 사실이었다. 이른바 한탕주의 의식이 나를 지배하고 있었는지도 모른다. 내게는 적어도 상향의식병이 희망병이기도 하고 성급한 현실 일탈병이기도 했다.

나에게는 태어나면서부터 처해진 운명이 있었다. 부모나 선대의 운이 크게 작용했기 때문이다. 그러나 이후의 운명은 정해져서는 안되고, 만들어가는 것이어야 했다. 그렇지 않으면 나는 수없이 좌절했을 것이고 여기에서 좌절해야 하기 때문이었다.

나는 정상으로 가는 길을 여기에서 멈출 수 없다는 사실과 머물러야 할 시기가 아니라고 독하게 단정지었다. 여전히 앞으로 가는 미래만이 살길이었다. 현실적 현상에 숨어 있는 실체를 찾아 답을 내는 것이 미래이고 정상으로 가는 길이었다. 지치지 않고 진짜 학문을 통해 새로운 지평을 열어보는 것이 지금 내가 할 수 있는 유일한 카드였다.

모처럼 답답한 조교실을 나와 대학 시절 줄기차게 보냈던 도서관에 들어섰다. 친구들도 떠났고 남아 있는 것은 나와 변함없이 채워지기를 기다리고 있는 넓은 공간이었다. 그리고 움직이지 못하는 책상과 의자뿐이었다. 다행히도 이전에 애타게 지켜냈던 자칭 지정석 '내자리'가 비어있었다. 앉아서 잠시 눈을 감았다.

친구들이 나타나 '학문은 무슨 학문!'이라고 뚜렷하게 말했고, 나는 분명히 들었다. 그러나 내편이었던 친구들이 하는 말에 당황하여 놀랐고, 위축되어 코너에 몰려 말을 하지 못했다. 누군가에게 도움을 구하고 싶었다. 통쾌하게 답을 주고 싶었다. 그 순간 도서관파 여학생이 다가왔고, "답을 갖고 있다."고 강한 어조로 말했다. 한 번도 말을 걸어본 적이 없었고, 대화를 해본 적이 없는 그녀가 하는 말에 기가 차기도 했지만 구세주와 같은 존재로 다가왔다. 그녀는 "커피 한 잔 할까요?"라고 말했고, 안절부절 못하며 이끌려갔다. 나는 커피가 아니라 촌스럽게 쥬스 두 잔을 시키고 말았다. 마시려는 순간 "사회학과죠?"라고 물었다. 다니던 학과를 이미 알고 있었다. 깜짝 놀라서 먹으려던 쥬스 잔을 넘어트렸다. 쥬스가 탁자 위를 넘어 바닥으로 흘러내렸다. 쥬스 잔이 엎어졌듯이 잘 참아왔던 좋아하는 감정이 누설되고 말았다. 이어서 천연덕스럽게 "긴장되나요?, 고시를 볼 때보다도 더 긴장되나요?"라고 웃으며 말했다. 고시 공부를 했던 것도 알고 있었다. 모든 것을 잘 알고 있다는 투로 툭툭 던지는 말들이 족족 다 맞았다. "전시회의 꽃다발 고마웠어요."라고 이어갔다. 완전히 바보가 됐지만 머릿속에 입력되었던 '답을 갖고 있다.'는 말은 선명하게 남아 있었다. 그녀는 도움을 달라고 응시하는 내 눈을 보며 다시 포문을 열었다. "대학원에 들어가기 위해 응시했어요."라고 하면서도 "많은 고민을 했지만 날기 위해 유학할 거예요."라고 결론을 맺었다. 언제나 자신만만하고 당당했던 그녀다운 행보였고 답이었다. 그녀가 가는 길이 궁금해졌다. '유학은 어디로 가요?'라고 말을 하고 싶었지만 소리가 나질 않았다. 뇌가 정지되어 기능을 잃어버린 오래된 화석처럼 굳어 있었다. 자리를 뜨는 그녀를 잡으려고 손을 쭉 뻗으며 "어디로 가는지...... " 라고 소리쳤다.

그 순간 벌떡 일어났다. 옆좌석에 있던 사람은 상황을 보고 웃었다. '아차 이게 무슨 망신이야!' 하며 일어났다. 유학이라는 말이 떠나가지 않았다. 낮잠을 자듯이 여유를 부릴 수도 없었고, 잠시 쉴 수도 없었고, 우물쭈물할 수도 없었으며, 곡선을 그려 갈 수도 없었다. 정들었던 도서관과 이 학교가 내가 있을 장소가 아닌가라는 생각이 강하게 들었다.

인생을 길게 호흡하면서 살기로 한 이상 하고 싶은 대로 하는 것이 좋다고 판단했다. '여기가 아니라 유학가서 하자!' 라고 결심했다. 한국이 아니라 다른 곳에서 마르크스를 통해 진짜 학문이라는 것을 해보는 것이다. 마음에는 이미 그 길이 가야할 미래라고 결정하고 있었다. 내게는 숙제와 과제는 하라고 있는 것이었고, 문제는 풀라고 있는 것이었다.

나는 새로운 집으로 가기 위한 작업에 들어갔다. 마르크스와 관련된 연구서, 저서, 논문을 찾아 자료를 수집했다. 독일과 일본이 나름대로 성과를 낼 수 있는 환경이라는 판단이 섰다. 답을 내는 학문을 하는 과정에서 숨어 있는 인생의 답도 찾고 싶었다. 나는 중얼거리듯 "그래 해보는 거야, 언제 맞아서 여기까지 왔나, 죽이 되도 먹고, 밥이 되도 먹으면 돼!" 라고 크게 주문을 외웠다.

19. 거울 안에 있는 나

원점으로의 귀환은 출발한 지점으로 다시 돌아오는 것을 말하며 새로운 방향을 모색하는 귀중한 시점이어서 버릴 수 있는 것이 아니다. 원점에서는 과거와 현재를 보기도 하고 앞을 내다 보기도 하지만 뒤로 가는 것이 아니라 앞으로 가는 데 의미가 있다. 나는 그런 원점에 다시 돌아왔다. 거울 안에 있는 자신을 끄집어내어 살리고, 흩어진 몸과 마음을 추슬러 미래의 집으로 출발하기 위해 온 것이다.

대통령선거전 뉴스가 TV를 통해서 흘러나왔다. 군부 출신의 후보는 체육관 대통령제를 버리고 직선제 도입을 실현했다고 자화자찬했다. 권력을 휘두르지 않으며 특권을 갖지 않는 보통 사람으로 내려와 국민에게 봉사하겠다고 열변을 토했다. 군부 이미지를 일소하기 위해 몸에 밴 경직된 모습을 숨기려 애쓰며 부드러운 미소와 차분한 목소리로 연설을 했다.

민주 투쟁가는 민주화를 이끌면서 군부독재 타도를 명분으로 한 정치 운동에 목숨을 걸어온 민주 지도자로 여기까지 왔다고 치적을 말했다. 각각 자신이 민주화의 아버지이며 원조라고 핏대를 높였다. 서로 민주화의 주인이라며 날카롭게 경계하면서도 이구동성으로 민주화 실현과 군부독재 종식을 공약으로 내세웠다. 강한 제스처와 투쟁적 말투로 표를 모아 달라고, 민주화로 갈 수 있는 마지막 기회라고 소리높여 울부짖었다.

군부 권력을 통해 성장하고 독재성을 몸에 익힌 후보는 대중의 눈과 상식에 높이를 맞추는 보통주의를 실현하겠다고 강조하면서도 권력을 잡겠다는 의도를 숨기지 않았다. 과거에 자행했던 독재를 긍정하는 소리를 하지 않았기에 진정성을 갖고 군부독재를 하지 않겠다는 뜻을 갖고 있는지는 모른다. 그러나 보통 사람이라는 현실적 현상에 숨어있는 실체가 바로 보통 독재라는 의미로 받아들여졌다.

민주화를 주창한 두 후보는 민주화 투쟁의 기수라는 것을 내세워 독재하지 않는 민주주의를 제대로 실현할 수 있도록 자신을 선택해달라고 호소했다. 권력을 잡기 위한 목적에 눈이 멀어 민주 세력을 두 쪽으로 쪼개 분파를 만들어가면서도 이번이 최초의 문민정부가 들어설 절체절명의 호기라고 다그쳤다. 그러나 문민정부라는 현실적 현상에 숨어있는 실체가 바로 민주 독재라는 의미로 다가왔다.

보통주의와 민주주의라는 현실적 현상에 숨겨온 보통 독재와 민주 독재 사이에 그리고 민주 독재 간에 벌어지고 있는 치열한 정쟁은 반독재와 민주화를 주창해왔던 대학 시절의 울부짖음을 이용하고 있는 것 같았다. 그들은 진정한 보통주의와 민주주의가 담고 있는 의미와 실체를 왜곡하여 권력욕에 점점 빠져들고 있다는 생각에 절망하고 말았다.

독재와 민주는 정반대개념이기 때문에 어울릴 수 관계에 있는 것이 아니다. 독재를 하면 민주를 파괴하게 되고, 민주를 하면 독재를 무너트려야 하기 때문이다. 내가 속해 있는 국가에는 그렇게 상반된 법칙이 반목해야 함에도 불구하고 권력잡기에 매몰되어 서로를 보지 않고 돌진하고 있었다. 마치 독재가 민주를 탈취하거나 민주가 독재를 탈취해서 지독한 불행을 자초할 것만 같은 상황을 만들어갔다.

독재와 민주를 독점하면서 파시즘이나 나치즘과 같은 더욱 강한 독재체제가 생겨났다. 지금까지 군부가 권력을 잡아 독재를 했듯이 민주가 권력을 잡으면 독재할 개연성이 높아 보였다. 군부독재는 소수가 권력을 노골적으로 휘두르는 데 있다. 민주 독재는 다수가 권력을 숨어서 휘두르는 데 있다. 그런 차이가 있을 뿐, 저쪽이든 이쪽이든 진정한 국민을 주인으로 하는 민주주의를 실현하기 어려울 것이라는 부정적인 인식이 머리에 박혔다.

독재나 민주가 국민을 통해 보통 독재와 민주 독재를 할 것이라는 생각이 들어 동시에 거부해야 하는 상황이었다. 누구도 선택할 수 없고, 하고 싶지 않다는 불신이 마음을 무겁고 어둡게 했다. 내가 소중하게 생각해온 민주화운동, 민주주의, 민주 지도자도 원점에 돌아가 다시 출발할 필요가 있다는 생각이 들었다.

선택하기 전에 떠날 수 있는 것이 행운인지 불행인지 알 수 없었지만 마음만은 후련했다. 다섯 명으로 줄어든 우리 가족은 오랜만에 평화를 얻었다. 기나긴 세월 동안 억눌려 왔던 어두운 그림자와 시대적 아픔을 미련없이 깨끗하게 지우기라도 한듯한 모습이 가족의 얼굴에서 새어나왔다. 참으로 오랜만에 얼굴답고 아름다운 얼굴을 자세히 봤다. 잠시 보이지 않았던 사라진 얼굴들이 스쳐지나갔다.

어머니는 밥을 제일 먼저 퍼서 내게 주었다. 전통적으로 내려온 밥상머리 예절이 지켜지고 있었다. 어머니는 단호하게 "살아서 돌아와!"라고 격려를 했고, 동생들은 전쟁을 하는 상황도 아닌 평화로운 시기라고 고개를 갸우뚱거리며 "힘내!"라며 응원을 했다. 가장으로서 아버지와 형이 사라진 지금 나는 가장으로서 밥상머리 한 가운데 앉았다.

나는 이민용 가방에 미련을 남기지 않을 생각에 하나하나 곱씹으며 짐을 정리했다. 갑자기 어머니는 한 번도 본 적이 없는 빛바랜 사진첩을 꺼내왔다. 지금까지 우리는 지나간 과거나 추억을 끄집어내어 보거나 이야기를 하지 않았다. 어머니는 "우리 가족에 대해서 알아야 한다!"라고 엄숙하게 말했다. 그 순간 어머니의 어두워진 얼굴은 굳어 버렸다.

심증은 갔지만 묻지도 않았고 보려고 하지도 않았다. 잠시 찾아온 이 평화를 깨고 싶지 않았고 엉클어진 관계로 떨어지고 싶지 않았다.

"이대로 좋으니 아무말도 하지마!"

서로의 눈을 보며 흐르던 침묵은 이 상황을 해결하지 못했다.

"혹시 몰라서 살아있을 때……"

"그냥 이 가족으로 살게 해 줘!"

나는 어머니 마음속에 비밀이 숨어있다는 것을 알고 억지로 피했다. 이미 우리는 가족 이상의 가족으로 많은 것을 숙명적으로 공유했고, 앞으로도 변함없이 운명적으로 하나가 될 것이라고 확신했다.

더 이상 한순간이라도 상처의 흔적으로 얼룩진 과거로 돌아가고 싶지 않았다. 내겐 과거는 버리는 것이고, 현실은 맞이하는 것이며, 미래는 찾아가는 것이었다. 자리를 일어나면서 우연히 비추어진 거울 안에 있는 나를 뚫어지게 봤다. 자신에 찬 아버지가 환하게 웃고 있었다.

한 아름이 된 짐과 꿈을 담은 마음을 가지고 공항으로 갔다. 큰 보따리만큼이나 답을 내는 학문을 찾아 담아오고 싶었다. 뒤를 돌아봤다. 잘 갔다 오라는 소리, 허공을 마구 흔들어대는 손, 웃어주는 눈빛 등이 한꺼번에 뜨겁게 몰려왔다. 그 순간 떨어지지 않고 날고 있는 미래의 모습이 다가와 지금까지 꾹꾹 참아왔던 눈물을 밀어내고 있었다.

구견서

일본 東京大學에서 사회학박사를 받고 현재 평택대학교 국제지역학부 일본학전공 교수로 재직하고 있다. 저서로는 『현대일본사회론』(1999), 『현대일본문화론』(2000), 『일본 知識人의 사상』(2001), 『현대일본사회의 이해』(2001), 『일본문화총서』(2003,공저), 『일본민족주의사』(2004), 『일본영화와 시대성』(2007), 『일본 애니메이션과 사상』(2011), 『나, 사랑, 세상을 피우고』(2011,시집), 『일본연구의 성과와 과제』(2013,공저), 『국가의 희생』(2013년), 『유토피아사회』(2015년), 『21세기 일본』(2016), 『일본의 지역문화정책』(2018), 『일본대중문화론』(2019) 등이 있다.

태양의 집 Home of the Sun

초판 인쇄 | 2020년 8월 7일
초판 발행 | 2020년 8월 7일

지 은 이 구견서

책임편집 윤수경

발 행 처 도서출판 지식과교양
등록번호 제2010-19호
주 소 서울시 강북구 우이동108-13 힐파크103호
전 화 (02) 900-4520 (대표) / 편집부 (02) 996-0041
팩 스 (02) 996-0043
전자우편 kncbook@hanmail.net

ISBN 978-89-6764-158-0 03810 정가 18,000원